Three Swedish Mountain Men
by Lily Gold

『雪が溶けるまで抱いていて』

リリー・ゴールド
石原未奈子・訳

ラズベリーブックス

作者より　この逆ハーレムロマンス小説には、複数の相手との生々しくホットな場面が含まれます（かわいいイラストにだまされないで（原書の表紙はイラストです）――本当に刺激的だから！）。全体としては甘くてエロティックな恋愛小説ですが、いくつか繊細な話題にも触れています。どういったものかは、わたしのサイト www.lilygoldauthor.com で確認できます。楽しく読んでいただけますように！

雪が溶けるまで抱いていて

主な登場人物

デイジー・ウィテカー（ジェニファー・アダムズ）……元美術教師。
エリアス（エリ）・サンダール……スキーインストラクター。
コール（ナッレ）……森林保護官。
リーヴェン（リヴ）・ニルソン……医師。
ヨハンナ……リーヴェンの元婚約者。
リカール……ヨハンナの息子。
サミュエル（サム）・ワーナー……デイジーの元恋人。
ウルフ……自動車修理工。

デイジー

神に誓って本当だ。いきなりわたしの目の前に、一頭のヘラジカが現れた。

直前までそんなことが起きるとは思いもせずに、霜に覆われてきらきら光る松林のなか、曲がりくねった山道を車でのぼっていた。ラップランドに来た初日で、チェックイン時刻より数時間早くＡｉｒｂｎｂ《エアビー》（民泊サービスのこと）に着いてしまったから、少しそのへんを探検してみることにしたのだ。美しい午後だった——道はきれいに空いていて、高い山にぐるりと囲まれて、大きな雪片がひらひらと空から舞いおりて。

そうしたら、角を曲がった瞬間、ぎょっとするほど巨大なヘラジカとご対面した。わたしの車の倍は大きく、枝分かれした長い角は人間を串刺しにできそうなほど鋭いヘラジカが、その巨体で道をふさいでいる。迂回しようがないから、怖がらせてどかせようと、クラクションを鳴らした。

失敗だった。

クラクションの音が森に響きわたったとたん、ヘラジカは飛びあがってくるりとターンし、まっすぐこちらに突進してきた。

わたしは悪態をつき、ハンドルを回してギアをバックに入れた。するとスピンしながら道をはずれて木立に突っこんでいった。タイヤが雪で滑ったとき、なすすべはないと悟り、ぶつかるのを覚悟して固く目を閉じた――

直後、衝撃に全身を揺すぶられた。ガラスが割れる音が聞こえてリアウインドウが内側に砕け、凍てつくような冷たい空気を肌に感じる。体が前方にふっとばされて、シートベルトが食いこむ。フロントガラスを突きやぶってしまう前にエアバッグがふくらんで、頭を後ろに押さえつけられた。頭蓋骨がシートにぶちあたり、うなじを駆けあがる激痛に悲鳴をあげるわたしをよそに、スピンしていた車はきしみながら、うめきながら、どうにか止まった。

しばしそのまま、ただぜいぜいと息をしていた。アドレナリンが全身を駆けめぐる。いまもハンドルを握りしめている両手の指の関節は真っ白だ。なにもかもが不気味なほど静かだった。聞こえるのは木々のささやきと、太った雪片がおりてきてフロントガラスで溶ける小さな音だけ。

動こうとしたが、エアバッグに押さえつけられて身動きができない。と思ったが、ほどなく顔の前のエアバッグはシューッと音を立てながらゆっくりとしぼんでいった。

目を閉じて、自身の状態を確認していく――どこにも濡れた感覚はないから、たぶん出血はしていないし、骨が折れたような痛みもない。首を回そうとすると激痛が走ったが、きっと筋肉を痛めただけだ。ゆっくり息を吐きだしたら、目の奥につんと涙がこみあげた。

大げさじゃなく、人生最悪の一週間だった。

ほんの七日前には、ハイスクールの美術の授業で、十七歳の子たちに木炭をにじませる技術を楽しく教えていた。仕事のあとはパブで過ごし、帰宅してみたら、家の前に報道車が数台待ちかまえていて、友達はだれも電話に出てくれなかった。メールで校長からクビを言いわたされ、留守番電話は記者からの伝言であふれかえった。玄関ドアにはスプレーで〝淫乱女〟と落書きされた。

たった一通のメール。それだけで、卑怯で卑劣な元ボーイフレンドはわたしの人生をずたずたにした。

こんな騒ぎはすぐに収まるものと思っていたが、そうはいかなかった。それからの数日、いやがらせは悪化するばかりで、報道陣は自宅に押しよせ、怒った隣人はひどい手紙を郵便受けに突っこんでいった。そして昨夜、ついに心が折れた。もはやここから逃げるしかない。しばらくのあいだ身を寄せるには、スウェーデンはいい場所に思えた。何年も前からオーロラを見たかったし、はるか北のラップランドまで行ってしまえば、きっとだれにも見つからない。きっと安全だ。

どうやら、野生のヘラジカを計算に入れわすれていたらしい。

ぼんやりしていると、砂利を踏むタイヤの音が聞こえた。後ろに一台の車が近づいてきていたことに気づいて、心臓が飛びはねる。助かった。車のドアがばたんと閉じる音に続いて、近づいてくる足音。男性二人の大きな声がするものの、なにを言っているのかはわからない。窓の外に人影が現れたと思うや、運転席側のドアが開けられた。男性がなかをのぞきこんで、ぐちゃぐちゃの車内を眺める。緊迫した響きのスウェーデン語でなにか言ったが、事故のせいでまだぼうっとしていたわたしは、まばたきを返すことしかできなかった。

　男性はまるで北欧の神のようだった。荒削りな印象の顔、金色のひげ、アイスブルーの瞳。もしかしたら本当に北欧神話の雷神、トールかもしれない。わたしがじっと見つめていると、男性は手袋をはめた手を伸ばしてきて頬に触れ、問いかけるイントネーションの言葉を先ほどよりゆっくりとくりかえして、親指でそっと頬骨をなぞった。

　やっと口を動かせるようになった。「ご——ごめんなさい、英語は話せますか？」男性は金色の眉の片方をあげた。小さなプシューッという音とともにエアバッグが完全にしぼんで、空のビニール袋のごとく、ハンドルから垂れさがった。わたしはハンドルを放して両手を脇におろした。くらくらする頭で、今朝、ガイドブックで覚えたばかりの、ひとにぎりのフレーズを思いだそうとした。「ええと、プ、英語は話せますか《プロータル・ドゥ・エングレスカ》？　悪いけど、なにを言ってるのかわからなくて」

　トールが背後にいるだれかのほうを振りかえった。「観光客だ」英語で言ったその声には、これでもかというほど嫌悪感がこめられていた。

「それなら、このまま放っておいて死なせようか」低い声が返した。わたしはシートベルトをはずそうとしたが、手がしびれてしまって、うまくパーツをつかめなかった。トールが手を伸ばしてきて、親指でボタンを押してくれる。シートベルトがするすると体を這いのぼってソケットに収まり、わたしは身ぶるいした。

これだけで命拾いしたのだ。ポリエステルの紐一本で。これがなければいまごろ死んでいた。

ああ。

トールがにらむようにわたしを見た。「ばかみたいに運転が下手だな」うなるように言う。「スウェーデン語も、こんなに下手なのは聞いたことがない」

いきなりの敵意に、わたしはむっとした。

「おい、どけよ」二人目の男性が小声で言い、トールを押しのけた。「その娘《こ》、死ぬなら最後にきれいなものを見せてあげないと。おまえのむさい顔じゃなくてさ」運転席側のドアからのぞいた新しい顔を見て、わたしは目を丸くした。一人目と同じくらいハンサムだ――くっきりした頬骨に、ふっくらした唇。目はごく淡い緑色で、髪は明るい赤茶色、カールしてひたいにかかっている。にやりとした拍子に、片方の頬にえくぼが浮かんだ。わたしは顔が熱くなるのを感じた。

どうかしている。ふだんはこんなふうに男性をチェックしたりしないのに。きっと本当に雪のなかで死にかけているのだ。だから脳みそが美しい男性のまぼろしを見せて、だらだらと血を流しているわたしの心を慰めようとしているのだ。だったらうれしい。

「ご――ごめんなさい」ばかみたいにくりかえした。ほかに言うことを思いつかなかった。

「謝らなくていいよ、ハニー」男性は陽気に言って、わたしの全身をざっと眺めた。彼の英語にはほんの少し訛りがあって、穏やかな抑揚が、聞いていて心地よい歌うような響きをもたらしている。「怪我は？　背中は痛む？」

「ええと――」肩を回してみると、またうなじに激痛が走った。「背中は大丈夫」

「よかった」男性が言い、手袋をはめた手をこちらに差しのべた。わたしがそれをつかむと、壊れた車からやさしく引っぱりだしてくれた。「いまはここまで救急車が来てくれるとは思えないからね」道路に引っぱりだされてみると、冷気が頬を刺し、雪がコートに舞いおりた。深く積もった雪に足がぶつかってよろめいたが、男性がウエストに腕を回して支えてくれた。「大丈夫だよ」彼がやさしく言う。「きみは大丈夫だ。きみがなぎたおしたかわいそうな木と違って」

心の準備をして、自分が引きおこした惨状を見まわした。雪のなかで血を流す大きな獣のなきがらをなかば予期していたが、森のなかへ消えていくひづめの跡からすると、あのヘラジカは轢《ひ》かずにすんだらしい。よかった。

その代わり、松の木に激突してしまったけれど。

「嘘でしょう」愛車のありさまに息を呑んだ。たいした車じゃない――オレンジ色のペンキがところどころ剝げかけた、中古の金属のかたまりだ――けれど、ティーンエージャーのころから乗っている。何年もウエイトレスのアルバイトをしてお金を貯めて、この子を買ったのだ。今朝だって飛行機じゃなくフェリーに乗ったのは、そうすればスウェーデンまでこの子を連れてこられるからだった。それがいま、ぐしゃぐしゃにつぶれて、もはや車に見えない。「どうしよう。さっきヘラジカがいて――」

「気づいた」トールが不機嫌に言う。「エリも気づいた。下の村の人間も当然、気づいてる。おまえだけが気づかなかったらしい」わたしは彼を見あげた。トールは腕ぐみをしてあごをこわばらせ、じっとわたしをにらんでいる。「二メートルもある生きものを、いったいどうして見おとせた？　ばかみたいに運転しやがって。殺すところだったんだぞ」

わたしは唖然とした。「殺すところだった？　こっちが死ぬところだったのよ！」

男性は肩をすくめた。わたしが死ぬのも、そんなに悪いことではないと言いたげに。

赤毛の男性がちらりと友達を見てから、こちらに向きなおった。「あいつのことは気にしないで。大好きな野生動物が怪我をするといつも不機嫌になるんだ。それで、きみの名前は、ハニー？」

わたしは口ごもり、必死に頭を働かせた。「ええと、その……デイジーよ」どうにか答えた。嘘は下手だし、トールの眉間のしわからすると、彼も同意見のようだけれど、赤毛の男性のほうはただほほえんで手を差しだした。

「デイジーか。いい名前だね。ぼくはエリアス・サンダール。まあ、エリって呼ばれるほうが好きだけど」そう言って、しっかりと握手する。「で、いまぼくの後ろからきみをにらんでるでっかい熊は、コールだよ。ごめんね、行動に深刻な問題をかかえてるんだ」

トールは――もといコールは、なにやらつぶやいて、へしゃげたトランクをたたいた。

「ここに大事なものを入れてないといいが」

わたしは目を見開いた。キャンバスと絵の具を持ってきている。絵画制作の依頼を受けつづけていれば、何カ月もここにこもっていられると思ったからだ。まあ、だれかがまた依頼したいと思ってくれたらの話だけれど。

いやになる。

トランクに駆けよって蓋を開け、どきどきしながらのぞいてみると、道具はひどく壊れていた。キャンバスは一つ残らず台なしで、枠は折れ、布は破れている。絵の具はおおむね無事のようだけど、カドミウムレッドのチューブが爆発していて、道具のすべてにしたたる鮮血の色を散らしていた。まるで犯罪現場だ。

エリが後ろに近づいてきて、殺戮の場を眺めた。「おやおや」と言う。手を伸ばしてスーツケースに触れると、指に赤い色がついた。ようやく状況が呑みこめてきた。わたしは異国で打つ手なし。車もなければ、稼ぐ手だてもない、自分がどこにいるのかさえわからない。空を見あげると、この数分で雪は勢いを増しており、雲は不吉に暗くなっていた。

「嘘でしょう」わたしはつぶやいた。

コール

やはりこの小娘は観光客だった。だと思った。

観光客は大嫌いだ。どいつもこいつも、ここでは運転できない。夏用タイヤでのこのこやってきて、雪と氷を切りぬけられると思っていやがる。割れた窓から車内をのぞいて、悪態をつきたくなったのをこらえた。この小娘の車は、よりによって外国産だ。ハンドルが左右逆。冬の暗い道で逆ハンドルを運転するにはそうとうな技術を要するというのに。

この小娘がもちあわせていない技術を。どうせ試験もかろうじてパスしたのだろう。木をなぎたおさずによけるのが、いったいどれくらい難しいというんだ?

観光客は大嫌いだ。

背後でエリが小娘にちょっかいを出しているのをおぼろげに聞きながら、車をチェックした。小娘はか細い震える声で質問に答えている。神経が高ぶっているのだろう。

当たり前だ。生きていられてラッキーだったのだから。車を回って被害を見てみた。リアウインドウは割れて、トランクはブリキ缶のごとく押しつぶされている。キーがイグニッションに挿さったままだったので、車内に身を乗りだして回してみた。なにも起きない。ため息をついて体を戻し、たたきつけるようにドアを閉じた。

「ちょっと！」顔をあげると、小娘がこちらをにらみつけていた。「なにしてるの？キーを返して」

全身を眺めた。ものすごく小さい。淡いピンク色のスキージャケットを押しあげる胸のふくらみがなければ、運転できる年齢に達していないとさえ思っただろう。サイズはトロール人形ほどのくせに、小娘は腕ぐみをして、いまにもけんかをおっぱじめそうな顔でこちらをにらみあげている。

こんなことをしている暇はない。「なぜクラクションを鳴らした？」おれは尋ねた。

小娘はまばたきをした。「道路に大きなヘラジカがいたから。どかせようとしたの」

「ヘラジカにクラクションを鳴らすな。怯えさせるだけだ」

「ええ、まあ」小娘がつぶやいた。「そうだったみたいね」

おれは顔をしかめた。「どっちがいいか答えてみろ――体重六百キロの動物が、じっと道路に立ってるのと、予測つかずで駆けまわってるのと？」

「コール……」エリが言いかけた。

おれは無視した。「しかもおまえはスピードを出しすぎていた」

「制限速度以下だったわ！」小娘が反論する。

「道にヘラジカがいるときは、さらに速度を落とすんだ」

「あらそう、ヘラジカルールを知らなくてごめんなさいね」小娘が高い声で言った。「この国に来たのは初めてなの」そう言ってこちらに歩みよってきたが、直前でバランスを失ってふらついた。おれはとっさに両手を伸ばし、彼女がばったり倒れる前につかまえた。まったく。まっすぐ立っていることもできないのか。

「なぜそんなに不器用なんだ？」体勢を立てなおしてやりながら、吠えるように言った。「酒でも飲んでるのか？」

「お願いだからどならないで。頭ががんがんするわ」小娘はそう言うと、さっとおれからキーを奪って自身の車のボンネットに寄りかかり、目をこすった。その顔からは血の気が引いていた。

くそっ。単に不器用なのではなく、めまいを起こしているのだ。「頭をぶつけたんじゃないか？」冷たい声で言った。

すばらしい。これで、仮にこの車のエンジンをかけてやれたとしても、彼女に運転はできない。

「迷惑をかけて悪かったわ」小娘がつぶやくように言った。

ため息をついて、彼女の顔に手を伸ばすと、すぐさま逃げられた。

「なにするの？」小娘が問う。

「出血がないか確認する」ふわふわのフードを脱がせて顔をよく見たとたん、おれは凍りついた。

なんと。

小娘は美しかった。本当に本当に美しかった。見るからにやわらかそうな頬、大きな茶色の目、小さなハート形の唇。小娘が頭を揺すると、長く豊かなチョコレート色の巻き毛がフードの下から現れて、滝のように腰まで流れおちた。となりでエリがぴくりと反応したのがわかった。

「出血はない」エリに言ったおれの声はふだんよりなお不機嫌に響いた。「だがめまいを起こしてるし、車は使えない」

エリが慎重な顔で空を見あげた。「じゃあ、嵐が来る前に町まで戻らないと。ホテルに案内して、医者を呼んであげよう。宿泊してるのはキルナだってさ」

おれは鼻で笑った。「だろうな」

おれたちは朝からキルナにいて、日用品のストックを買いそろえていた。町は大嫌いだ。一年のうちのこの時期は観光客であふれかえっていて、その全員が犬ぞりに乗りたがり、トナカイを撫でたがり、オーロラの写真をインスタグラムのストーリーにアップしたがる。そしておれたち地元民には、博物館の展示人形を眺めるような目を向けてくる。

エリがため息をついた。「なあ。もし雪がひどくなってきたら、キャビンまでは一時間近くかかるぞ。帰りつけないかもしれない」

「いや、帰れる」絶対の確信をもって答えた。

「わからないだろ」

「いや、わかる」トラックのトランクを開けて、牽引ベルトを引っぱりだした。「町に戻れば雪に降りこめられる。あんな観光客連中のなかで何週間も過ごすのはごめんだ」

小娘の車にベルトをかけると、ためしに引っぱって、しっかりつながっていることをたしかめてから、小娘のほうを向いた。「キー」

「え？」

「キーをよこせ」

彼女は驚いた顔になった。「ええ？　いやよ。ねえ、どうなってるの？」

一瞬、本当にばかなのかと思った。が、すぐにわかった。こいつにはここまでの会話が理解できていない。

観光客だから。

「おまえには運転できない」ざっくり説明することにした。「この車はいかれたし、おまえは頭を怪我してる。だからおれたちと来るしかない。嵐が迫ってるんだ。早く移動しないとまずい」

小娘は一歩さがり、また腕ぐみをした。薄っぺらいピンク色のコートに覆われた体はもう震えていた。「でも、どこへ連れていくの？」

「うちだ」

目が丸くなった。「見ず知らずの人の家へ連れていかれるなんて、いやよ！」

「そうか。じゃあここで死ね」おれは言い、トランクを乱暴に閉じた。

エリがコートを脱いで、小娘の肩にかけてやった。「残念だけど、ほかにどうしようもないよ」すまなそうな口調だ。「もうとっくに凍えてるだろ？　風が強くなってきたら、あっという間に低体温症になるよ。嚙みつかないって約束するから」

「だれかに電話して、車を牽引してもらうわ」小娘がこちらをじっと見る。「だれか、プロの人に。路上で出くわした、よくわからない人じゃなくて」

「うまくいくといいな」おれは冷ややかに言った。

「この天候じゃあ、だれも来ないよ」エリがなだめるように言う。「いまはみんな家にこもって嵐が過ぎるのを待つだけだ。電波だって届くかどうか」

おれはまた手を突きつけた。「これが最後だ。キーをよこせ」

小娘はおれをにらみあげ、なにか言いたげにあごを動かしながら、きれいな茶色の目に怒りを燃やしていた。降りしきる雪はすでに勢いを増している。そう思うと同時に自然と手が伸びて、小娘のフードをもとに戻し、ふたたび頭を覆ってやっていた。

小娘はぎゅっと唇を閉じたが、ほどなく手袋をはめた手をゆっくり開いて、キーをこちらに差しだした。おれはそれをつかんで彼女の車のイグニッションにふたたび挿し、ハンドルのロックを解除してから、トラックに戻った。後部の助手席のドアを開けて、言う。「乗れ」

小娘は最後にもう一度、おれをにらんでから、無言で乗りこんだ。おれはばたんとドアを閉じて、運転席に向かった。

「人に親切にすると死ぬのかよ？」エリがぼやきながら、となりでシートベルトを装着する。「彼女は車で事故を起こしただけだろ」

「おれは彼女の命を救おうとしてる。ものすごく親切だと思うが」

「でも彼女、怯えてるぞ」エリが食いさがる。

「家に着いたらおまえが抱きしめてやれ」おれは言い、エンジンをかけた。「シートベルトを締めろ」肩越しに命令して、車を出した。

デイジー

もっと頑固に抵抗するべきだった——窓の外を流れていく雪に覆われた森を眺めながら、わたしは思った。どこかで読んだことがある——誘拐されたときに逃げられる確率は、車に乗せられてしまったら九十五％さがると。この二人がどういう人たちなのか、まるで知らない。どんな恐ろしい人という可能性もありうる。

けれど正直なところ、本当に具合が悪くなってきていた。放出されたアドレナリンが消えさったいま、体の震えが止まらない。頭はぼんやりとかすみがかかったようだし、首は猛烈に痛む。車のシートにたたきつけられたせいだろう。

「本当に町まで連れてってもらうことはできないの？」コールに尋ねて、フロントガラス越しに外を眺めた。山をのぼるにつれてますます傾斜が厳しくなっていく。恐怖に心臓をつかまれた。この人たちはいったいどれだけ高いところに住んでいるの？　滞在するはずだったキルナこそ、スウェーデン最北の町だと聞いていたが、走りはじめてしばらく経つというのに、このトラックが停まる気配はない。

ハンドルを握るコールの手に力がこもった。「できない」

「あなたは誘拐犯じゃないって、どうしたらわたしにわかるの？」

「わからない」

「あらそう」わたしはつぶやいた。「すてき」

もういい。実際、ほかに選択肢はないのだ。コールの言うことが本当なら、嵐が迫っているし、だとしたらどのみちわたしは死ぬ。せめて斧でばらばらにされるほうが、厚さ数メートルの積雪の下で窒息死するより時間がかからない。

車内を見まわしてみた。古いけれど頑丈そうなトラックで、シートは色の濃い革張りだ。後部座席のわたしのとなりには冬用のコートが何着か積まれていて、トランクには段ボール箱と道具類がぎっしり詰まっている。

疑いの目でそれらを見ながら言った。「後ろに銃があるんだけど」

「ああ」コールが答えた。

「斧も」

「よく見つけたな」

「理由を説明してみない？」

トラックは角を曲がり、森はますます鬱蒼としてきた。木と木のあいだがごく近いので、ヘッドライトの光も吸いこまれ、道が暗くなる。

「断る」

でしょうね。

エリが振りかえって、笑みを投げかけた。「心配ないよ、ベイビー。連れていくのは安全な場所だ。嘘じゃない」

コールが小声でなにごとかつぶやき、エリは天を仰いだ。二人が速いスウェーデン語で言いあいだしたので、わたしはシートに寄りかかり、激しい頭痛をこらえようと目を閉じた。

車ががくんと止まったので、はっと目を覚ました。いつの間にか眠っていたらしい。男性二人はもうシートベルトをはずして、雪上を歩くためのスノーシューに履きかえている。

トラックが停まったのはちょうどいい大きさのキャビンの前で、周囲には凍てついた木々がぽつぽつと立っていた。キャビンの壁は赤いペンキを塗った板でできていて、窓からは金色の光がもれている。まるでクリスマスカードから抜けだしてきたみたいだ。

もっとよく見ようと後部座席で体を起こした瞬間、首に激痛が走って悲鳴をあげそうになった。先ほどまでよりさらにこわばっていて、こみあげた涙をこらえようと、わたしは歯を食いしばった。

エリが後部ドアを開けたとたん、凍えるような風が吹きこんできた。「手を貸そうか？」エリが陽気に尋ねる。

「一人で平気よ」わたしはつぶやくように言い、トラックをおりて雪のなかに立った。とたんに膝の下まで雪に沈んで、氷のような水がデニム地に染みこんできた。わたしは顔をしかめ、周囲を見まわした。

雪の降り方が先ほどより激しくなっている。太った雪片の向こうが見えにくいほどだ。木造の大きな倉庫をのぞけば、あたりに建物はない。どうやらこの二人は完全に孤立した環境で生活しているらしい。深い森のなかにぽつねんと。犠牲者の悲鳴を聞きつけるおせっかいな隣人もなく。

最高だ。

エリとコールがトランクから箱をおろして、キャビンの玄関に向かいはじめた。あとを追おうとしたが、踏みだしても足が沈むだけ。あとに残った足を雪から引っこぬいて、どうにか前に踏みだした。まるで流砂を歩くよう。三メートルも進まないうちに、雪で見えないなにかに足が引っかかった。バランスを崩してよろめき、前方に倒れそうになってとっさに両手を前に出した。このままだと顔から雪に突っこむ――

と思ったとき、強い腕二本につかまえられた。持ちあげられ、だれかの胸に引きよせられる。

見あげると、コールにかかえられていた。まるでわたしなど子どもの重さしかないみたいに、軽々と。この距離では、あごを覆うやわらかそうな金色のひげがよく見えた。

彼の肌で雪片が溶けるのもわかった。「ぐずぐずしてる時間はない」コールがつぶやくように言って歩きだした。トラックからキャビンまで、長い脚だとたった数歩でたどりつき、玄関口にいたエリのとなりにわたしをそっとおろした。「先に入ってろ。おれはこいつの車を納屋に入れてくる」つっけんどんにエリに言ってから、行ってしまった。

エリが玄関を開けて、わたしのために押さえていてくれた。「どうぞお先に」明るい声で言う。

わたしは緊張をごくりと呑みこんで、キャビンに足を踏みいれた。

自分がなにを予期していたのかはわからない。血だらけの現場？ これまでの犠牲者がずらりと天井から肉用フックでさがっている光景？

実際は、とてもすてきなくつろぎの空間だった。玄関から直接つながるリビングルーム。右手の壁に並んだクローゼットとフックは、きっと靴とコート用だろう。左手には、見るからにふかふかのソファ一つと肘かけ椅子二脚がコーヒーテーブルとともに置かれている。暖炉には火があかあかと燃えて、板壁にとりつけられた電灯はやわらかな金色の光を放っていた。

慎重にもう一歩踏みこんで、周囲を見まわした。壁をうめる本棚、大きなダイニングテーブル、その周りのちぐはぐな椅子数脚。リビングルームは広々としていて、その先にある小さめの明るいキッチンまで見とおせた。

「リヴ！」背後でエリがコートを脱ぎながら呼びかけた。「来いよ。ぼくらがなにを見つけたと思う？」

キッチンの入り口に一人の男性が現れた。湯気ののぼるマグカップを手にしている。明るいほうに出てきた彼を見て、わたしは目をしばたたいた。なんてこと。

驚くほどすてきな男性だった。濃い褐色の肌、高い頬骨、ふっくらした唇。しわ一つない白いシャツは襟元が開いている。袖はロールアップされていて、ほれぼれするような太い腕と色濃い毛をのぞかせていた。太縁めがねの奥の目は、鋭くて涼やか。その目に見おろされると、診察されているような気がした。

「どうも」落ちつかない気持ちで言った。「ええと、いきなり来てごめんなさい」

男性はそれを無視して、わたしの背後に目を向けた。「エリ。これはなんだ？」穏やかで深い声にはいっさいの訛りがなかった。

「女の子だよ」エリが言いながらコートを脱がせてくれる。「ここにこもって長いのは知ってるけど、もちろん前に見たことがあるよね？」

男性のあごの筋肉がぴくりと引きつった。「なぜここ、、、にいるかと訊いている」

「彼女の車が壊れてね。嵐のなかに置いていくわけにはいかなかったから、連れてきた」

「連れてきて、どうするんだ？　彼女はずっとここにいるのか？」

「どうすればよかったんだよ？」エリが問いに問いで返し、わたしをそっと肘かけ椅子の一つにうながしてから、しゃがんでブーツに手を伸ばしてきた。わたしは彼を押しのけようとした――赤ん坊じゃないんだし、自分で脱げる――けれど前かがみになったとたん、首に激痛が走り、顔をしかめて体を起こすしかなかった。エリが気の毒そうな顔でこちらを見、床に膝をついて雪まみれのブーツの靴紐をほどきはじめた。「死ぬとわかってて置きざりにしたほうがよかった？」

「ここにはゲストルームがない」男性が冷ややかに言う。

「でも彼女、こんなに小柄だよ」エリが陽気に返した。「きっとどこかに押しこめる」

「彼女には名前があるんですけど」わたしは口を挟んだ。頭ごしのやりとりにうんざりしていた。「デイジーよ。はじめまして」

男性の目がまたわたしを一瞥した。「リーヴェンだ」

背後で玄関が開き、風に舞う雪とともにコールが入ってくると、軽く足踏みをしてブーツの雪を落とした。

「コール」リーヴェンが鋭い声で言う。「どうなっている？」

コールがあごでわたしを示した。「診察しろ」不機嫌な口調で言う。

「なんだと？　どうして？」リーヴェンが尋ねた。「この娘《こ》は何者だ？」

もうじゅうぶんだった。エリ以外に歓迎されていないのは明らかだ。「ねえ、わたし、失礼するわ。きっと近くにホテルかなにか、泊まれるところがあるでしょう？」

肘かけ椅子からおりようとしたが、この日に起きたあれやこれやで体はすっかり参っていたらしい。膝は力が入ることなく、ぐにゃりと折れまがった。

「わわ」三対の手につかまれた。コールには肩を、エリには腰を、リーヴェンにはウエストを。リーヴェンは瞬間移動してきたように思えた。三人の男性にいやおうなく椅子に押しもどされて、息を吞みそうになる。こんなにあちこち触れられると――それも、こんなに大きくて温かい手に――圧倒されずにはいられなかった。

エリがふくらはぎをつかんで言った。「事故のときに頭をぶつけたんだと思う。あんまり気分がよくないみたいなんだ」

リーヴェンがさっと視線をわたしに戻して尋ねた。「怪我をしたのか？」

「首が少し痛むかも」

「先に言え」リーヴェンが向きを変えてキッチンに入っていった。「彼女をテーブルにのせろ。明かりの下で診たい」

またコールの腕が巻きついてきて床から持ちあげられたので、小さな悲鳴をあげてしまった。そのままダークウッドのダイニングテーブルまで運ばれていく。「自分で歩けるのに」わたしはつぶやいた。

「最近、学習しなかったのか？　おまえは歩くのが上手じゃない」

リーヴェンは手を洗って拭い、わたしの正面に回った。信じられないほど背の高い男性だ。こちらはテーブルに座っているのに、それでも見あげてしまう。その点で言えば、三人とも、ありえないくらい大きかった。いちばん小さいのはエリだが、その彼でさえ確実に百八十センチを超えている。

リーヴェンの黒い目にじっと顔を見つめられた。「吐き気は？　混乱は？」

「少し」この状況で混乱しない人がいる？

「頭痛は？」

わたしは顔をしかめた。「死にそうに痛むわ」

リーヴェンの口角がさがった。「ふーむ」両手でわたしの頭をつかんだので、手のひらの冷たさにわたしはほんの少し飛びあがった。「よし。頭と首の怪我を診てみよう。じっとしていてくれ。痛いかもしれない」

リーヴェン

エリのやつ、殺してやる。

あいつのせいに決まっているのだ。どうやったら路上で行きづまっている女の子を見つけようとして見つけられるのか、具体的にはわからないが、あいつが意図してやったのはまちがいない。いかにもエリのやりそうなことだ。なにがあろうと、美しい女性から離れていられない男なのだから。

そしてもちろん、この娘も美しかった。エリの手を借りつつ冬用の衣類を脱いでいく彼女から目をそらしているのが難しいくらいだ。ふわふわのフードつきの分厚いコートが取りさられると、なめらかな曲線と長い栗色の髪、愛らしいハート形の顔が現れた。ブルージーンズはヒップに吸いつくようで、ストレッチ素材のサーマルシャツは豊かな胸を引きたてている。布ごしに、ブラの輪郭がうっすらとわかった。

そんな彼女がいま、目の前にいて、おれは彼女に触れなくてはならない。やわらかでなめらかな肌を感じなくてはならないのだ。まばたきもしない大きくつぶらな瞳に見つめられながら、細い首をそっと左右に動かしてみた。繊細なあごの下に添えた自分の手がいやに大きく見える。この女性は小さい。せいぜい百五十センチといったところか。

首の後ろに触れると、彼女がかすかに顔をしかめた。

「痛むか？」こわばっている部分を軽く押してみた。彼女はうなずき、おれがその部分をもむと、気持ちよさそうに小さな声をもらした。おれは歯を食いしばった。

ああ。絶対にエリを殺してやる。ゆっくりと時間をかけて。

デイジーと名のった女性がおれの不機嫌を感じとったのだろう、気まずそうに咳ばらいをした。「迷惑をかけてごめんなさい。こんなふうに夜を過ごすはずじゃなかったでしょうに」

「これはおれの仕事だ」簡潔に返した。

「お医者さんなの？」

うなずいて首の診察を終え、今度は頭部にとりかかった。指先を髪にもぐらせて、傷がないか、頭皮を探っていく。まるでシルクを撫でているようだ。彼女の髪は笑ってしまいそうなほどやわらかく、ウエストまで届くほど長い。慎重にかきわけて、出血や腫れを探していると、桃の甘い香りが鼻腔をくすぐった。生つばがわいた。

急に彼女がびくんとして、その背筋を震えが駆けおりた。

おれは動きを止めて尋ねた。「寒いか？　毛布を持ってこようか？」

「平気よ」

「室温をあげようか。すぐにできる」

「寒くはないわ。ごめんなさい。ただ……気持ちよくて」

おれはじっと彼女を見つめた。

彼女は見るからに気まずそうに身じろぎした。「それで、ええと、あなたはこんな山奥でお医者さんをしてるの？　患者さんなんているの？」

「近くにいくつか村がある。サーミ（ラップランド等に住む先住民族）の居住地もある。おれはだいたい、町の病院まで行けない人の往診をしている」頭部の診察を終えた。「上を見て」言われたとおりにした彼女は少し顔をしかめた。その様子に、腹のなかでなにかがよじれた。

自宅でできるテストをすべて実行した。バランス感覚、反射神経、瞳孔の広がり。彼女はどれもみごとにパスした。最後におれはポケットからペンを取りだし、その動きを追えるかどうかのチェックをすることにした。ペンを彼女の顔の前にかかげた。

「いいか。このペンを左右に動かすから、目で追ってくれ」

彼女はうなずき、ペンの動きに合わせて首を回した。

おれは手を伸ばして、そのあごをつかまえた。「頭はじっとしたままだ」静かに指示する。彼女は少しぼんやりした顔で、ただこちらを見つめた。あごの下に手を添えたまま、テストを終えた。そのあいだずっと指先に脈を感じながら。

彼女が問題なく動きを追えたので、おれは満足して一歩さがった。「よし」ペンをポケットに戻す。「脳震盪は起こしていないが、首は少し捻挫しているようだ。それでもしっかり動かせてはいる。あまり心配いらないだろう」両手を払うと、医療品棚として使っているキッチン戸棚に歩みより、なかをあさった。「痛み対策に筋弛緩薬を処方しよう。眠くなるが、そもそも眠ったほうがいい。それ以外の症状は、おそらく精神的なショックが原因だ。命の危険を経験すると、たいてい具合が悪くなるものだから」探していた紫色の薬袋を見つけて、使用期限を確認した。「食事をして睡眠をとったら、かなり落ちつくはずだ。エリ、彼女に食べるものを用意してやれるか？　なにか温かいものがいい」

「いいよ」エリがカウンターから飛びおりた。「おまえも食べる？」

「おれはもうすませた。雪が積もりすぎる前に彼女の車をチェックしておきたい」彼女に薬を渡して言った。「食後に二錠、飲むように。どこに泊まっている？　キルナ？」

彼女がうなずいた。

「町までの道が通行可能になるには少し時間がかかるだろうが、こことキルナのあいだにはサーミの暮らす村があって、修理工もいる。財布は持っているか？」

彼女はまたうなずき、おとなしくジーンズのポケットから取りだして、こちらに差しだした。

「嘘だろ？」エリが声をあげた。「コールがきみの車を牽引するって言ったときはあれほど抵抗したのに、リヴにはあっさり財布を渡すの？」

彼女は肩をすくめた。「もうここまで来ちゃったし。それにもし、あなたたちが本当に人殺しなら、めったぎりにされるときにお金なんて意味ないし」

つい笑みが浮かびそうになった。「金を奪ったりしない。修理工に電話をかけるだけだ。吹雪が収まるまではなにもできないが、いま予約を入れておけば話が早い」財布を開いて、なかのカード類をのぞいた。「必要なのは、運転免許証と身分証明書だな」免許証の隅が見えたので、抜きとろうとした。

いきなり彼女が手を伸ばし、おれから財布を奪いかえした。「ごめんなさい。ええと、だめなの」目を見ひらいて必死に言う。「だって、その、持ってないから」

片方の眉が勝手にあがった。「免許を持っていない?」

「いえ、もちろん持ってるけど」ごくりとつばを飲む。「つまり……いまは渡したくないの」

「どうして?」

「それは……あなたをよく知らないし、わたしのIDを盗むつもりかもしれないから」

「なる、ほど」ゆっくり返した。彼女は財布をポケットに戻そうと体をひねり――不意に凍りついて脇腹を押さえた。おれは眉をひそめた。「いまの動き、痛かったか?」手を伸ばしてTシャツの裾をつかんだ。「見せてみろ」

手を払いのけられた。「なにするの?」

おれは目をしばたたいた。「きみのシャツを脱がせる。胴体を診たい」

「ええ？　いやよ！」テーブルの上にお尻を滑らせて、逃げる。その警戒の表情ときたら、いまにもおれに身ぐるみ剝がされると思っているようだ。彼女が言う。「平気だから。さっきスーツケースを持ちあげたときに筋肉を痛めただけだから」

「脱げ」入り口からコールがうなるように言った。「ばかなふるまいをするな」

「ばかって言うの、やめてくれない？」彼女がぴしゃりと返した。「人前でシャツを脱ぎたがらないのは、ばかなことじゃないのよ。知らないの？」

エリが鼻で笑った。

「別に体を見たいわけじゃない」おれは冷静に言った。「脇腹を痛めていないか、医師として確認するだけだ」ためらう彼女にもう一度、手を伸ばした。

今度も手をはたかれた。「だめ！　やめて！」

もどかしさを押さえつけて尋ねた。「どうしてだめなんだ？」

彼女は腕ぐみをして答えた。「わたしがだめって言ったから。それだけじゃ足りない？　言ったでしょう、平気だって」

しばし彼女を見つめた。呼吸は荒く、あごは強情そうにこわばっている。まるで、これからけんかでも始めそうな勢いだ。

「いいだろう」おれはエリのほうを向いた。「食事を用意してやれ」エリに言ってからスウェーデン語に切りかえた。「彼女の車を見てくる。そのあいだにいろいろ質問してみろ。何者なのか、ここでなにをしているのか、突きとめたい。できるだけ情報を引きだせ」

エリはのんびりと敬礼をした。「了解、ボス」

テーブルから滑りおりたデイジーが、その衝撃に顔をしかめるのがわかった。おれは入り口で足を止めた。平素から、コールが撃たれたり動物に噛まれたりしたときに傷を隠そうとするのを見ているので、どうしても、よくない筋書きを考えてしまった。内出血。粉砕骨折。感染。

人好きのするエリにスパイ役を任ずるなど、ひどい男になった気分だが、この女性は自動車事故にあったのだ。もしも深刻な状態なら、すぐに対処しないと命を落とすかもしれない。吹雪のさなかに緊急救命室までただちに運んでもらうことなどできないのだから、早急に診察する必要がある。「どうにか説得してシャツを脱がせるんだ」おれはつけたした。「あざや切り傷がないかチェックしろ」

「変態」

おれは天を仰いでコートをつかみ、スノーシューを履いた。「いいから、やれ」手袋をはめて、雪のなかに出ていった。

エリがいてくれてよかった。おれが診察できるほどあの娘をリラックスさせられる人間など、エリをおいてほかにいない。ふだんは、あいつのそばにいる女性に服を脱がないよう説得するほうが難しいのだから。

エリならあの娘の口も開かせてみせるだろう。どんな相手からも情報を引きだせる性格のもちぬしなのだ。賭けてもいいが、一時間以内に彼女は全人生を語っている。

そうなれば、あの不思議な娘の正体もわかるというものだ。

デイジー

リーヴェンが出ていくのを見とどけてから、わたしはゆっくりと腕ぐみをほどいた。もしかしたらコールの言うとおりで、ばかみたいな態度をとっているのかもしれない。だけどまだこの人たちを信用できないのだ。わたしがだれなのか、一人も気づいていないようだけど、そういうふりをしているだけということもありうる。気づかれているなら、絶対に胸を見られたくない。

三人がどれほどすてきでも。

エリがキッチンで料理を始めたので、少し緊張がほぐれてきた。少なくとも一人はわたしに好意をもってくれている。「お友達は二人とも、わたしにここにいてほしくないみたいね」さりげなく言ってみた。

エリはかぶりを振った。「二人のことは気にしないで。コールは機嫌が悪かったんだ。そうだな、この三十年くらい。で、リヴは人を信頼することにかけて問題をかかえてる。だけど二人とも、そのうち落ちつくよ」にっこりして、コンロの火をつけた。「ベジタリアンじゃないよね？」

「ええ。なんでも食べられる」

「よかった」エリは言い、あごで大きなソファを示した。「ゆっくりしてるといい。すぐできるから」

わたしはおとなしくソファに沈みこんだ。かたわらでは暖炉の火がぱちぱちと燃えて、肌を温めてくれている。あらためて室内を見てみると、家具はどれも手づくりらしい。ソファのあちこちにのせられたクッションは色あざやかな刺繡がほどこされているし、コーヒーテーブルは木目をいかした分厚いオーク材で、そこに置かれたコースターさえ革を彫ったレザークラフトのようだ。ほかにすることがないので、ポケットから携帯電話を取りだし、こわごわ電源を入れてみた。この数日、電源を切ったままにしていた。みんなから届くテキストメッセージやメールが怖すぎた。いったいどんなひどいことが書かれているかわからなかった。画面が明るくなって、なだれこむ通知に身がまえる――が、なにも起こらなかった。画面の上のほうを見ると、電波状況を示すアンテナが立っていない。「ここは電波が入らないの？」

「ふだんは入るよ」エリが言いながら、冷蔵庫から袋を取りだした。「いまは吹雪だからね」

ずしりと重い言葉だった。とはいえ、それを望んでここへ来たはずだ。

数日前、教師の職を解かれたわたしは、報道陣から身を隠すために実家へ向かった。けれど両親には追いかえされたうえ、頼ろうとした友達もみんな受けいれてくれなかった。それどころか、道ですれちがう人全員にわたしだと気づかれた。ブライトンは小さな町で、だれもかれもがすでに地元のニュースでわたしのことを読んでいたらしい。泣きながらフラットに引きかえしていると、向かいの道から見ず知らずの人にどなられた。性的な冷やかしの声を浴びせられ、無断で写真まで撮られた。教えていた生徒の母親たちに見つかって、フラットまで文字どおり追いかけられ、訴えてやるとわめかれた。

今朝、フェリーの上でもじろじろ見られた。そのころにはイギリスの主要局にまでわたしのニュースは伝わっていたのだ。フードコートで座る場所を探していて、十代の少年が通りすぎざまにオーガズムの声をまねたときは、危うくもどしそうになった。

だからキルナくんだりまで旅しようと決めたのだ。北極圏にある町へ。可能なかぎり文明から離れたかった。だれかにわたしだと気づかれることがないように。

まあ、これほど孤立した環境では、だれかに死体を見つけてもらうこともないだろうけれど。

エリが小さく低い声でハミングをしはじめた。わたしは料理をする彼を眺めた。いまではセーターを脱いでいて、体にぴったりしたグレーのTシャツは広い肩に吸いついている。その薄い布地の下でうごめく筋肉がわかった。スポーツ選手だろうか。足どりは軽やかで、キッチンで立ちはたらくさまは優雅とさえいえる。

「こんな山奥でなんの仕事をしてるの?」わたしは尋ね、クッションをつかんで胸に抱きしめた。

「スキーのインストラクターだよ」エリが肩ごしに言う。「スキーシーズンには、ここから数マイル下のリゾートで働くんだ」

なるほど。

「これから腰をかがめるよ」エリが続けた。「ぼくのお尻をようく見ていて」

わたしは泡を食った。「おし――ええ？」

エリがまばゆい笑みを投げかけてきた。「ぼくを見てるのが窓に映ってた。のぞきはもっと上手にやらなくちゃ、ベイビー」

頰がかっと熱くなった。「その……ごめんなさい」

どうでもいいとエリは手を振った。「恥ずかしがることないさ。見たくなるのは当然だ。きみも人間だからね。こんなに完璧なボディを拝めるなんてよくあることじゃないだろう？　だからどうぞ」またにっこりする。「楽しんで」

ますます顔が熱くなった。「かがむんじゃなかったの？」不機嫌を装って言う。「早くしたら？」

エリは笑って腰をかがめ、食器棚から皿を取りだした。本人が許可したのだから、景色を楽しまない手はないとわたしは考えた。実際、すばらしい眺めだった。彫刻のような引きしまったお尻に、腿ときたら――驚きだ。あんなに太くてかたそうな腿の男性は初めて見た。

つばを飲んだとき、エリが体を起こした。「はい、残念だけどショーはおしまい」こちらに来てとなりに座り、コーヒーテーブルに皿を置いた。ソーセージとマッシュポテトにグレイヴィーソースがかかっていて、脇にジャムのようなものが大さじ一杯ほど添えてある。

それをフォークで示して尋ねた。「これは？」

「コケモモ。食べものだよ」エリが答え、ソファの背もたれに片腕をかけた。肌の放つ熱を感じるほど近くに座っているのに、いやな感じはしない。ただ温かくて心地いい。

最初の数分は、とにかく食べることに集中した。今朝、フェリーでロールパンとりんごをかじって以来、なにも口にしていなかった。リーヴェンの言ったことは正しかった。食べるにつれて、めまいも頭にもやがかかったような感覚も薄れていった。

エリの手が伸びてきて、自分の皿のソーセージをわたしの皿にのっけた。わたしは口いっぱいにほおばったまま、見あげた。「きみのほうが必要そうだ」エリが言い、いたずらっぽく目を輝かせた。

わたしは赤くなって食べる速度を落とした。「それで」口のなかのものを呑みこんでから言う。「あなたはスキーのインストラクターで、リーヴェンは医者。コールは？　ジムのトレーナー？　鬼軍曹？　極右の独裁者？」

エリがふふっと笑った。「はずれ。コールは野生動物の管理の仕事をしてる」

わたしは眉をひそめた。「つまり……猟師ということ？」

「真逆だね。英語では、レンジャーっていうんじゃないかな。コールは野生動物が生きていられるようにベストをつくしてる」そう言って両腕を伸ばし、うーんともらした声を聞いて、わたしの下腹には熱いものが走った。「家の私道にヘラジカが現れてどこうとしない、なんてときや、母熊が家のすぐそばまで来たときなんかは、みんなコールに助けを求める」

わたしは目を丸くした。「熊？」

「そう。ここにはいろんな生きものがいるよ。熊。おおかみ。オオヤマネコ。ヘラジカ。たいていはヘラジカだね。あいつらは度胸があるんだ」

度胸があるヘラジカ。そう聞いてほほえまずにはいられなかった。エリもリーヴェンも英語がものすごく上手だから、彼らの母語ではないことをつい忘れてしまう。なんだかほっとさせられた。

「コールは観光客が苦手でね」エリが続ける。「大勢が車で野生動物をはねてしまうから。それか、狩りをするんだけどちゃんと殺してやらなかったり、怪我をしたまま森に帰してしまうから」

「だからわたしにもあんなに怒ったのね」もっともだ。「あのヘラジカを殺してたかもしれない」

エリは肩をすくめた。「まあ、単に怒りっぽいだけなんだけどね。ヘラジカが道路を歩くのはいつものことだ。少なくともきみは車ではねなかった」口笛を鳴らす。「そうなってたら最悪だ。何週間もヘラジカのパイを食べることになってた」こちらを向いて言う。「それで、きみは？　どんな仕事をしてるの？」

「先生よ」答えた直後に、心のなかで自分をひっぱたいた。言うべきではなかったのに。どこで教師をしていたかを知られたら、インターネットで検索できるようになってしまう。そして検索されたが最後、わたしについてのニュース記事が見つかって、わたしは完全に行きづまる。心臓の鼓動が速くなったのを感じて、どうにか落ちつこうとした。

「へえ」エリがなにげない口調で言う。「なんの先生？」

「ふつうに、学校の教師よ」

エリがほほえむ。「じゃなくて、なんの教科っていう意味」

「ああ。そういう意味だったの？」

エリの目がすっと細くなった。わたしはマッシュポテトを口に押しこんだ。

「学校って、ハイスクール？」しばしの間のあとにエリが尋ねた。「それとも小学校？」

わたしは肩をすくめた。「あちこちね」

「生徒は何歳？」

皿の上のコケモモをスプーンで追いかけた。「いろいろよ」さらりと答えた。

「なにも答えてもらえないのかな？」

「ばれた？」

エリがため息をついた。「しょうがない。首の痛みはどう？　薬は効いてきた？」

わたしはうなずいて首を回してみた。「痛みは治まってきたけど、まだすごくこわばってる」

「じつはさ」エリが食器を置いて言った。「ぼくはマッサージ師の資格をもってるんだ」

わたしは片方の眉をあげた。「そうなの？」

「うん。ぼくらの元カノの一人から記念日のプレゼントにって免許をもらった」

「すごい」たいした記念日のプレゼントだ。「いいわ、じゃあ」空いた皿をコーヒーテーブルにのせた。「やってみて」

エリはにっこりしてわたしの後ろに回り、髪をやさしく片側にまとめた。「髪がすごく長いんだね」

「ええ、これは……ちょっと待って」眉をひそめ、さっきエリが言ったことを頭のなかで巻きもどし、もう一度再生した。「あなた、〝ぼくらの〟って言った？」

「なんのこと？」エリは両手をこすりあわせて温めている。

「さっき、〝ぼくらの〟元カノの一人って言った。どういうこと？」

エリは軽く笑った。「言ってないよ。訛りのせいじゃないかな」

「あなた、訛りなんてほぼないわよ」

「ありがとう！」それ以上、こちらが質問をする前に、エリが肩をもみはじめたので、わたしの口のなかにあった言葉はどこかに消えうせた。わたしは魚のごとく口を開けたまま、こわばった筋肉がほぐされて、一日の緊張感がとけていく感覚に酔いしれた。極上の心地だった。

エリが愉快そうに笑う。「どうしたの？　資格なんて嘘だと思ってた？」

しゃべることさえできなかった。エリはしばし肩のこりをほぐしてから、うなじのこりかたまった部分に両手の親指をうずめた。わたしは息を呑んだ。

すぐさまエリが手を止めた。「痛かった？」

「いいえ、違うの。すごくいい」わたしは必死に答えた。

エリが軽く笑い、ふたたび指をうずめてこりをほぐしはじめたので、体に震えが走った。「そこ」わたしは小声で言った。「もっと強く」

エリが眉をひそめた。「ベイビー、すごくこってるね。これじゃあ、そうとう痛むだろう」そう言って筋肉がほぐれるまでもみつづけるので、わたしはすっかりとろけてしまった。

ため息をついて言った。「あなたって魔法使いね」

「よく言われるよ。ほら、今度は反対側」

もぞもぞと体勢を変えると、エリは逆の肩をもみはじめた。「これさ」手を休めることなく、なにげない口調で言う。「シャツを脱いでくれたら、もっと気持ちよくさせられるんだけど」

わたしは唖然とした。さっとソファから離れて、あとじさりする。「信じられない！　それが目的だったのね」

これにはエリも気まずい顔になった。「リーヴェンに頼まれたんだ。あいつ、きみが怪我を隠してるんじゃないかって心配してて」

怒りで血がわいた。「やめて！　おかずがほしいならよそをあたって！」

エリが面食らった顔になった。「そんなつもりは――」

最後まで言わせなかった。「よく聞いて。わたしはいやなの。どうしてわかってもらえないの？　だまして脱がせようとなんて二度としないで。いやだって言ったらいやなの」

エリは両手をかかげた。「ごめん、ごめんって。ぼくらは、きみが怪我をしてないか知りたいだけだ。嘘じゃない」

「わたし、そんなにか弱く見える？　これがコールなら、そこまで心配した？」

エリは肩をすくめた。「自分たちのことならわかってる。でも、きみはこのへんの生まれじゃないし、かなり小柄だ。どこまでが許容範囲か、わからない」

「とにかく、さっきのはひどい作戦よ」わたしは言った。「二度としないで」

エリは唇を噛んだ。赤い巻き毛が顔にかかる。「ごめん」もう一度、言った。「本当に悪かった」

わたしは深く息を吸いこんで気を静めようとした。自分がどれほど弱い立場にあるか、いまさら気づいた。ここに閉ざされて、助けを呼ぶこともできない。いまさらながらパニックがこみあげてきた。「その——トイレはある?」

「いや。ぼくらは雪のなかでおしっこをする」エリが言い、冗談だとわからせようとしてか、おずおずとほほえんだ。わたしが無表情で見つめると、エリはため息をついて立ちあがった。「案内するよ」

わたしはあとじさりした。「いいの。場所だけ教えて。一人で行けるから」

エリは小声で悪態をつき、ソファに腰を戻した。「あっちの廊下の」言いながら指さす。「左手の二つ目のドア」

教わったとおりに薄暗い廊下を手探りで進み、転がりこむようにバスルームに入った。ドアに鍵をかけて便器の蓋をおろし、どさりと腰かけて、自分を説得しようとした。

パニックを起こす理由はどこにもない。これまでのところ、三人の男性は吹雪から救ってくれて、荷物を運んでくれて、診察をしてくれて、食事を提供してくれた。車だって牽引してくれた。危害を加えたいと思っているなら、とっくにやっているはず。三人とも、なんでもしたいようにできるくらい体が大きいし、そうするチャンスだって山ほどあった。

冷静にならなくては。

ドアを軽くノックする音が響いた。「大丈夫？」エリだ。「もしかして窓から逃げようとしてる？　そこさ、かけがねがちょっと壊れてて、揺すってやらないと動かないよ」

震える足で立ちあがり、ドアを開けた。とたんに、よだれの出そうな砂糖とシナモンの香りに迎えられた。エリが一歩さがって場所を空け、皿を差しだす。「ごめんねのしるしに、シナモンロールを作ったんだけど」

わたしは湯気ののぼるシナモンロールを見おろした。おいしそう。「作ったの？」

「うーんと、レンジでチンした。でも、謝罪の気持ちをこめてそうしたよ」期待の笑みをよこす。「ねえ、本当に悪かった。怖がらせるつもりはなかったんだ。ぼくもリヴも誓って下心はなかったけど、たしかにひどい作戦だった」髪をかきあげる。「一人になりたいなら、今夜はぼくの部屋を使うといい。ぼくはソファで寝る――」言葉を切って眉をひそめる。「それも不気味かな？　えーと。そうだ、空き部屋があるから、そこにゲスト用のベッドを運びこもう。きみはリビングで待っててくれる？　お客さんなんてめったに来ないから、なんというか、用意ができてないんだ」

エリが本当に真剣そうで、わたしを怖がらせたことにひどくうろたえているようだったので、だんだん気はずかしくなってきた。

こんなに神経過敏になった自分がいやでたまらなかった。数カ月前なら、これほどセクシーな男性に怪我がないか確認したいから服を脱いでと言われたら迷わず脱いでいただろうし、確認されるあいだはのどを鳴らしていたかもしれない。ここまで人が怖くなった自分がいやでたまらなかった。本当に。こんなのは、わたしではない。むしろあらゆる音にびくついて、あらゆる人を捕食者ではないかと疑う、仔うさぎだ。

「いいの、大丈夫よ。わたし……一人にはなりたくない」皿を受けとり、リビングルームに戻った。「きつい言い方をしてごめんなさい。なんていうか、あんまり触れたくない話題で」ソファの上の、先ほどまでいた場所に丸くなり、背もたれに寄りかかった。

エリがとなりに腰をおろして、心配そうな顔になった。「そうなの？　どうして？」わたしがなにも言わないでいると、彼の口元がこわばった。「どうして？」くりかえした声は鋭かった。「だれかに傷つけられた？」

わたしは口を開いたが、言葉は出てこなかった。

エリが姿勢を正した。のんびりと人好きのする雰囲気がきれいに消えうせて、急にそれほど無害には見えなくなった。この男性なら、けんかの相手をぶちのめせる。

「違うの」急いで言った。「そういうことじゃないわ——どういうことを考えてるのかはわからないけど、とにかく違う。あんなことは言うんじゃなかった」目をこすった。「疲れたわ。しゃべりすぎちゃった」

エリがしばし真剣なおももちで見つめるので、わたしはどうにかほほえんでみせた。それでも食いさがられるかと思ったが、エリは表情をやわらげると、腕を広げてこう言った。「ハグしようか？」

驚いて目をしばたたいた。自分がなにを予期していたのかはわからないが、これではなかった。胸の奥に引っぱられるような感覚が生じる。そうか、わたしはハグしてほしかったのだ。ものすごく必要としていたのだ。この一週間は、人生で最悪の日々だった。皿を置いて、言った。「わたし――ええ。そうね」

にじりよってきたエリが、たくましい腕で包みこんだ。わたしはなにも考えずに彼の肩に顔をうずめて、シナモンシュガーと松の香りを吸いこんだ。エリのTシャツはやわらかくて温かく、心臓が刻む安定した鼓動を頬に感じた。とけてしまいそうだ。

最後にハグしてもらったのはいつだっただろう。大事に思ってくれていた人たちはみんな、いまやわたしを避けている。両親にさえ忌みきらわれている。

急に涙がこみあげてきた。つばを飲んでこらえようとしたが、無理だった。涙が一粒、鼻を伝い、すぐにもう一粒があとを追う。たちまちわたしはエリのシャツに顔を押しつけて泣いていた。抑えられなかった。

エリが悲しげな声で言った。「ああ、スイートハート」わたしを引きよせる。「しーっ。大丈夫。大丈夫だよ」慰めるようにわたしの背中をさする。「きみは大丈夫だ」

自分がどのくらい泣いていたのかわからない。永遠に思えた。そのあいだずっとエリはわたしを抱きしめて、やさしく髪に語りかけてくれた。ようやく涙がつきて、しゃっくりしながら体を離した。「ご、ご」恥ずかしい思いで顔を拭う。「ごめんなさい。どうして泣いたりしたのか」

エリが笑い、濡れた頬にへばりついた髪をかきあげてくれた。「そう？　ふだんはなにがあっても泣かないの？　身内に不幸でもないかぎり？」

「ええ？」

「きみは異国の地で途方に暮れて、自動車事故にあったばかりで、怪我をして、吹雪のなかで凍え死ぬのをかろうじてまぬかれて、いまは外界と接触する方法を絶たれた慣れない場所で足どめを食らってる。誓ってもいいけど、たいていの人はそのどれか一つで泣いてるよ」ぎゅっと抱きしめる。「きみは疲れてるだけだ、ベイビー。心配ない」

「ありがとう」わたしは洟をすすった。「気やすめだけど、それでもうれしい」

「気やすめじゃないさ」エリが親指で頬の涙を拭ってくれた。「ぼくを信じる理由がないのはわかってる」真顔で言う。「だけどここにいれば安全だ。約束する」

彼の目を見つめた。緑色の瞳で暖炉の火が躍っている。その顔はどこまでも隠しだてがなく、真剣だ。信じていいとしか思えなかった。わたしはゆっくりとうなずいた。

エリがまた涙のあとを拭ってくれたとき、ずっと顔に触れられていたことに気づいた。かまわない。温かな手に触れられているのは気持ちがいい。エリの両手の親指がこめかみにのぼってきて、円を描いて頭痛を癒やしてくれた。

「いいかな?」エリが低くかすれた声で尋ねた。

わたしはうなずいて身を任せた。暖炉で火がぱちぱちと音を立てる。外では吹雪のくぐもった音がする。泣いていたせいで、いまも呼吸が少し乱れて震えていた。それに気づいたのか、エリが両手で頬を包んでくれた。

「きみは大丈夫だ」もう一度、低い声で言われ、わたしは彼の手のひらに頬をあずけた。芯から疲れていた。まぶたを閉じると、疲労で体がゆっくりと重くなっていく。いまはただ、エリに寄りそって消えてしまいたかった。ほんの少しのあいだだけ。

そのとき突然、エリがわたしから引きはがされた。驚いて目を開けると、エリはじゅうたんの上に投げだされていた。そんなエリを見おろして、雪で濡れたブーツを彼の胸の中央に押しあてているのはコールだった。その表情は激怒していた。

かわいそうに、デイジーは心臓発作を起こしそうな顔をしている。と思うや目を丸くして、さっと立ちあがった。「なにするの？」強い口調でコールに詰問する。「その足をどけなさい！」

「断る」

ぼくから離れさせようと、デイジーはコールにつかみかかった。まちがいない――この女性はファイターだ。さながらヤマネコの勢い。あいにくコールは彼女より十四倍も重たいヘラジカの相手にさえ慣れているので、デイジーに腕をつかまれて引きはなされようとしていても、ほとんど気づいていないだろう。

「あなた、おかしいんじゃないの？」デイジーが高い声で言う。「ずっと森のなかに住んでたせいで、熊になってしまった？　足をどけなさいったら！」

「いったいなんのつもりだ？」コールがうなるような声でぼくに言った。「たった三十分、二人にしただけで！　そんな短いあいだも手を引っこめておけないのか？」

ぼくは両手をかかげた。「なにもしてないよ！」

「変な意味でわたしに触ってたんじゃないわ」デイジーも言う。「慰めてくれてたの！」

「こいつは、頭痛がしてるおまえに迫っていた」コールが怖い声で言う。

「頭痛はもう平気よ！　リーヴェンも大丈夫だって言ってくれたわ。それに、体を寄せていってたのは、むしろわたしのほう」デイジーがまたぼくからコールを押しのけようとする。「ほら、どきなさい。野蛮人」

「いいんだよ、ベイビー」ぼくは言った。「こんなのはいつものことだ。それに、コールを倒すのなんてわけない。見てて」言うなり、コールの足首をつかんでぐいと引っぱると、コールは悪態をついてぼくの上に倒れてきた。肺から酸素が押しだされて、ぼくはうなった。「おい、少しダイエットしろよ。おまえにはもうヘラジカのパイはなしだからな」

コールが目に怒りを燃やしながら起きあがった。「納屋へ来い」低い声で言う。「リーヴェンが、話があるそうだ」

デイジーが手を差しのべてくれた。必要なかったけど、この女性に触れるチャンスを拒む気はない。小さな手首をつかんで、引きおこされてから、尻を払った。

「ほらね？　どこも痛めてない。本当のところ、コールはハエも殺せないんだよ」

「そうなの」デイジーの声は疑いに満ちている。「それで、わたしたちはどこへ行けばいいの？」

「おまえはいい」コールが言う。「ここにいろ《スティ》」そしてデイジーをソファに押しもどした。

デイジーが言う。「待《ステイ》てって……わたしは犬じゃないのよ！」

「おまえの話をする。だから来るな」

「きみの車を見てくるよ」ぼくはとりなすように言い、コールをひとにらみして、続けた。「きみは暖かいここにいたほうがいい。ほら」ソファの横のかごから毛布を拾って、デイジーをくるんでやった。「シナモンロールを食べてて。すぐ戻るから」

デイジーが怪しむような目になった。あれをしろこれをしろと指図されるのは好きではないらしい。了解。それでも、とっておきの天使のほほえみを投げかけると、ついに彼女もソファに腰をおろした。その目はいまも疑いに満ちていた。

コールはこのやりとりに飽きたのか、向きを変えて玄関のほうに歩きだした。

雪のなかをよろめきながら進み、納屋へ向かう途中でコールに追いついた。雪は本降りになっている。あまり時間がない。「少し冷静になれないかな」ずんずん歩いていくコールに呼びかけた。「ここにいても安全だよって言ってたところだったのに。おまえがあんなふうに乱暴なことばかりしてたら、説得力をもたないよ」

「薬を飲んで泣いてる女にキスしようとするべきじゃなかった」

「キスしようとなんかしてない」

「していた」

「してないって！　涙を拭いてあげてたんだ。彼女、動揺してたから」

コールの冷たい視線が返ってきた。「おまえがかわいい娘を見てキスしようとしなかったことがあるか？」

「逆なんだって。かわいい娘のほうがぼくを見てキスしようとするんだ。ぼくは悪くない。ただキスしたくなる男ってだけで」

「嘘はつくなよ」コールが無表情に言う。「本当に、考えもしなかったんだな？」

ぼくは笑った。「そうは言ってない」

もちろん考えた。というより、デイジーを見たときからずっと考えている。大きな茶色の目に、寒さで頬がピンク色になった姿はとてもかわいかったのだ。そして家に入ったあと、それ以外のところも目の当たりにして、驚いた。曲線に恵まれた体、流れるような髪。ソファの上ですりよってこられたときは、あのやわらかなピンク色の唇を間近に拝んだ。だから、そう、彼女にキスすることは考えた。だけどほかにもいろんなことを考えた。だから行動に移すつもりはなかった。怯えて泣いている女の子にキスするほど、卑怯な男じゃない。

それにしてもコールの反応は興味深かった。デイジーのことはかなり嫌っているようなのに、それでも守ろうとするとは。

にんまりしてコールを見あげた。「やさしいんだな。まるで白馬の騎士みたいに駆けつけてさ。まるで彼女のことが好きみたい——」

雪のなかに横だおしにされて、ぼくはうなった。

コールはデイジーの車を納屋に運びこんでいた。納屋は大きな木造で、ぼくらの車すべてと道具類が収められている。一隅には薪が積みあげられて、防水シートで覆われており、別の隅には食料だ——缶詰に乾物、大量の冷凍肉。デイジーの車はコールのトラックの横に停められていて、リーヴェンがボンネットに頭を突っこんでいた。

「どんな感じ？」ぼくは言い、納屋の引き戸を閉じた。

「だめだな」リーヴェンが言い、タイヤを蹴った。「本職の修理工でないと無理だ。つまり、吹雪が終わるまでは見てもらえない」眉をひそめる。「そうなったとしても、彼女が免許証を提示しないなら、どこまで直してもらえるか」

財布を奪いかえそうとしたときの、デイジーの必死な目を思いだした。「免許の更新期限が切れてるとか？　それで、面倒なことになると思ったんじゃないかな」

「おれたちは交通監視員じゃない」リーヴェンがつぶやく。「彼女はスウェーデン紙幣も持っていなかった。イギリス紙幣だけだった」頭のなかでパズルを組みたてるのが、見える気がした。

リーヴェンはいつもこうだ。問題を解決するのが大好き。たぶん、だからいい医者なのだろう。ぼくに言わせれば、ゴージャスな女の子が家に転がりこんできたら、あれこれ疑問に思うな、だけど。

「彼女はスウェーデン語も話せない」リーヴェンがゆっくりと言う。「この季節にふさわしい衣類を持っていないし、タイヤ交換もしていない。まるで、来ようと思って来たのではないみたいだ」ちらりとぼくを見た。「なんの仕事をしているか、話したか?」

「教師だってさ」

「どういう教師だ?」

「さあ。掘りさげようとしたら固まっちゃって。それについては話したくないみたいだった」

「いまは学年度の真っ最中じゃないのか? それなのに生徒を放りだして、なんの支度もなくこんな山奥まで車でやってきたのか? まるで、急にすべてを捨てて逃げなくてはならなくなったようじゃないか」

「法に触れることでもしたか」コールが絞りだすように言った。「追いだすしかない」

「おまえ一人の家じゃないぞ」ぼくは指摘した。

いまは快適なぼくたちのキャビンも、最初は崩れかけた小屋にすぎなかった。それを三人で修理して、まっとうな家にした。配管工事をして発電機をもちこんで、壁と窓をやりなおして、太陽光パネルと床下暖房をとりつけた。費用はリーヴェンが引きうけてくれて、作業は三人で分担した。そういうわけだから、ゲストをどうするかについてもコール一人で決めていいわけじゃない。

「投票で決めるべきだ」ぼくは言った。「ぼくは、あのセクシーなイギリス娘はいられるだけここにいていい、に一票。リーヴェンは？」

二人同時にリーヴェンのほうを向いた。リーヴェンは唇を引きむすんでいたが、やがて答えた。「そうだな、もし彼女がここにいたいと言うなら、いくつか質問に答えてもらいたい。でなければ、せめてなんらかの身分証明証を見せてほしい」

ぼくは両手を宙に放った。「まったく、二人とも、意地悪だな。困ってるのが男だったら、そこまで疑った？」

二人とも無言だった。答えはわかっているのだ。もしデイジーが男だったなら、とっくにゲスト用のベッドで眠っていると。

「よし、じゃあ」ぼくは言った。「性差別主義者みたいなまねはもうよそう」

コールが鼻で笑った。「そうだな。だっておまえは、だからあいつにいてほしいんだものな。おまえは女の権利の擁護者だから」

「うん、女性には凍死しない権利があると思うよ」ぼくは言いかえした。「なあ、しっかりしろよ。彼女は困ってるんだぞ。かわいいのは彼女のせいじゃない」

リーヴェンが目をこすった。「吹雪が落ちつくまでは、彼女はここにいていい」結論として言う。「そのあとはコールが彼女の車を町まで牽引していって、修理に出して、彼女はホテルに部屋をとる」

「何日がかりの話だ」コールがぼやいた。

ぼくはコールににやりとしてみせた。「時間をつぶす方法ならきっと見つかるよ」

納屋の奥に折りたたみ式ベッドをしまいこんでいたので、それを三人でかついでキャビンに戻った。けれどなかに入ってみると、必要なかったとわかった――デイジーはソファの上で毛布にくるまって丸くなり、すやすやと眠っていた。リヴはまだ作業が残っていると言って仕事部屋に戻っていった。コールは道具部屋の片づけに行ってしまった。ぼくはしばしリビングルームに残って、暖炉のそばで温まりながら、デイジーの顔で躍る火あかりを眺めつづけた。

デイジー

疲れのせいか、薬のせいか、慣れない北極圏の空気を吸ったせいか、わからないけれど、とびきりおかしな夢を見た。

最初は自分が夢を見ていることにさえ気づかなかった。あの三人のソファに横たわり、毛布にくるまって丸くなっていた。眠りと覚醒のはざまでうとうとしていたとき、エリが部屋に入ってきた。緑色の目が輝いている。わたしを見てほほえみ、自身のシャツの裾をつかむと、流れるような動きで頭から引きぬいて床に放った。わたしは、勝手に口が開くのを感じた。エリは全身、みごとな筋肉に覆われていた。たくましい大胸筋から引きしまった腹筋へ、わたしは視線でおりていき、Vの字形になってズボンのウエストバンドの下へ消えていく筋肉の筋を目で追った。

「この光景が気にいった？」エリが笑い、わたしの脚のあいだに膝をついた。そうしてわたしの肌に唇を押しあて、キスで太ももをのぼってくるものだから、こちらの体には熱が走った。「きみを食べたいんだ、スイートハート」エリが肌にキスしながらささやく。「きみのなかに入りこみたい。しゃぶって、キスして、きみがイクのを顔で感じたい」

わたしは啞然として、ささやきをもらすことしかできなかった。「ああ」

　エリの唇が上へ上へと近づいてくると、ぞくぞくする感覚が体を貫く。うるおった部分まであと数ミリというところまで迫ったら、わたしのなかに熱がたまり、体は小さくわなないた。エリがほほえんで身を乗りだし、ひだのあいだに熱い舌をしっかりと這わせた。呼吸が軽く乱れて、やわらかな快楽の声がもれ、わたしは赤い巻き毛をしっかりつかんだ。エリは顔をそこに押しあてて、何度も舌を這わせた。熱いお風呂につかったかのごとく、肌がだんだん温もってくる。体に力が入らないので、ソファにぐったりと寄りかかったまま、頬がほてって息づかいが荒くなっていくのを感じていた。

　またドアが開いた。今度はリーヴェンが入ってきて、わたしのとなりに座った。エリの唇がいまも脚のあいだをむさぼっているのに、リーヴェンがこんなに近づいてきてもおかしいとは思わない。

「デイジー。顔が赤いぞ」リーヴェンがそう言って眉をひそめ、やさしい医者らしく両手でわたしの体をさすりはじめた。エリの舌がひだのあいだを行ったり来たりする。体の奥でうずきが目ざめ、自然と引きつるのを感じながら、求める感覚を得ようと体勢を整えた。リヴがますます眉をひそめる。「異常がないか、確認させてくれ」静かにそう言ってかがみこみ、わたしのシャツをめくった。抵抗しようとしたけれど、気がつけばシャツもブラもどこかに消えていた。あらわになった胸を、リヴの黒い目が貪欲に見つめる。ひとさし指がゆっくりと胸のいただきの輪郭をなぞり、わたしの肌を粟立たせた。すぼまったいただきを軽くつままれて、わたしは悲鳴をあげた。

脚のあいだでは、エリが熱い舌をなかに滑りこませた。とたんに、体の奥で静かに揺らめいていた炎が燃えあがる。わたしは目を見ひらき、腰は勝手に動きだして、つのるうずきを消し去ろうとした。エリの舌が奥まで滑りこんできて、そのあまりの気持ちよさに息をするのも苦しくなるけれど、もっと欲しい。もっと、もっと。体がうずいて苦しくて、胸のふくらみはじんじんして、体の芯はぎゅっとこわばっている。手は必死にソファをつかみ、のどの奥からはすすりなくような声がもれる。この切望を理解したのだろう、リヴがわたしの首にキスしながら胸のふくらみを手と口の両方でかわいがりつづけるので、とうとう全身に火がついた。わたしは身をよじってもだえ、たかぶった狂おしさからどうにか逃れようとした。全身がわななくほどの激しい絶頂に近づいているのを感じる。ああ、すごい。これ以上は無理。腰が一度、二度、激しく動いて――

「イッちゃう――」息も絶え絶えにささやいた。

「だめだ」重たい手が肩にのせられた。「目を開けろ、ベイビー」

言われたとおりにすると、コールが下着姿で見おろしていた。「ああ……」このときもまだわたしはエリの顔の前で必死に腰を揺らしていた。コールも加わるの？

コールがボクサーパンツをおろしたとき、わたしは目を丸くした。そそりたつものは巨大で、コールがさするとゆっくり硬直した。なめらかで繊細そうな肌を目の当たりにして、生つばがわく。口のなかに欲しい。味わいたい。「お願い」絞りだすように訴えた。

コールが手を伸ばしてきて、そっと下唇に触れた。「全部、呑みこめ」

わたしはじっと見つめた。「無理――」

「無理じゃない」コールはしわがれた声で言った。やさしく押しこまれて、わたしは息を呑んでのけぞり、口は大きく開いた。太いものの先端を唇でくるみ、コールが身ぶるいするのを感じながら、温かくしょっぱい味わいに悦びの声をもらした。

不意にエリが舌をひるがえしたので、わたしはびくびくと痙攣し、悲鳴をあげた。震えが背筋を駆けおりて、全身を揺るがす。これ以上は耐えられない。エリの髪をわしづかみにして目を閉じると、ついに降参した。くりかえし押しよせる快感の波に洗われて、全身の筋肉がどうしようもなく震える――

「デイジー？」

はっと目を覚ますと全身汗びっしょりで、片手は脚のあいだに挟まれていた。肌はじんじんとしびれて、体はほてって震え、下腹部はうずいている。一瞬、自分がどこにいるのかわからなかった。目を丸くして周囲を見まわすと、板壁と梁と天井、大きなオーク材のダイニングテーブルがある。最後に視線がエリに行きついたとき、心臓がどきんとした。夢のなかと変わらないセクシーな姿で、白いシャツは二の腕に吸いつき、ゆったりしたスウェットパンツは腰に引っかかっている。ベッドから出てきたばかりなのか、赤い巻き毛はくしゃりと乱れていた。窓に目を向けると、カーテン越しに朝日が射しこんでいる。夜どおし眠ってしまったらしい。

エリが笑みを投げかけてきた。「大丈夫、スイートハート？　ちょっと苦しそうにしてたよ。怖い夢でも見た？」

わたしは自分を見おろした。ありがたいことに、全身毛布で覆われている。そっと脚のあいだから手を離したが、信じられないことに、本当に濡れていた。太ももにひんやりとべとつくものを感じた。

最後にみだらな夢を見たのはいつのことだろうか。しかも、目ざめたら濡れているなんて。つばを飲み、こっそりと太ももで手を拭った。「いえ、大丈夫よ」

エリが眉をひそめた。「ねえ、顔がピンク色だよ。雪のなかにいて風邪を引いたかな」手を伸ばしてきて、指先でひたいに触れた。わたしはさっと飛びのいた。心臓がどきどきする。いま触れられるのは避けたい。この男性の顔が脚のあいだにあったさまがありありと頭に浮かび、まばたきをしても追いはらえないいまは。

エリが両手をかかげた。「ごめんごめん。怖がらせるつもりはなかった」親指でキッチンのほうを示す。「パンケーキを焼くんだ。きみも食べない？」

わたしは咳ばらいをした。「え、ええ。パンケーキ。おいしそう」

「よかった。十分くらいでできるから、シャワーを浴びておいでよ。タオルを出しておいた」

「ありがとう」ネズミのような声で言い、ソファから滑りおりると、おぼつかない脚でバスルームに向かった。小さなピンク色のスーツケースが廊下に置いてあったので、きれいな服を取りだしてから、バスルームにこもった。

なかを見まわした。昨夜もここにこもったけれど、あのときは気が動転していたので、シャワーがあることにさえ気づかなかった。一見サウナのようで、壁は明るい色の板ばり、片側には作りつけの小さなベンチもある。蛇口を見つけてひねると、やけどするほど熱い湯が降ってきたので、息を呑んだ。激しくたたきつける湯が全身の緊張をほぐしてくれる。目を閉じて、しばし心地よい感覚にひたってから、なにか洗うものはないかと見まわした。壁に小さなシャンプーラックがとりつけられていて、ボトルが三つ並んでいる。黒と白と緑色。エリならわたしが使っても気にしないだろう――どれがエリのなのかを突きとめればいいだけ。黒を取って蓋を開け、香りをかいでみた。ムスクのようなセクシーな香り。ウイスキーとスパイスを連想させる。目を閉じて深く吸いこんでみた。うっとりさせられるけれど、エリっぽくはない。

今度は白を手にしてみた。すがすがしく清潔な香りで、シーツとせっけんを思わせる。これかもしれない。けれど緑もそれらしかった――こちらは伐りたての松のよう。一分近く立ちつくし、熱い湯に打たれながらボトルを手に逡巡したあと、はっとわれに返った。

まったく、わたしはどうしてしまったの？　大気中のなにかのせい？　この高度だと酸素が少ないとか？　いったいどうして見ず知らずの人の家でシャワーを浴びながら、その人たちのシャワージェルをくんくんしているの？

黒のボトルから少量を手に取って、体を洗ってから、シャワーを出てすばやく服を着た。髪を三つ編みにしながらキッチンに戻ると、エリがコンロの前でフライパンをじゅうじゅういわせていた。甘いバターの香りが鼻をくすぐったとたん、よだれがわいた。

三つ編みの先を結わえて、言った。「手伝うわ。テーブルセットをしましょうか」

「気にしないで、ベイビー。いいから座ってて」エリが横目でちらりと見る。「体調は？」

わたしはこわばったうなじをさすった。「平気よ」

「まだ痛むか」エリがにっこりする。「嘘をつくなら上手にならないと。ぼくらはコールで経験を積んでるからね。あいつ、前にヘラジカに嚙まれたのに二日も黙ってたことがあるんだ。敗血症を起こして本当に死にかけるまで」

わたしは肩を回して、白状した。「ちょっと痛いかも」

エリは親指のバターを舐めとった。「マッサージならいつでもしてあげるよ」

「はいはい。勝手に言ってなさい」

エリは愉快そうに笑った。「あきらめないぞ。ねえ、見てて」何度かフライパンを揺すってから、パンケーキを高く放りあげて裏がえし、みごとにキャッチした。Tシャツの袖の下で収縮する二の腕の筋肉に、わたしは見とれた。

「すごい」どうにか言う。

エリがまばゆい笑みを投げかけて、調理に戻った。

「おはよう」低い声が聞こえた。振りかえると、入り口にリヴがいた。黒髪には寝癖がついていて、太縁のめがねをかけ、ぴったりした白のTシャツが褐色の肌を輝かせている。昨夜はリヴがどれほど筋肉質か、気づかなかった。いま見れば、エリよりもさらにたくましく、腕の筋肉など縄のようだ。リヴは自分でコーヒーをマグカップにそそいでから、エリの肩をたたいて、わたしのとなりに来た。そのままかがみこんでわたしの首をそっと両手でつかんだので、飛びあがってしまった。

「なにを――」

リヴが両手の親指をわたしのあごの下に当てて、やさしく首を左右に動かした。気がつけば彼の香りに包囲されていた――すがすがしくて清潔で、乾燥機から出したばかりのシーツを思わせるにおい。ついシャツに顔をうずめたくなるような。

「お医者さまにはオーケーをもらえたと思ってたけど」顔を光のほうに向けられながら、わたしは弱々しく言った。

「再確認して悪いことはない」リヴがつぶやくように言った。手を離すとき、親指で頬を撫でられた気がした。「これを」リヴが言い、薬をまた二錠、わたしに握らせた。

「ええと、ありがとう」そこへエリがやってきて、パンケーキをのせた皿をわたしの前に置き、三つ編みの先を引っぱった。「ありがとう」今度はエリに向けて言った。「本当に。二人はすごく親切ね」

二人は、とあえて言ってしまった。エリが鼻で笑い、となりに腰かける。わたしは勢いよく食べはじめた。

リヴがコンロに歩みよって自分のパンケーキを用意しはじめた。「町の看護師に無線で連絡した」肩ごしに言う。「天気予報では、雪は午後にはやむそうだ」

わたしは顔をあげた。「よかった！」

リヴが顔をしかめる。「話はそう単純じゃない。吹雪が過ぎたからといって、すぐに移動できるわけではないんだ」

エリがあごで窓の外を示した。「まずは雪かきをしなくちゃね。そのあと、道路が通行可能になるのを待つ」

「町にはスノーモービルが用意されているが、この山奥では、政府は農家に金を払ってトラクターで除雪させるだけだ」リーヴェンが言った。「いつのことになるやら」ごくりとコーヒーを飲んで続ける。「だが携帯の電波は届くようになる。きみを心配している人が大勢いるだろう」

わたしはパンケーキをフォークでつついた。「どうかしら。みんな、わたしがここにいることさえ知らないから」

リヴが片方の眉をあげた。「家族も？」

「いまじゃあ口もきいてくれない」

「友達は？」

もういない。暗い笑みを浮かべた。「知らせてない」

「ボーイフレンドは？」エリがのんびりと尋ねた。わたしとリヴが顔を向けると、エリは肩をすくめた。「ちょっと気になってさ。大事な情報に思えて」

「ボーイフレンドはいないわ」

エリがため息をついた。「かわいそうに。その状況を変えたいなら、ぼくが――」

「黙れ」リーヴェンが言い、目を閉じた。

ぼくがいるよ、とエリが口だけを動かして言い、ウインクをした。わたしは鼻で笑い、パンケーキの最後の一かけらで残りのジャムをすくいとると、満ちたりた思いで椅子の背にもたれた。

「それで、これからどうなるの？　あなたたち、家を出られないときはなにをするの？」

エリが身を乗りだし、目を見つめて真剣に尋ねた。「ウノは好き？」

デイジー

リーヴェンの言ったとおり、吹雪は収まった。正午には雪の降り方が穏やかになり、午後二時には空もすっきりと晴れた。男性陣はリビングルームに集まって、寒くなる前に雪かきをしようと準備を整えた。わたしも遅れまいと着がえはじめた。

「本当に、おれたちだけで大丈夫だ」リーヴェンが眉をひそめて言う。「首の状態を悪化させてほしくない」

「首なら平気」わたしは言いはった。「本当よ。薬が効いたの。もう痛みさえ感じない」

リヴは厳しい顔でわたしを見た。「痛みを感じていないからといって、怪我をしていないことにはならない」

「気をつけるから」わたしは誓った。「お願い。あなたたちが力仕事をするあいだ、お姫さまみたいにただ座ってるわけにはいかないわ」

リーヴェンはため息をつき、ついにシャベルを差しだした。とても大きくて、持ちあげるのも一苦労だ。この三人のそばにいると、自分が縮んだように思えてくる。三人はすべてが大きい――体も、道具も、家具も。そしてもちろん、衣類も。

「小さなピンクのジャケットはインナーコートにするといいよ」エリが言いながら廊下

のクローゼットをあさる。「汗をかくまでは、その上になにか重ねておくといい」

彼の腕の下からのぞいてみると、クローゼットには何着ものスキーウェアがところせましと並んでいた。「すごい。たくさん持ってるのね」

「トーナメントのたびに一着もらうんだ」エリがうわのそらで言いながら赤いジャケットを取りだし、わたしに合わせてみて、クローゼットに戻した。

「選手なの？」

「エリはダウンヒルの全国大会優勝者だ」リヴがブーツの紐を結びながら言った。かがみこんだ彼の引きしまった丸いお尻が目に飛びこんできて、顔がほてったわたしはどうにか視線をそらした。

「これにしよう」エリが取りだしたもこもこの白いジャケットは、背中にでかでかと彼の名前が記されていた。「ぼくには少し小さいくらいだから、きみを完全に呑みこみはしないんじゃないかな」着せてもらってファスナーをあげようとしたものの、髪の毛が引っかかった。頭皮を引っぱられた痛みに顔をしかめ、ほどこうとしたが、小さなファスナーがすっかり食ってしまったらしい。

突然、肩に大きな手がのせられた。スパイスとウイスキーを思わせる濃厚な香りに、わたしは凍りついた。コールが慎重にファスナーをおろしてから、わたしの髪を一つにまとめて、コートの内側に垂らしてくれた。彼の手つきは驚くほどやさしくて、肌に火花が散った気がした。コールが一歩離れると、わたしは渇いた口でごくりとつばを飲んだ。

「ありがとう」わたしは言った。

「なぜこいつも来るんだ？」コールがうなるように言う。「一人で服も着られないやつに、どうしたら雪かきができる？」

わたしは彼をにらみつけた。「こいつだって学習するわ。どうしようもないばかじゃないんだから」小柄かもしれないけれど、体力はある。

コールは片方の眉をあげ、ポケットから手袋を取りだすと、肩ごしにわたしのほうへ放った。「凍えないようにだけしてろ」つぶやくように言った。

ついに全員が防寒対策を終えて、雪のなかに踏みだした。三人が住んでいる場所をまともに見るのはこれが初めてだったので、その景色にわたしは息を呑んだ。ここは山の中腹で、松の森が見おろせる。なにもかも雪に覆われており、目に映るすべてはきらきらと輝いて、春まだ早い陽光を受けて繊細な青と銀色にきらめいている。視線をあげると、あちこちに山の峰がそびえていた。「すごい」

エリがほほえんだ。「きれいだろ？」

「きれい、だけじゃ足りないわ」見まわして、すべてを眺めた。絵筆を取りたくて指がうずいたものの、ぐちゃぐちゃになったキャンバスを思いだして顔をしかめた。ここを去る前に、参考用の写真を撮っておかなくては。「あれはなに？」私道の端に建つ崩れかけた石づくりの小屋を指さした。エリがそちらに目を向ける。

「ああ、あの小屋。前の持ち主が薪や道具を置いていた場所だよ。ぼくらには小さすぎたから、代わりに納屋を建てたんだ。いいかげん、あの小屋も壊さないとなあ」

金属音が聞こえたので振りかえると、コールがキャビンの側面にはしごをとりつけていた。レーキをかつぎ、片手ではしごを屋根までのぼりだす。

それを見ながら、わたしは言った。「危なくないの？」

リーヴェンが肩をすくめた。「まだ死んでいない」エリのほうに言う。「おれは納屋を引きうける。おまえたちには私道を頼めるか？」

エリがうなずいた。リヴは大きな小屋のほうへ去っていき、エリとわたしは雪のなかを道路へ向かった。強い風に、コートを重ねていても震えが走った。「寒い。いま何度？」

エリはとんとんと雪を踏みつけ、首をかしげた。「マイナス二十度くらいかな？」陽気に返す。

「どうしてわかるの？」

エリは肩をすくめた。「マイナス二十度くらいだと、雪はこういう音がするんだ。心配ないよ。体はすぐに温まる」そう言ってシャベルを差しだした。「アドバイスだ。脚を使って持ちあげること」

三十分後、わたしは雪かきマシンと化していた。すくって、持ちあげて、落とす。すくって、持ちあげて、落とす。何度も何度もすくって持ちあげて落とし、できるかぎりの速さで雪をかいていった。疲れる作業で、全身の筋肉が悲鳴をあげるけれど、気にしない。全力でとりくむのみ。自分のやるべきことをきちんと果たしたかった。完全な役たたずではないとコールに示したかった。

汗がうなじを伝い、わたしはどかせた雪の山にシャベルを突きたてて背筋を伸ばすと、エリのジャケットを脱いで腰に巻いた。息をはずませながら周囲を見まわす。自分が雪かきをした区画がエリに負けないくらい広いことに気づいて、小さな達成感がこみあげてきた。

エリも手を止めて松の木に寄りかかり、わたしを眺めた。なにもせず、ただ眺める。

「なあに？」わたしは呼びかけた。

エリは首を振った。「なんでもない。見てるだけ」

わたしは笑い、また雪に向きあった。「変な人」シャベルで雪をすくって持ちあげると、腕の筋肉が震えた。

なにか固いものが背中に当たって、危うく倒れそうになった。さっと振りかえると、エリが雪玉をこしらえていた。「いまのはなに？」

　エリが肩をすくめる。「ぼくのことを〝変な人〟って言っただろ。ひどいよ。すごく傷ついた」かがんでさらに雪を拾う。彼もジャケットを脱いでいて、セーターに覆われたみごとな胸板が拝めた。高い頬骨は寒さのせいでピンク色に染まり、赤毛はくしゃくしゃに乱れている。なんておいしそう。

　肩から雪を払って言った。「変な人って言われたくないなら、じろじろ見るのをやめることね」

「だって、きみは目の保養だから」エリが体を起こした。「ほら。取って」

「取るってなにを――」

　エリが腕を振りかぶり、こちらの顔めがけて雪玉を投げてきた。雪玉が頬に当たって、その冷たさに息を呑む。やけどしたみたいだ。わたしは負けじとシャベルを手ばなし、二人の頭上に広がる松の枝をつかんで、激しく揺すった。なだれおちてきた雪に、エリが悲鳴をあげた。

「くそっ」彼がかがんで雪をつかみ、また雪玉をこしらえるのを見て、わたしは逃げだした。雪玉は顔こそはずしたものの耳をかすめ、こちらも必死に雪を丸めて投げかえした。

　またたく間に本格的な雪合戦になっていた。どちらも本気でぶつけあう。わたしのほうが小柄だからといって、エリは手加減しない。巨大なアスリートの体にひそむパワーをありったけ使って攻撃してくる。楽しかった。ものすごく。子どもに返った気分だった。エリがどこまでも遊び心に満ちているおかげで、もう何カ月も感じていなかった心の軽さを引きだされる。卑劣な元ボーイフレンドのことを心配するあまり、楽しみ方さえ忘れていたみたいだ。それをこの男性が、のんびりした笑顔を投げかけてはしょっちゅうからかってきて、わたしのなかのその部分を表に引っぱりだしてくれた。

すごくうれしい。

隠れていた木の幹からのぞいてエリのほうに雪玉を投げ、ひたいに命中したのを見て歓声をあげた。エリは顔をしかめ、濡れた犬のごとくぶるぶるっと首を振って髪から雪を払うと、かがんで両腕いっぱいに雪を拾い、一つにまとめはじめた。その大きさを見て、わたしは目を丸くした。「やったら許さないから！」風の音に負けまいとわたしは叫んだ。エリがにんまりして、さらに雪をかきあつめる。わたしも大きな雪玉を作ろうとしゃがんだが、また顔をあげたときにはエリがわたしの頭よりも大きな雪のかたまりをかかえて立っていた。

「なにか言いのこすことは？」エリが言う。

わたしはゆっくりとあとじさり、両手を宙にかかげた。「エリ――」

エリが両腕を振りかぶったので、わたしは向きを変えて逃げだした。三歩も行かないうちに、背中に巨大な雪玉が当たった。バランスを崩して自分のスノーシューにつまずき、滑って尻もちをついた。うめいて仰むけになり、淡いブルーの空を見あげた。耳のなかで血管が脈うっている。冷たい雪がジャケットのうなじから入りこむ。

こんなに生きていると実感したのは久しぶりだ。

さくさくと雪を踏む音が聞こえて、エリが息をはずませながら駆けよってきた。「完勝だな」うれしそうに言う。「大丈夫？」

からかわずにいられなかった。顔をしかめ、両肘をついて上体を起こす。「どうかしら。足首をひねったみたい」

エリの顔から笑みが消えた。「ええっ。本当に？　おーい、リヴ――」狙いどおりに近づいてきたので、すかさず彼の膝をつかんで引っぱり、昨夜、彼がコールにやったのと同じようにひっくりかえらせた。エリはわたしの上に倒れてきて、腕と脚がもつれあった。「くそっ！」

「ごめんなさい」わたしはくすくす笑った。「我慢できなくて」

エリが舌を鳴らした。「ベイビー、ぼくの下になりたいなら、頼むだけでいいんだよ」わたしの上に重なったまま、楽な体勢に整える。わたしは押しのけようとしたが、エリはもっと体重をかけてきて、わたしを地面に押さえつけた。かがみこんでいる彼の赤い巻き毛に顔をくすぐられて、下腹部で火花が散る。輝く緑の瞳を見あげると、眉の下の小さなそばかすも、頬骨にうっすらと残る傷痕もわかった。

「降参する？」エリが楽しそうに問う。

「絶対しない」わたしはささやいた。

「こーれでーもかー」エリが音を引きのばして言った。

まともに息ができなかった。ぎゅっと体を押しつけられて、胸のふくらみを押しつぶす固い胸板を感じる。エリの視線が口元におりてきたとき、胃がきゅっと引きしまるのを感じた。

自分はこの男性にキスしたいのだと気づいた。唇がひりひりするほどキスしたい。彼の太陽のような明るさを少し分けてほしい。エリのまつげがさがり、顔が近づいてきて、もう少しで唇と唇が触れるところまできた。目を閉じて首を傾けると、エリののどの奥から低い声がもれる。エリがさらにかがんで、ついに唇が唇に――

わたしは手を伸ばして雪をつかみ、エリのセーターの首筋に押しこんだ。

雪が胸元に落ちこむと、エリが息を吞んで身ぶるいした。「くそっ、なにを――」

「絶対しない！」わたしは満面の笑みでもう一度宣言した。

エリはわたしをにらんでから、自分も雪をすくおうと体をひねった。顔じゅうに雪を浴びせられるものと思って、わたしは身がまえた。ところがエリは指先でちょっぴりつまんだだけだった。彼がかがみこんできて、じっとわたしの顔を見つめ、冷たい結晶を唇に押しあてたとき、一瞬、胸の鼓動が止まった。ひんやりした感覚に思わず声がもれる。それを聞いてエリが息を吸いこみ、全身をこわばらせた。両手をわたしの首に添えて、軽くのけぞらせる。

「ぼくに、くれないか」エリがかすれた声で言う。

わたしがうなずき、震えるまぶたを閉じると、ついに唇が触れあった。

小さなキスだった。まるでわたしの唇から先ほどの雪を吸いとるだけのような。凍えた肌に感じる熱い唇は、驚くほどに刺激的。ため息をついてしっかりと肩につかまり、キスに応じた。激しく。するとエリがうめいてわたしに両腕を回し、ぐいと引きよせた。

エリのキスはこんなふうじゃないかと思っていたとおりのキスだった。遊び心があって、ついばむようで、甘い。まずはわたしの下唇に小さくキスをして、それからおもむろに吸いつき、服の上からいたるところを両手でまさぐるものだから、こちらはぞくぞくしっぱなしだ。エリはどうしたらいいかをちゃんとわかっている。元ボーイフレンドのサムのキスは毎回同じで、手順に従っているかのようだった——唇を閉じたまま五秒、ディープキスを十秒、最初に戻ってくりかえし。エリのキスははるかに自然で、わたしの上でうごめきながら、どんなに小さなこちらの動きや吐息にも反応する。

松の香りに包まれて、唇でうながされるまま唇を開くと、舌が滑りこんできた。頭がくらくらする。必死に彼のセーターをつかんだら、エリはのどの奥から深い声をもらした。その音は心地よく全身に染みわたり、下腹部はわななないて胸のふくらみはうずいた。

両手が求めるままに、セーターの裾へ這わせていった。手袋をはずして指先をシャツの裾からもぐりこませ、ほてった肌と固く引きしまった筋肉を味わう。背中の雪は凍えるほど冷たくて、スキージャケットにまで染みこんでいるけれど、上に重なっている男性は溶鉱炉のごとく熱を放っているから、ただただ彼にしがみついていたかった。キスしながら指先で筋肉をなぞると、エリがわななき、耳元で低くうなった。唇が唇を離れて、頬を伝いおりていく。赤い巻き毛に肌をくすぐられながら、熱く湿った感覚を首筋で味わった。脚のあいだがうるおってきて、とりわけ敏感なスポットを唇で探りあてられたときには思わず体を弓なりにした。

不意にエリが動きを止めて体を起こした。唇が肌を離れたことでわたしが情けない声をもらすのもかまわず、そっと髪を耳にかけてくれる。「これ、ぞくぞく《ティングリング》だね」

わたしは目を開けてまばたきをし、頭にかかったもやを払おうとした。「ええ？」

「まちがいない、ティングリングだ」エリが言い、じっとわたしの首を見る。「すごくかわいい」

「ぞくぞく《ティングリング》って、なにが？　あなたのムスコがぞくぞくしてるの？」腰を突きだすと、彼の股間はふくらんでいた。

エリがうなり、おかえしとばかりに腰を押しつけてきたので、わたしは口を開いてあえいだ。

「そうじゃない。ティン、ゲル、イング」エリが言いながらひとさし指でわたしの耳の後ろを撫でたので、わたしはわななき、タトゥーに触れられているのだとようやく理解した。小さな妖精のかたちで、爪ほどの大きさしかなく、耳の後ろに隠れている。

「ティンカーベルのこと？　これは二年前にディズニーランドへ行ったあと、入れたの」

「ティンカーベルか。スウェーデン語ではティンゲリングっていうんだ」首を傾けてわたしを見つめる。「うん、ぴったりだね。きみたちは同じサイズだから」

わたしは怖い顔でにらんだ。「身長ジョークは好きじゃないんだけど」警告するように言う。

エリはいたずらっぽい笑みを浮かべた。「へえ？　どうするの？　すねを蹴る？」

「蹴るならもう少し高い位置ね。背伸びすれば、ちょうど股間に届くんじゃない？」

「ええ？　想像してごらんよ。届かなかったら悲劇だぞ」そう言って、首筋に鼻をこすりつけてくる。「ベイビー、震えてるね。さすがに寒くなったか。行こう」タトゥーにキスして言った。「きみを温めるぞ」立ちあがってわたしの手を取った。勢いよく引きおこされると、世界がぼやけた白の斜線になる。エリがわたしのシャベルも小脇にかかえてくれて、一緒に家のほうへ歩きだした。全身が歌い、唇はじんじんしている。熱が体をめぐり、内側から温めていた。

さっきのはなんだったの？　踏みしめるように雪のなかを進みながら、エリの整った顔をそっと見あげた。これからどうなるの？　家に入って、なにごともなかったふりをする？　またキスをする？　よく知らない人とキスをするなんて、ナイトクラブでしか経験がない。さっきは抑えられなかった。あまりにも自然なことに思えた。

エリがぎゅっと手を握った。「落ちついて、ティンク。ホットチョコレートでもどう？　ゼロから作れるよ」

わたしはぶるっと首を振った。そうすれば、頭のなかの騒がしい思考を追いはらえるとでもいうように。「お願い」

キャビンに入ってみると、リーヴェンがすでに戻っていて、キッチンテーブルでノートパソコンに向かっていた。

「楽しかったか？」リーヴェンが顔もあげずに問う。

わたしは赤くなってブーツを脱いだ。「エリって子どもね。雪合戦をしかけてきたのよ」

「遊び相手ができてあいつも喜んでいるだろう」リーヴェンはのんびりと言い、あごでわたしの携帯電話を示した。「充電器につないでおいた。サムという人から何度か電話がかかっていた」

わたしはさっと顔をあげた。「ええ？」

その反応に驚いて、リーヴェンが目をしばたたいた。「詮索したかったわけじゃない。ちょうど画面に名前が表示されただけだ」

わたしはコートを脱ぎすてて、走るように部屋を横ぎると、すばやく携帯電話をつかんだ。こちらをにらみあげるサムからのテキストメッセージに、胃の底が沈んだ気がした。内容を読みもせずにすばやく削除した。「元カレよ。二カ月ほど前に別れたのに、まだしつこくしてくるの」

エリが口笛を鳴らし、コンロに鍋をのせた。「ひどいね」

「そうなのよ」

正直に言って、サムのほぼすべてがひどかった。出会ったのは四年ほど前、アートショーでのことだ。わたしはたちまち夢中になったけれど、つきあっていくうちに、サムはどんどん変わっていった。嫉妬ぶかくなって、わたしを友達から遠ざけようとし、ほかの男性とは口をきくのも許さなかった。危険信号は見ればわかる。行動をあらためてくれるように時間を与えてみてもなにも変わらなかったので、彼のもとを去った。

そうしたらサムは、どれほどひどい人間になれるかを見せてくれた。

ため息をついて、残りの通知をスクロールしていった。通知は何百とあり、ほとんどはニュースでわたしのことを目にした古い知りあいからのテキストメッセージだった。

教えている生徒の親から届いた怒りのメールが数件。学校からの不在着信が複数。なるべく中身を見ないようにしながらすべてを削除して、絵画制作の仕事用のメールボックスを開いた。大スキャンダルのあとだから、新たな依頼人など現れないだろうと思っていた。が、どうやらどんな宣伝もいい宣伝らしい。肖像画の制作依頼が何件か届いていた。正確には三件と、わたしをエロ女と罵倒するメールが二件。いまではこれがわたしの日常だ。

エリがわたしの肩にあごをのせて、チョコレートのかけらを口元に差しだした。髪の毛が頬をくすぐる。「それはなに？」

わたしは急いで〝淫乱女は死ね〟という件名の匿名のメールを削除し、咳ばらいをした。「これは……仕事の依頼のメールよ。絵を描いてほしいという人が何人かいるの」

口を開けると、エリがチョコレートを放りこんでくれた。

「仕事の依頼？」パソコンのキーボードをたたいていたリーヴェンの手が止まる。「教師だと言わなかったか？」

わたしは唇を舐めた。「そうなんだけど……いまは少し休んでるの。教師をしてるのはお金のためだから。大学ではファインアートを専攻したし、夢は画家になることだった」

鍋がくつくついいだしたので、エリはホットチョコレートの様子を見にいった。リヴの頭のなかでジグソーパズルのピースがはめられていくのが、実際に見える気がした。

「なるほど。だから車にあれほど絵の道具をのせていたのか」

わたしはうなずいた。「じつは、オーロラを描きたくてここまで来たの。一度見てみたいと思ってたし、ちょうど休暇が必要だったから、いまがそのときかなと思って」

「ふむ」リヴは唇をすぼめた。「こんな時代でも油絵の需要は高いのか？」

「聞いたら驚くわよ。結婚祝いとして人気があるし、家族の肖像画をほしがる人も多い。わたしは風景画のほうが好きだけど――」質問ぜめにされているような気がして、肩をすくめた。「求められるなら、なんでも描くわ」

リーヴェンがペンの端でふっくらとした唇をとんとんとたたいた。「個人のウェブサイトはないのか？　きみの作品をぜひ見てみたい」

絶対にだめ。「準備中なのよね」ほがらかに答えた。「ごめんなさい」

リーヴェンがかすかに眉をひそめた。「サイトもないのに、どうやって依頼が来るんだ？」

答えようと口を開いたが、ありがたいことにエリが湯気ののぼるマグカップを四つ、どんとテーブルに置いて、尋問をさえぎってくれた。わたしの腕をやさしく撫でおろして言う。「きみの寝室を見たい？」耳元でささやく。「ゆうべのうちに、コールが用意したんだ。リビングのソファより快適なはずだよ」少し間をあける。「プライバシーは確実に保てるしね」

リーヴェンが天を仰いだのがわかった。わたしは脱出のチャンスに飛びつき、マグカップを二つ、つかんだ。「案内して」

案内されたのは廊下の先で、いままで気づいていなかったドアだった。エリが脇にさがり、わたしをうながす。なかをのぞいて、小さな折りたたみ式ベッドとランプに気づいたとき、エリがマグカップを床にはたきおとしてわたしをくるりと振りかえらせ、壁に押さえつけた。唇が唇をふさぎ、ゆっくりと深く味わいはじめる。やわらかでチョコレートの味がするその唇に、わたしはため息をついて、とろけた。

コール

吹雪は大好きだ。

生活をものすごくシンプルにしてくれる。家にこもって、火を絶やさないようにする。本を読んで、降りしきる雪を眺める。簡単な食事をして、早めに床につく。買いものはしないし、よそ者は来ないし、仕事もしない。電波はかならず届かなくなるから、電話もテレビも用なしだ。それでいい。頭がきれいさっぱりする。休息の助けになる。

いままではそうだった。

いまは、あの小娘がいつも笑っている。

いらいらを抑えようと、おれが本を置くのもこれで五度目だ。

男三人での生活に慣れきっていた。リーヴェンは静かだし、エリはうるさいこともあるが、少なくとも声は低くて、ラジオの音でごまかせる。女の声がどんなに高いか、忘れていた。デイジーの笑い声は鈴を鳴らすようで、キャビンの壁をやすやすとぶちぬいてくる。で、おれをいらだたせる。

あの小娘は気に食わない。隠しごとが多すぎる。昨日、エリが名前を尋ねたときも、明らかに嘘をついていた。自分のことをなにも話そうとしない以上、どんな秘密をかかえているか、わかったものではない。

やっと声が静まった。本に戻ってページをめくる。ところが数行進んだだけで、エリがなにか爆笑ものの﹅﹅﹅のことを言ったのだろう、またデイジーが笑いころげた。

おれは歯を食いしばって立ちあがり、木製スツールの脚で床をこすった。もう我慢できない。不愉快すぎる。

二人の声を追った先は、おれが物置きからゲストルームに変えてやった部屋だった。たいしたことはない。ベッドにたんす、ランプのみだ。豪華とはほどとおいが、これ以上のものが必要になるとも思えない。二人はドアを開けはなしていたので、おれは足を止めてなかをのぞいた。

デイジーとエリはベッドに腰かけ、カードゲームに没頭していた。デイジーが出したカードを見て、エリが悪態をつきまくる。するとデイジーはくすくす笑って、エリの肩をこづいた。

嫉妬心に貫かれた。おかしい。エリはいつも女に囲まれている。女はハエのごとくやつにたかるのだ。スキーシーズンになると、エリは実質、スキーリゾートじゅうの女と寝まくる。子どものころからこうだった――みんなが吸いよせられるのはいつもエリ。以前は気にしたことさえなかった。というより、成長するにつれておれたちは協定のようなものを交わした――大勢と会わなくてはならないときは、エリが先行して全員を魅了し、おれはこっそり陰に隠れて、帰るときを待つ。他人とおしゃべりをするのはおれの得意分野ではないと、エリは知っている。一人で過ごすのはやつの得意分野ではないと、おれが知っているように。おれたちはうまがあうのだ。

それがいま、エリがデイジーにほほえみかけるのを見て——生まれたときからの友達同士のように笑いあうのを見て——おれは嫉妬をおぼえた。理由はさっぱりわからない。

エリが彼女の三つ編みの先をつかんで引っぱり、かがみこんで、むきだしの首筋にキスをすると、デイジーは息を呑んで唇を噛んだ。エリがやわらかな肌に唇を這わせるのを見て、股間がぴくりと反応した。

くそっ。くそっ、くそっ、くそっ。

エリが女といるところを見るのは本当に久しぶりだが、どうやらおれの体はいまもそれが好きらしい。キスされるうちにデイジーの息づかいが速くなり、襟ぐりの深いタンクトップの下で、胸のふくらみが張りつめる。胸の谷間がピンク色に染まっていくと、おれの睾丸のうずきは無視できないほどになってきた。エリが肌に唇を這わせながらにごとかささやき、巻き毛を頬にこすりつけると、デイジーはまた笑った。きれいな明るい声で。

もう我慢できなかった。

ずかずかと部屋に入っていった。「静かにできないのか」絞りだすように言うと、二人は飛びあがり、ぱっと離れた。「おまえらの声で頭痛がする」

エリが天を仰ぎ、デイジーの肩に腕を回した。「まったく、コール――」

「待って」デイジーがさえぎった。「静かにしましょう。言ってくれてよかったわ、コール。うるさくしてあなたに頭痛をもたらすのはいやだもの」

おれは彼女を一瞥した。夏用のパジャマ姿で、裸同然といえる。おれに見つめられて彼女は身じろぎし、極小のショートパンツの裾を引っぱった。

「なにを考えてそんなかっこうをしてる？」おれはつっけんどんに言った。

デイジーが顔をあげ、目をきらりと光らせた。「なんですって？」

「北極圏に旅行するのに、買ったのはそれか？」床の上に開いて置いてあるスーツケースをちらりと見た。レースとフリルでいっぱいだ。まっとうな荷づくりもしてこなかったらしい。そのへんのものを適当につかんできただけ。冬用の衣類にしたって、どれも新品で、まちがいなく数カ月前に〈インタースポーツ〉の店頭ラックで見たものだ。つまり、ここスウェーデンで買ったということ。

「下着を見ないで」デイジーが手を伸ばし、スーツケースをばたんと閉じた。

「服はどれもあんななのか？」おれは尋ねた。「避暑地へ行くつもりで荷づくりを？」

「ここはどの部屋も暖房がきいてるでしょう」デイジーが辛辣に返す。「あと一時間くらいなら、凍死しなくてすみそうよ」

「冗談でごまかすな。おまえ、そもそもここへ来るはずじゃなかったんだろう。これは計画的な休暇じゃない」

デイジーの頬がますます紅潮した。「だったらなんなの？」

「だとしたら、ここへ来た理由について、おまえはおれたちに嘘をついたことになる」

「やめろよ」エリが顔をしかめた。「彼女にちょっかいを出すなって」

おれはそれを無視した。「おまえは何者だ？」

デイジーは目をしばたたいた。「ど、どういう意味？　わたしはデイジーよ」

「年は？　住所は？　仕事は？」

「エリに言ったとおり、教師よ」キルトの端をいじりながら言う。「ロンドンから来たわ」

「へえ？　教えてる科目は？」

デイジーは口を開き、また閉じた。

エリがため息をついて腰をあげ、おれの前に立ちはだかった。「本気で言ってる。彼女にかまうな」

信じられなかった。過去に一度、嘘つき女には痛い目を見させられているのに。しかもおれたち三人のうちでいちばん傷ついたのはエリなのに。なぜ学習して自分を守ろうとしないのか、理解できなかった。「あいつの言ったことが聞こえただろう。隠しごとをしていたと認めたようなものだ」

エリは肩をすくめた。「別に、ぼくらにすべて話す必要はないし」

「だが――」

「やめろ」エリが言い、おれをじっと見つめた。

おれは言葉を失った。エリはこんなもの言いをするやつではない。ふだんはのんきすぎて、おれともリヴともけんかにならないくらいだ。そのエリがいま、片方の眉をあげ、頭をぐいと動かして戸口を示した。

「本気か？」

「ああ」

数秒が流れた。エリは引きさがらない。

やれやれ。「声だけは落としてくれ」おれはつぶやくように言い、向きを変えて出ていった。

不機嫌にキッチンへ入っていくと、リヴがキッチンテーブルでノートパソコンに向きあっていた。おれはやかんを火にかけ、コーヒーを求めて乱暴に戸棚をあさった。頭のなかがうなっていた。こんなのは正しくない。いい結果になるわけがない。デイジーはまちがいなくおれたちに隠しごとをしていて、だから脅威になりうるのだ。おれたちは彼女に心を開くのではなく、彼女を嘘つきとして扱うべきなのだ。マグカップ二つにコーヒーをそそぎ、テーブルに運んだ。

「エリが行動を起こした」おれは小声で言い、カップを置いた。

リヴは画面から顔をあげもしなかった。

「リーヴェン」

「それでおまえは驚いたと？」片手でキーボードをたたきながら、カップをよこせとばかりにもう片方の手を出す。「あの二人がくっつかない可能性があったと？」

「あいつは本気になるぞ」

「最後に確認したときは、エリには遊びのセックスができるようだったが？」

おれはかぶりを振った。「エリはあの娘とセックスはしてない。ただ……キスして、ゲームをしてる。エリのやつ、本当に幸せそうな顔をして」この五年間でエリは何人もの相手と一夜かぎりの関係を結んできた。が、そういう相手には、あんなふうに愛おしげな態度を示さなかった。「あいつはすぐ人を信じる。最後にこういうことがあったときからなにも学んでない」

リーヴェンはふんと鼻から息を吐きだした。

おれは両手をこぶしに握った。「リーヴェン」

リヴがやっとこちらの目を見た。「おれにどうしろと言うんだ？　ゲストルームに鍵をかけて彼女を閉じこめろとでも？　エリは大人だ。あいつが彼女に手を出したいというなら、させてやれ」

おれはどかりと肘かけ椅子に腰かけて、窓の外を見た。「あの娘は信用できない」

「驚きだな」

「身もとについて、本当のことを言ってない。仕事のことでも嘘をついた」あの小娘は嘘が下手だ。すぐ顔が真っ赤になる。

リヴがため息をついてノートパソコンを閉じた。「そうだな。だが心配ない。三十分前に、村への道が通行可能になったと連絡があった。明日、出かけて彼女の車を修理に出そう。そうしたら、彼女がここにいるのもあと数日だ」

胸を締めつけていた筋肉がほぐれた。「なぜもっと早く言わなかった？」うなるように尋ねた。

リヴの口角があがった。「あいつを心配するおまえがかわいくてな」

「死ね」

リヴは笑ってコーヒーを飲み、おれは椅子の背にもたれた。あと数日。ほんの数日であの小娘はいなくなる。数日のあいだ、避けつづければいい。

またくすくす笑う声が壁の向こうから聞こえた。おれはひたいをさすり、明日は耳栓を買おうと決めた。

デイジー

翌日、コールの運転でたどりついたのは、自動車修理工場の裏の駐車場だった。わたしが予約した民泊《エアビー》のあるキルナにはまだ通行止めで行けないけれど、その手前の地元の村まで、わたしのかわいそうな車を牽引してきてくれたのだ。

わたしは車窓の外を眺めた。「本当に、ここにホテルはないの?」

「おれたちは観光客が嫌いだ」コールがうなるように言う。「部屋を貸すような人間がいるとは思えない」

「きみはもう少しぼくらから離れられないよ、ティンク」エリが言い、わたしの膝をぽんとたたいた。「けど大丈夫。町までの道もきっと二、三日で通れるようになるからね」エリの手はしばしそのまま、わたしの太ももにのせられていて、わたしはお腹がきゅっと締めつけられるのを感じた。そっと横目でのぞき、角張ったあごや、くしゃくしゃの巻き毛を眺める。この男性への惹かれように、われながら少し驚いていた。これほど短期間でだれかに心のつながりを感じたことなど一度もなかったように思う。昨夜はずっとわたしの小さな寝室で、カードゲームをしたりお酒を飲んだりおしゃべりをしたりして過ごした。キスもした。少しだけ。エリが出ていったのはコールが闖入してきたあとで、去り際に、ウインクと余韻をもたせるやさしい口づけを残していった。緑色の目と目が合って、その輝きに、わたしはつかの間、視線をそらせなかった。

リーヴェンが前の座席から振りかえった。「デイジー？」

わたしは身を乗りだした。「なに!?」

リーヴェンが買いもののリストをかかげる。「吹雪の季節にこうして買いだしに来るときは、万一、雪で身うごきできなくなったときのために、少なくとも一カ月はもつだけの量を買うことにしている」

目を丸くしてしまった。

「そうそうあることではないが」リーヴェンが安心させるように言う。「用心するに越したことはない。念のためというわけだ。これからの一カ月で必要になりそうなものはないか？」

「ないわ。特別なものは必要ないし、食事も、あなたたちと同じもので大丈夫」

「食べものにかぎらず、化粧品とか、ドラッグストアで買うようなものは？」

「ええ、なにもいらない」

リーヴェンの黒い目はわたしの目を見つめたままだ。「本当か？」念を押す。「一カ月だぞ。なにか思いつかないか？」

「ええと……ええ、なにも」どうしてここまで食いさがるのだろう？

「これからの一カ月少々で必要になりそうなものは一つもないか?」

「……と思うけど」

「こいつは、タンポンは買わなくていいのかと訊いてる」コールが運転席から感情のない声で言った。

数秒が流れ、わたしは吹きだした。「スーツケースにいくつか入れてあるわ。でも、ありがとう」

「そうか」リーヴェンは前に向きなおり、わたしは笑いを噛みころした。「おれたち全員の携帯番号は控えたな。午後三時には暗くなってくるから、なるべくそれまでに出発したい。もしも一人で道に迷ったら、いちばん大きな広場はどこですかと人に訊け」

「わかったわ」

全員がドアを開けて車をおり、わたしは周囲を見まわした。小さな駐車場はくたびれた車でいっぱいで、道路の向かいには何列も家が並んでいる。冷たい空気が肺を満たし、わたしは深く息を吸いこんだ。

「おいで、ティンク。なかに入ろう」エリがわたしの手を引いて駐車場を横ぎり、ガラス張りの小さなオフィスに入っていった。ドアをくぐるとベルが鳴る。なかは清潔感があって居心地がよかった。待合室にはふかふかの革張りの椅子が用意されていて、隅には自動販売機が置かれている。白髪まじりの男性がカウンターの奥にいて、火をつけてやりたいと言いたげな顔でコンピューターをにらみつけていた。その手元にはタフィーが詰まったボウルがあった。

「ヘイ、ウルフ」エリがのんびりとカウンターに歩みよってタフィーを二つ、つかみとると、男性はさっとボウルを奪ってなにやらぶつくさ言った。「いや、またスノーモービルを壊したんじゃないよ」エリが英語で返す。「というか、今回はぼくでさえないんだ!」タフィーの包み紙をはがして、口に放りこむ。「友達のデイジーが車で事故ってコールに裏まで牽引してもらった」

ウルフは視線をエリからわたしに移した。「友達《フレンド》」うなるように言う。

「彼女はすごくフレンドリーだよ」エリがにっこりして、もう一つのタフィーをわたしのポケットに滑りこませた。

わたしはエリの脇腹をこづいた。ウルフがため息をついて、よっこいしょと椅子から立った。「身分証は?」

まずい。わたしはエリのほうを向いた。「ねえ、ほかに行かなくちゃいけないところがあるなら、ここはわたし一人で大丈夫よ」

エリは肩をすくめた。「ぼくはここに残ってかまわない。ほかにすることもないし」

わたしは唇を嚙み、別の方法を試みた。「その……少し一人になるのもいいかなって。ほら――この数日、家にこもりきりだったでしょう? ちょっと一息つきたいのよ」

失礼なことを言っているのはわかっていたが、エリはただ肩をすくめて、ぶらぶらとまた雪のなかへ出ていった。長いあいだあのキャビンで暮らしているから、自由がほしくなる気持ちは彼らも理解しているのだろう。

胸をどきどきさせながら、身分証明証と運転免許証をウルフに渡した。ウルフが両方を確認し、眉間のしわを深くするのを見て、息がつかえた。彼の目が、わたしの顔と身分証を行き来する。長い数秒が流れた。わたしは身がまえて彼の言葉を待った――が、ウルフはただコンピューターでなにやら入力し、無言で両方の証明証を返してくれた。わたしは安堵の息をついた。この男性にはわたしがわからなかったのだ。

ああ、こんなふうに生きるのはいや。

「よし」ウルフがまたデスク用の椅子から立ちあがった。「見てみよう」一緒に裏の駐車場へ出ていき、ウルフは口笛を鳴らしながらわたしの車の状態を見ていった。「いったいなにがあった？」

「ヘラジカよ」

「ああ」ウルフはボンネットを開いてエンジンを点検しはじめた。彼がなかをあれこれいじるあいだ、わたしは所在なくてトランクのほうに移動した。携帯電話が振動したので取りだし、画面に現れた文面を見る。

サム：頼むよ、ベイビー。もう一度だけチャンスをくれ。

それを削除して携帯電話を戻したとき、ウルフが体を起こして両手を払った。「こりゃ大仕事だな。新しい部品をいくつか注文しなくちゃならない。天候に恵まれたとしても、二週間半はかかるだろう。また吹雪になれば、それ以上」

気おちしながら、わたしはうなずいた。「費用はどのくらいになるかしら」

ウルフが口にした額に、わたしは唖然とした。それでは貯金がすっからかんになる。

待つあいだ、キルナに部屋を借りるなんて論外。どうしよう。どうしたらいい？

エリの姿がぱっと頭に浮かんだ。エリはわたしがいても気にしないだろうけれど、ほかの二人がさらに二週間半、よそ者の滞在を歓迎するとは思えなかった。車の修理が終わるまで、路上で生活するわけにはいかないが、愛車を置いて帰国することもできない。

八方ふさがりだ。

ため息をついて、ウルフが印刷した見積書を受けとり、保証金を払ってから、ふたたび外に出た。打つ手を考えなくては。必死に頭を働かせながら、丸石敷きの歩道を歩きだした。

村は絵のように美しく、現代と伝統が不思議に入りまじった印象を受ける。サイネージ看板つきの銀行を挟むのは、古風な見た目のバーで、入り口にはランタンがかかっている。通りでは雪のなかで子どもたちが遊んでいて、小さなそりで疾走していく。

「おい！」だれかが呼びかけた声に、思わず周囲を見まわした。ちょうど小さなパブの前にいた。寒さをよせつけまいとドアは固く閉ざされているが、何人かは外の小さな金属製のテーブルを囲み、毛布にくるまって座っていた。その頭上にはオレンジ色の電熱器があって、ビールを飲んだりおしゃべりをしたりする彼らを温めている。そのなかの一人の男性が、立ちあがってわたしを見ていた。頬は赤く、足元はふらついている。じっとわたしの顔を見ていたが、ふと視線を落とし、胸を凝視した。

まずい。

わたしは弱々しくほほえんで向きを変え、歩きだした。男性はなにごとかわめいたが、わたしは心臓がせりあがるのを感じながら歩調を速めた。背後に足音が迫ってきて、肩をつかまれたときは飛びあがった。心のなかで顔をしかめつつ、振りかえった。男性は中年、おそらくは五十代。脂ぎった髪は顔にへばりつき、目は酒のせいでうるんで血ばしっている。なにやらささやいた言葉は、意地悪に響いた。意味はわからなくても、性的な冷やかしにはじつに特徴的な響きがあるものだ。

「失礼。スウェーデン語はわからないの」わたしが言うと、男はまたわめいた。広場にいた数人がちらちらとこちらを見ているのに気づいて、わたしはたじろいだ。これこそ、ここへ来たときにもっとも求めていなかったもの——注目。

男がわたしのコートに手を伸ばしてきた。「ごめんなさい」わたしは言い、また一歩さがった。「なにを言ってるのか――わからないわ」

靴が凍てついた丸石に引っかかって、わたしは後ろによろめいた。男が腕をつかみ、分厚いジャケットの上から短い指で痛いほど握りしめてきた。

わたしの一部は心底驚いていた――こんなことが起こるなんて、と。こんな公共の場で。昼日中に、人でひしめく広場で襲われるなんて。けれど行動を起こそうとする人はいないようだった。男に腕を引っぱられた勢いで、わたしは彼の胸に倒れこんだ。酒くさい熱い息が顔じゅうにかかり、男に抱きしめられる。突き飛ばそうとしたが、男はわたしの倍も大きくて、なんの効果もないまま、コートのファスナーをつかまれた。引きちぎろうかという勢いで、男がファスナーを引っぱる。怒りに貫かれたわたしは、片足をあげると、力いっぱい男の足にかかとをおろした。

リーヴェン

おれは目を閉じて鼻で呼吸をしながら、いらだちを抑えようとした。「言っただろう」辛抱強く伝える。「雪のなかを歩いてはいけないと。足首が不安定だし、骨はもろくなっているんだから」

目下おれの診察を受けている白髪の高齢女性、アナは、ふんと受けながした。「この足で九十五年、なんの問題もなく歩いてきたんだよ」

「そこが問題なんだ」おれはつぶやき、腫れた部分をそっと押した。

アナが聞きのがさず、ぴしゃりとおれの肩をたたいた。「失礼なことは言いなさんな」

おれはため息をつき、背中を伸ばした。アナの家の台所の床に膝をついて、お気にいりの椅子に腰かけた彼女の足首を診ていた。怪我をしたといって呼ばれたのは、今年だけで五度目。彼女がなぜ往診を頼むのかもよくわからない――おれの勧めにはいっさい従わないのだから。

孫息子がコンロの前で紅茶を淹れてくれていた。「ばあちゃん、頼むから先生をぶたないでよ。リヴ、どうしたらいいかな」

おれはしゃがんだまま、尻に体重をのせた。「レントゲンを撮ったほうがいい――町までの道の除雪が終わりしだい。それまでは、一時間ごとに十五分間、氷で冷やして、前回おれが置いていった痛みどめを服用すること」カウンターの上の、封も切られていない瓶をちらりと見た。

「痛みどめなんかいらないよ」アナがばかにしたように言う。「子どもじゃあるまいし」

「あの薬は痛みをやわらげるだけじゃなく」おれはまた辛抱強く説明した。「腫れも抑えてくれる。腫れが悪化したら、足首が脱臼するかもしれない。そうなりたいかい？」

アナは小声でぶつくさ言い、おれは孫息子のほうを見た。「あと、頼むから歩かせないように」

「了解」

おれは立ちあがって二人と握手を交わし、ふたたび雪のなかに出た。

暗い気分で通りを歩いた。自分の仕事は大好きだが、これこそ最悪の部分だった。アナには病院での治療が必要なのに、道路が通行可能になるまでは、それを与えてやれない。患者に適切な治療をほどこせないのは、もどかしくてたまらなかった。

角を曲がって広場に入り、薬局に向かった。どこからともなく腕がぬっと伸びてきて首に巻きつき、絞めころされそうになった。

「大丈夫？」エリが尋ねた。

おれは友を押しのけた。「デイジーと一緒じゃなかったのか？」

「あっちへ行けって言われた」エリが陽気に言い、となりを歩きだした。「車のことは自分でできるってさ」

「また身分証明証を隠したかったんだな」おれはつぶやいた。

「だね」

横目で見ると、エリはしごく満足した顔で、のんびりと楽しそうだ。頬にはデイジーのラメ入りピンクの口紅が、うっすら筋をつけている。「それで？　おまえたちはくっついたのか？」

「まさか」エリも横目でこちらを見た。「どうして訊くの？　彼女のことが好きになった？　さっき、デイジーを見てただろ」

「おれはいろいろなものを見る」

エリがため息をついた。「いいんだよ、リヴ。一度、女の子のことで軽く失敗したからって、修道士にならなくちゃいけないなんて理屈はない」

おれは顔をしかめた。「あれは〝軽い失敗〟ではすまない。おれたち全員の人生がぶちこわされた――それも、何年も」

「まあ、これこそおまえに必要なものかもしれないよ」エリが一歩前に出て、おれの行く手をふさいだ。「おまえはまだ真剣なものには心の準備ができてないしね」

「まだもなにも、永遠に準備なんかできない」エリのそばを通りぬけて進もうとすると、エリは後ろむきに歩きだした。「おい――」

「どうして彼女で試してみないのさ？」エリはしつこい。「小さな一歩だろ？　彼女がここを出ていくまでの気楽な関係。なんのしがらみもない。それに、ぼくもいるから、少しはプレッシャーが軽減されるんじゃない？」

「彼女ぬきでこの話をしていいのか？　彼女がおれに興味があるかもわからないのに」

エリが鼻で笑った。「断言しよう。もしぼくに興味をもったなら、まちがいなくおまえにも興味をもつ。背が高くて、浅黒い肌の、ハンサムなお医者さまだぞ」

「ありえない」

エリが肩をつかんだ。「懐かしくないのか？」緑色の目が急に真剣になった。「ぼくは懐かしい。なにかが欠けてるって感じるんだ。それが彼女だったら、どうする？」

エリの手を振りほどこうとした。「なあ、おれには仕事があるんだ」

「いいから考えてみてよ」エリは言い、手を放した。「ぼくはなにか食べてくる」

そうしてぶらぶら歩いていき、角を曲がって消えた。おれはその後ろ姿を見おくりながらめまいをおぼえていた。エリの言葉が頭のなかでくりかえし響いた――なにかが欠けてるって感じるんだ。それが彼女だったら、どうする？

エリの言うとおり。おれもなにかが欠けていると感じていた。この五年間、胸にぽっかりと穴が空いたような気分だった。おれたち三人はこの文明から切りはなされた山奥に小さな家族のようなものを築いたが、まだ完成した気がしないのだ。

デイジーの姿がぱっと頭に浮かんだ。たしかに美しい。白状すると、彼女にキャビンのなかをうろつかれるのはきつかった。女性が廊下を歩いているときに、仕事に集中するのは楽ではない。やわらかな曲線になめらかな肌、長く豊かな髪をちらつかされると。そういう気の散る存在が近くにいることには慣れていなかった。

だがしかし、彼女はそれだけだ。美しいだけ。それだけで、おれたちとのあいだに特別なつながりがあることにはならない。

ポケットのなかで携帯電話が鳴った。取りだして画面を見ると、知らない番号からの着信だったので、画面に触れて電話に応じた。

「もしもし」

「リーヴェン、愛しい息子《ダーリン》」母がきついアメリカ訛りの甘ったるい声で言った。おれは足を止めた。

「母さん？　どうした。だれの電話からかけている？」

「どうもしないわ。メイドの一人に電話を借りたの。わたしからだとわかったら出てくれないでしょう？　この数日、ずっと無視して」

「無視していたんじゃない。また電話が不通になっていただけだ」

「まったく。どうしてそんなひどいところに住んでいられるのか、理解できないわ。そこはほとんど中世じゃない」

かっと怒りがこみあげた。「おれをここで育てることには問題を感じていなかったようだけど」

「そうね。だけどあれからいろいろ変わったでしょう。いまではもっとましな暮らしを送れるようになったんだから」

おれはため息をついた。「それで、用事は？　いま忙しいんだ」

「今度の六月にはこっちに来てくれるのよね？　パーティを開きたいのよ」

「行けない。すまない」

「でも、一緒に計画を立てたじゃない！」母が泣き声を出す。「それなのに、そんなにあっさり中止にするなんて、許されないわよ」

「一緒に計画は立てていない。母さんがおれに来いと命令して、おれは行かないと言って、母さんはそれを無視しただけだ」

母がふんと鼻を鳴らした。「たった一度、訪ねてくることもできないの？　それくらいで困ったことにはならないでしょう。久しぶりにあなたに会いたいのよ、リーヴェン」

「できない。おれは医者だ。三カ月も留守にしたら、大勢が困る」

「だけど、その土地の人たちには独自の薬草とかなんとかがあるでしょう」

おれは歯を食いしばった。「悪いけど、行かないよ。ほかに用事がないなら、仕事に戻っていいかな」

母がため息をついた。「ねえ、ダーリン。まだ怒ってるのはわかってるわ。だけどお父さんもわたしも、ヨハンナとのあいだに起きたささいな件については謝ったでしょう。あれからもう何年も経つのよ。そろそろ許してくれてもいいんじゃない？」

胸のなかで心臓が凍りついた。「〝ささやかな件〟なんかじゃない」怒りをこらえて言った。「彼女はおれにとって大切な人全員の人生をぶちこわした。そして母さんと父さんはそれに手を貸した」

「あのときは難しい状況だったから。あなたたち三人とのことに彼女を巻きこんだのは、あなただったでしょう。どのみち涙で終わることになっていたのよ、リーヴェン。わたしたちはあなたにとって最善だと思ったことをしただけ」

おれは目を閉じた。「この夏はそっちへは行かない。母さん、悪いけど、本当に仕事に戻るよ」そして電話を切った。

すぐさま、また携帯電話が鳴った。ポケットに突っこんで、片手で顔をさする。両親と話すのは苦手だ。毎回、激怒させられて終わる。それでも完全に縁を切らないのは、両親が地元の病院に多額の寄付をしているからだ。それでも――

「あばずれ！」

広場の向こうでだれかが叫んだ声に、はっとわれに返った。数秒かかって、声の出どころを見つける。酔っぱらった中年の男が地元のパブの前に立ち、気の毒な女性に向かってわめいている。男がさがったので、おれからも女性が見えるようになった瞬間、見おぼえのある淡いピンク色のコートが目に飛びこんできた。

デイジーだ。

考える前に全速力で駆けだし、広場を突っきっていた。近づくにつれて、男の言っている汚らわしい内容が聞こえてくる。「ゆうべ、オナニーするときにあんたのことを考えたぜ」ろれつが回っていない。「あんた、けっこうな好きモノなんだろ？　ほら」彼女のポケットを探ろうとする。「携帯を貸せよ。おれの住所を教えといてやる。そしたらあとで来られるだろ？　心配するな、かみさんは気にしない」

デイジーはとまどいもあらわに離れようとする。「ごめんなさい。その……なにを言ってるのかわからないわ」

「けちけちすんなって」男がささやき、ずいと前に出た。「だったら電話番号を教えろよ。金を出すから来い」また離れようとしたデイジーの腕をつかむ。「いくらほしいんだ、ええ？」乱暴に引っぱって、胸に倒れこませた。

デイジーの顔に怒りが広がった。「触らないで」甲高い声で言い、男の足を踏みつけた。強く。

男が叫んだ。「このくそアマ！」つばを散らして叫ぶ。

「おい！」おれは大声で言った。「いったいなにをしている？」二人同時に振りかえり、デイジーの顔に安堵が広がった。その彼女を背後に隠して向きあった男は、見るからに激怒している。頬も鼻も真っ赤で、目はうつろだ。「彼女に触れるな。話しかけるな。見もするな」おれは鋭く言いはなった。「わかったな？」

男はしげしげとおれたちを見くらべた。「先生、その娘はあばずれだぞ」とんでもないことを言う。「何度もイカせてもらった」

デイジーが身ぶるいしたので、そばに引きよせた。「うせろ、この虫けらが」

「その娘は尻の穴が好きなんだぜ」男が楽しげに言う。「尻にぶちこまれると悦ぶんだ。先生も尻に突っこんだのかい？」

我慢の限界だった。一歩前に出て男の襟をつかみ、荒っぽく押した。「もしまた彼女に近づいたら警察を呼ぶぞ。これは昼日中のセクシュアルハラスメントだ。証人も大勢いる」

男は後ろによろめいた。「警察が気にするもんか」つぶやいて、げっぷをする。「おれはほんとのことを言ってるだけだ。そいつは淫乱娘だよ」

「うせろ」

男はぶつくさ言いながら向きを変え、雪のなかをのろのろと去っていくと、パブのなかに消えた。おれは何度か深呼吸をして気を静めようとした。自分のなかにこれほど強い保護本能があったことに驚いていた。ここまで怒ったことなど記憶にない。おれは固く目を閉じて、鼻から息を吸いこみ、デイジーのほうを向いた。デイジーはその場に根が生えたかのごとく立ちつくしたまま、先ほどの男から自分を隠そうとするように胸の前でぎゅっと腕を交差させていた。「大丈夫か？」おれは尋ねた。

「あの人、なんて言ってたの？」

唇がよじれた。「不快なことだ」

「ああ」デイジーがしょげた。「だと思った。だけどはっきりとはわからなかったから、なんともできなかった。ただの変なおじさんなら、股間を蹴りたくはなかったし。でも、そうしたらいきなり腕をつかんできて」下唇を噛む。「厳密には、なんて言ってたの？」

「知らないほうがいい」

彼女の顔がこわばった。「リーヴェン。教えて。あの人はなんて言ってたの？」

おれはため息をついた。「性差別主義者の寝言だ。なかったことにしろ」

「教えて」デイジーが食いさがる。

「本当に英語に訳してほしいのか？」デイジーは茶色の目を見ひらいてうなずいた。おれは顔をさすった。口にしたくもない言葉だった。「あいつはきみを……ふしだらな女性だと。それから、その……」少しでも品のいい表現を探した。「……きみはアナルセックスを楽しむと」デイジーの顔から血の気が引いて、蒼白になった。「ただの酔っぱらいのたわごとだ」おれは励ますように言った。「きっと目についた美人全員に言っているんだろう」デイジーはうつむき、ごくりとつばを飲んだ。肩が震えている。一瞬、泣くのではないかと思い、小さな背中にそっと手を添えた。「なあ、大丈夫さ」

おれの目を見あげた目は乾いていて、唇はまっすぐに引きむすばれていた。「もちろんわたしは大丈夫よ」きっぱりと言う。「もっとずっとひどい目にあったもの」

胃がよじれた。「そう言われても」ゆっくりと返した。「ならよかったと安心しはしない」

「あなたを安心させようとして言ったんじゃないわ」デイジーが腕ぐみをして通りの向かいをにらんだ。その唇は小さなピンク色のハート形にすぼめられていた。

おれは迷った。今日の往診はすべて終わっている。やることリストの項目はあと少し残っているものの、デイジーをこのまま放ってはおけない。性的ないやがらせを受けた直後の女性を異国の地で一人さまよわせておくなど不可能だ。

「腹は減っているか？」唐突に尋ねた。

デイジーは目をしばたたき、慎重にうなずいた。「たぶん」

「ランチでもどうだ？」

「ええと……いいわね」

「行くぞ」彼女を待たずに大股で通りを渡りはじめた。おれはコールやエリと歩くことに慣れているが、デイジーはあの二人より短い脚で必死についてきた。そのとき彼女の足が凍った部分を踏んで、滑った。おれはすばやく手を伸ばし、彼女が倒れる前につかまえて、ウエストに腕を回した。見まわすと、好奇の目が集まりつつあった。村の住人のほとんどはおれを知っている。噂話が広まるのにそう時間はかからないだろう。すばらしい。

「行くぞ」もう一度、今度はやや不機嫌な声で言い、彼女を急かして広場を横ぎった。

デイジー

リーヴェンに連れていかれたのは伝統的な外観のパブで、ドアの外では木製の看板が揺れていた。なかは暖かく、金色の光で満ちている。壁のいたるところにトナカイの角が飾られて、ガス灯の火が躍り、大きな石づくりの暖炉では火があかあかと燃えていた。

一歩なかに入るなり、ピンク色の頬をしたにこやかな中年の女性が近づいてきて、奥のテーブルに案内してくれた。店内にはほかにも客がいた。ほとんどは男性のグループで、ビールを飲んでは大きな声で笑っているが、家族づれも二組いた。

肩に手をのせられて、思わず飛びあがった。リーヴェンがコートをそっと脱がせて、壁に打ちつけられたフックにかけてくれる。

「ありがとう」

リーヴェンは会釈をして、わたしのために椅子を引いた。「トナカイを食べてみる気はあるか？　食肉という点で、倫理的にまったく問題ない。土地の人たちはトナカイのあらゆる部分を利用する」にこやかな女性を笑顔で見あげた。「シャーロットの得意料理だ」

わたしは肩をすくめた。「なんでも一度は食べてみる主義よ」

リーヴェンがなにごとかシャーロットに言うと、彼女はにっこりしていそいそと厨房に入っていった。リーヴェンがバーの蛇口からグラス二つに水をそそいで、ふたたび席についたとき、料理が運ばれてきた。彼が注文してくれたのは湯気ののぼるシチューで、じゃがいもと肉と人参がたっぷり入っている。急に、お腹が空いていたことに気づいた。スプーンを取って食べはじめると、シチューは濃厚で美味だった。

「おいしい！」

「気にいってよかった」リーヴェンが言い、皿の隅にパンを一切れのせてくれた。「どうぞ」

「ありがとう」

わたしは少し緊張していた。ここまで、リーヴェンと一対一で過ごしたことはなかったからだ。初日からずっと彼は礼儀正しいけれど、わたしにいてほしいと思っているわけではないことを態度ではっきり示してもいた。この食事のあいだも口数は少なく、もっぱら携帯電話を眺めている。これを機会に観察しようと、鋭い頬骨と褐色の肌で躍る火あかりを眺めた。冗談ではなく、神々しいほどの外見だ。コートの下に着た高価そうな黒のセーターは体にぴったりフィットしていて、広い肩と太い二の腕のあたりは編み目が少し引っぱられている。縁の太いめがねには、のぞきこんでいる携帯の画面が映っていた。どこから見ても、完璧にセクシーなお医者さまだ。

いくつか向こうのテーブルで、酔った男性たちが不意に歌いだした。声が店内に反響しはじめると、ほかの客も加わって、笑ったりカップをかかげたりした。リーヴェンはかすかにほほえんだが、携帯から顔をあげはしなかった。

「これはなんの歌？」わたしは尋ねた。全員が知っているようで、となりのテーブルの小さな女の子さえ楽しげに口ずさんでいた。

「ヤー・マー・ハン・リーヴァ。ハッピーバースデーのようなものだ」

「ああ！」みんなが歌いおわって拍手したので、わたしも手をたたいた。「むしろ酔っぱらいの歌みたいね」

「もとはそうだったはずだ」リーヴェンは眉をひそめ、携帯の画面をスクロールした。黒い眉のあいだにはしわが寄っている。突然、指先でそのしわを伸ばしてあげたくなったのを、どうにかこらえた。

「リーヴェン、なにかあったの？」

彼が顔をあげた。「え？　いや、別に」携帯をポケットにしまう。「すまない。失礼だったな」

「ちっとも！　わたしなら一人で平気よ。そうじゃなくて……気がかりなことがあるように見えたから」首を傾けて、顔を観察した。「大丈夫なの？」

リーヴェンが口を開き、しばしそのまま、言うべきかどうか迷っているような顔になった。「両親からのメールがしつこい」やがて言った。「母はどうにかしておれを夏に帰ってこさせようとしている」顔をしかめた。「ついに金まで出すと言いだした」

わたしは肉団子を二つに割った。「すごい。本当に帰ってきてほしいのね。実家はこの近くなの？」

リーヴェンは首を振った。「アメリカだ。母はアメリカ系で、だからおれにこんな名前（リーヴェンは古ノルド語由来の名）をつけた。息子がスウェーデン系の姓を名のるなら、ファーストネームはわたしが決めるべきだと言いはって。アンダースやマティアスよりもっと異国情緒あふれる名前にしたかったんだろう」

「待って。じゃあ、あなたはアメリカ人なの？」唇をよじった。

「父は、幼少期はここで過ごさせるべきだといって譲らなかったくせに、おれがティーンエージャーになると、両親揃ってLAに移住した。今回は、おれを呼びよせさえすれば、プールやヨットや豪邸にすっかり心を奪われて離れたくなるはずだと、母は考えているんだろう。ショッピングモール一つないうえに寒くてたまらない山奥に住みたがるとは、わが息子はイカれていると信じているんだ」

「あなたはモールを喜ぶタイプには見えないけど」

リーヴェンは乾いた笑みを浮かべた。「ご明察」

「どうしてスウェーデン語の訛りがないんだろうと思ってた。エリもほんの少ししかないけど、ときどきのぞくわ」

リーヴェンはうなずいた。「おれはバイリンガルで育った。エリとコールは学校で英語を習った」

わたしはもう一口シチューを食べた。「アメリカに住んだことはないの？」

「ハイスクールのときに、二、三年だけ。卒業して医療を学ぶためにここへ戻ってきた」

「たいへんだったでしょう、家族から遠く離れて」

「ちっとも。父は……」暗い笑みを浮かべる。「まあ、きみも知っているかもしれないな。ハンス・ニルソンだ」

たしかに聞きおぼえのある名だった。しばし考えて、言う。「数年前にニュースにならなかった？ ラッパーがらみのなにかで」

リーヴェンが固くうなずいた。「父は弁護士だ」

やっと思いだせた。「殺人罪で訴えられたラッパーを無罪にした、あの」

リーヴェンはボウルを見おろした。

その事件なら覚えている。いやな話だ。とても有名なラッパーが、浮気相手の女性といるところをガールフレンドに見つかって、ガールフレンドを刺殺した。信じられないのは、当のラッパーは殺人を自供したのに、それでも弁護士のおかげで無罪放免になったことだ。どの新聞にも書きたてられたニュースだった。

「お父さんはどうやったの？」

リーヴェンは肩をすくめた。「どんなに難しい訴訟でも勝つという評判のもちぬしだ。うなるほどの金持ちがなにか失敗を犯したときに、最初に電話をかける相手が父なんだ」

「実際に罪を犯していても？」

苦い笑いが返ってきた。「罪を犯していたら、とくにさ。父の専門は、無実の傍観者を牢にぶちこむこと」

わたしは椅子の背にもたれた。「驚きね」

「だから想像できるだろう、おれは家族のバーベキューを避けることにしている。だがときどき――」携帯電話が鳴って、リーヴェンは顔をしかめた。「ともかく。両親はこのあたりの複数の病院に多額の寄付をしている。だから口をきくのをやめるわけにはいかない」

頭がくらくらして、わたしは水を飲んだ。「だからここで暮らすようになったの？」

リーヴェンは肩をすくめた。「アメリカにいたときは、裕福な人ばかりに囲まれていて、生きている実感がなかった。だがここでは――」首を動かして入り口を示す。「人はもっているものが少ないし、なにもかもがはるかにシンプルだ。だれもが相手を思いやる。銀行口座より人間のほうがずっと大事だと、みんなわかっているんだ」

「なるほど」わたしは自分のボウルを見おろした。どうしてリーヴェンはこんな北の地で働こうと決めたのか、不思議に思っていた。いま、やっとわかった。

そこへシャーロットが、彫刻をほどこしたろうそくを手にせかせかとやってきた。それをわたしたちのあいだに置いて火をともし、スウェーデン語でなにやらリーヴェンに言う。リーヴェンはかぶりを振ったが、シャーロットは楽しげに笑って彼をこづき、また去っていった。

「彼女、なんて？」

リーヴェンはため息をついた。「おれがここに女性を連れてきたのは初めてだ、デートならロマンティックな灯が必要だ、と」

わたしはうつむいたまま笑った。「あら。あなたが初めてここに連れてきた女性になれて光栄だわ」

しばし無言で食事をした。考えてみると、たしかにこの状況はデートに似ている。とりわけ、黄色がかったろうそくの灯に顔と手を照らされていると。最後に男性と二人きりの食事に出かけたのは、いつだっただろう。サムはデートが好きではなかった。

そんな思考が聞こえたかのごとく、リーヴェンが不意にこちらへ手を伸ばし、わたしの手をつかんだ。息が止まった。目を丸くしたまま、彼がわたしの手を顔のほうに引きよせ、眉間にしわを寄せてチェックするのをただ眺めていた。

「手袋をしたほうがいい。血の循環が悪くなっている」そう言って、親指の腹で小指の爪に触れる。「青くなってきた」

わたしはもどかしさにため息をついた。「あなたは寒くても平気なのに、どうしてわたしはこんなに弱いの？」

「弱いんじゃない。小さいだけだ。もう少し肉をつけたほうがいい」

「最近、かなり痩せたから」正直に言った。

「意図的にではなく？」

わたしはうなずいた。

「病気だったのか？」わたしの指先を口元に運んで、息を吐きかける。とたんに下腹部に熱いものが走り、思わずテーブルの下でぎゅっと太ももを合わせた。

「そういうわけじゃなくて、この数カ月がしんどかっただけ。だからここへ来たの。逃げるために」

「恋人といやな別れ方でもしたか？」両手でわたしの手を包み、温めようとする。わたしは椅子の上で身じろぎした。おかしいほど親密な行為に思えた。

「まあ、そんな感じ」

「なにがあった？」

「さっきあなたが気づまりな顔をしたら、わたしは立ちいった質問をやめたの、気づいてた？」

ろうそくの灯を受けて、リーヴェンの目が輝く。「自分の家に招きいれた見ず知らずの女性について、いくつか教えてもらうのは筋だと思うが」

「わたしは身長百五十センチで、シチューを食べおえる前に指が寒さでもげおちてしまいそうな女の子よ。この状況では、あなたたち、大柄で強い山男三人組のほうが有利だと思うけど」

今度こそリーヴェンがきちんとほほえんだので、わたしは少し驚いて椅子の背にもたれた。彼の笑みは美しかった。大きくて白くてまぶしくて。胸のなかでどきんと心臓が飛びはね、笑みを返さずにはいられなかった。

そのとき、またリーヴェンの携帯が鳴って、鋭い音に雰囲気が壊れた。リーヴェンがため息をついて椅子の背に寄りかかり、ポケットから携帯を取りだして画面を見つめた。

「出てみたら？」わたしは言った。「こんなに必死に連絡をとろうとしてるなら、なにか重要なことなのかも。なにかあったのかもしれないわよ」

リーヴェンはうなずき、ゆっくりと立ちあがって店の外に向かった。わたしはシチューを食べおえて、最後のパンで一滴残らず吸いとった。指からバターを舐めとったとき、またシャーロットが現れた。

「料理はいかがでした？」笑顔でボウルを片づけながら問う。

「とてもおいしかったわ。ありがとう」財布を探した。「ええと、カードは使えます？

スウェーデンのお金は持っていなくて」

シャーロットは愉快そうに笑った。「ええ、カードは使えますよ。いまは暗黒時代じゃありませんからね。だけどお代は必要ありません。ニルソン先生からはいただかないんです」リーヴェンが空けた椅子を見て、舌うちをする。「先生はどこへ？」

「電話がかかってきたので、ちょっと席をはずしたの」

シャーロットはため息をついた。「我慢してあげてくださいね。先生は女性経験が少ないんです」

「でしょうね」

シャーロットはのけぞって盛大に笑い、それからわたしの頰をつまんだ。「きれいなお嬢さんね」

「あら」わたしは赤面した。「ありがとう」

「先生もよかったわねえ」シャーロットが言う。「お相手が見つかって。すごく仕事熱心で、わたしたち村の人間を大勢診てくださるのよ」どこからともなくふきんを取りだし、せっせとテーブルを拭きはじめる。「去年、うちの息子の具合が悪くなったときは吹雪でね。病院まで連れていけなかったんです。そうしたらドクター・ニルソンはうちのソファに陣どって、朝までつきっきりで看病してくれたの。本当にいい方よ」

胸が温もった。「本当ね」

シャーロットが手を伸ばしてきて、わたしの肩をつかんだ。「ぜひまた食事にいらしてと伝えてね。そのときはかならずお嬢さんも一緒に」


外に出てみると、リーヴェンはレストランの入り口近くに立ち、街灯に寄りかかっていた。なかにいるあいだにすっかり暗くなっていて、空はいまや濃いブルー、急速に黒くなりつつあった。リーヴェンはまだ電話中で、厳しい口調でしゃべっている。こわばった肩を見れば、楽しんでいないのがわかった。

「額の問題じゃない。言っただろう。期待には添えない」ぴしゃりと言って通話を切り、携帯をポケットに戻すと、目を閉じて深く息を吸いこんだ。

雪を踏んで、その背後に歩みよった。「リーヴェン？」彼の目がぱっと開いた。「わたしよ。大丈夫？」

つらそうな彼の姿に胸が痛むあまり、本能のままに近づいて、いきなり彼を抱きしめた。頭のてっぺんはちょうど胸板の中央に届くほどだ。リーヴェンはしばし凍りついていた——が、やがてたくましい腕を回してきて引きよせ、わたしの背中で手を組んだ。あれほど自制心の強い人にしては、ハグがとても上手だった。

そのまましばらくそうしていた。ひらひらと雪が舞い、笑い声や話し声が過ぎていく。それでもわたしたちは歩道の真ん中で抱きあっていた。コートの上からゆっくり背中をさすると、張りつめた体の震えを感じる。清潔で温かいリネンの香りにまた包まれて、胸板に顔をうずめた。

ついにリーヴェンが体を離し、大きく息を吸いこんだ。ふだんは冷静な目が、消えゆく昼の光のなかでいやに黒く見えた。リーヴェンが唇を舐めた。

「必要そうだったから」わたしは言い、ほほえんだ。「その――」

手袋をはめた手に頬を包まれて、言葉がとぎれた。親指が頬骨をこすり、雪片を払う。リーヴェンは無言のまま、いつもより激しく息をして、全身の筋肉をこわばらせていた。

「リーヴェン？」わたしはささやいた。「大丈――？」

彼がかがみこんできて、唇に唇を重ねた。

世界が音を失った。大げさに聞こえるだろうけれど、本当だ。リーヴェンにキスされた瞬間、だれかに騒音遮断ヘッドフォンを装着させられたかのようだった。聞こえるのは自分の震える息づかいと、リーヴェンのひげが頬をこするやわらかな音のみ。最初はやさしいキスだった。温かな唇をただ押しつけられるだけで、それでも熱いものが全身をめぐった。わたしは両手で彼のコートの襟をつかんで爪先だちになり、激しくキスに応じた。リーヴェンが胸の奥深くからうめき、わたしの髪に手をもぐらせて、さらに引きよせる。後頭部をまさぐりながらキスを深め、長く睦みあうものにしていく。続けていたら完璧なキスになっていただろうが、ほどなくふくらはぎが痙攣しはじめた。少なくともエリと初めてキスしたときは、どちらも横になっていた。リーヴェンは三人のうちでいちばん背が高い。ついに我慢できなくなってかかとをおろそうとしたとき、リーヴェンがわたしのウエストに両腕を巻きつけ、唇を離さないままやすやすともちあげて、段の上におろした。わたしたちはますます激しく唇をむさぼりあい、ついにわたしはあえぎながらたくましい胸板にすりよった。実際に星が見えるほどだった。こんなキスは初めてだった。映画の終わりに出てくるようなキス――ヒーローが空港までヒロインを追いかけていって、彼女が飛行機に搭乗してしまう直前に出発ロビーで追いついたときのような。わたしは両手を彼の首に回して、下唇を吸った。

「デイジー」リーヴェンのささやき声にわなないて、ますます体をこすりつける。もっと。もっと近づきたい。

「二人とも、そこにいたのか！」明るい声が広場の向こうから響いた。

わたしたちはぱっと離れ、肩で息をした。一瞬、リーヴェンの黒い目から目をそらせなかった。わたしを見つめる表情がなにを意味しているのか、すぐには読みとれなかった。やさしさと……混乱？

「おーい！」また声がして、はっとわれに返り、リーヴェンの肩ごしに見るとエリとコールが雪のなかをさくさくとこちらに向かってくるところだった。しまった。キスしているのを見られた？あの方角からだと、リーヴェンの背中しか目に入らなかったかもしれない。エリはなにも見なかった様子で、いつものえくぼを浮かべた笑みでこちらにやってくる。段ボール箱を手にしており、ひどくご満悦のようだ。

罪悪感がめばえた。もちろん二人とキスしたからといって、責められる理由はない。どちらとも交際はしていないのだから。だれとでも好きなようにキスしていいはずだ。それでも少しずるい気がした――だって二人はあんなに仲がいいから。これで生活がひどく気まずくなるかもしれない。

リーヴェンがわたしを放そうとしないとあっては、とくに。ウエストに回された腕にはますます力がこもって、まるでほかの二人からわたしを引きはなそうとしているみたいだ。

「リヴ」わたしは小声で言った。「放して」

リーヴェンがゆっくり姿勢を正し、しぶしぶ手をおろした。「必要なものは揃ったか？」二人に問うと、コールがうなずいた。

エリは段ボール箱をかかげた。「酒を買ったよ！」

「来年までもつほどの量を買いやがった」コールが辛辣に言う。

「そう」エリがやさしく箱を揺らすと、ガラスのぶつかる音がした。「今夜はパーティだ！」

　エリがなにか壊す前にと、コールが箱を奪いとった。「そろそろ出るぞ。暗いなか、半分しか雪かきがすんでない道を運転したくはない」ぶっきらぼうに言い、わたしたちを待たずに歩きだした。

　リーヴェンが手を伸ばしてきてわたしのマフラーを整え、端をきっちりコートのなかにたくしこんでくれた。革手袋がのどに触れたとき、わたしはわなないた。「行こう」彼が静かに言い、背中に手を添えた。エリが近づいてきて、二人でわたしを挟む。

「ぼくなしで楽しかった？」エリが明るく尋ねた。

「わたし……ええと……」言葉に詰まった。両どなりにセクシーでたくましい男性がいて、今日、どちらともキスしたのだ。その事実に脳みそがとけそうだった。「ええ。リーヴェンとシチューを食べたわ」

「いいね」

　車まで来ると、買ったものをみんなでトランクに積みこんだ。後部座席に乗る間際、首筋がざわついた。だれかに見られている。振りかえると、先ほどの中年の男が道路の真ん中に立ってじっとこちらを見ていた。

　胸のなかで心臓が凍りついた。わたしをつけてきたの？

　驚きはしない。イングランドを出る前の一週間、何人もの気持ちの悪い男性に、ブライトンじゅうをつけまわされた。身ぶるいをして車に乗りこみ、ばたんとドアを閉じてコートのなかで身を縮めた。いつの間にか、自分がなにから逃げているのかを忘れていた。

けれど真実からはけっして逃げられないらしい。

デイジー

エリが夕食にスパゲッティミートボールを作ったので、わたしはつけあわせにシーザーサラダを用意した。食事のあとはみんなで酒を開け、暖炉のそばに移動した。三人はレコードプレーヤーを持っていたので、わたしとエリで古いロックの盤をあさり、かけるものを選んだ。

意外なことに、コールもその場にとどまった。ほとんどしゃべることはなく、ただ窓辺の肘かけ椅子に座ってウイスキーを飲み、窓外の雪を眺めている。膝の上には本をのせているが、開く気配はなかった。

古いレコードジャケットを次から次へと眺めていたとき、コールの視線を感じた。うまくいえないものの、コールにはどこか謎めいた雰囲気があった。初めて会ったときは、ただの意地悪男だと思った――し、実際にそうだ――けれど、もっと深いなにかがある。別の層が。窓の外の、雪片が地面に舞いおりるさまを眺める彼は悲しげにさえ見える。さみしげに。

エリがターンテーブルに盤をのせ、冷蔵庫からプラスチック製のケースを取りだした。なかに詰まった小さなガラス瓶は、機内で買えるお酒に似ていた。「よし。きみを酔わせるぞ」

　わたしは疑いの目で小さな瓶を見た。「蒸留酒《スナップス》？」

「そのとおり。ウォッカにハーブで風味づけしたような感じかな。最初は飲みやすいのからいってみよう」エリが瓶のラベルを見る。「オレンジピールとシナモンはどう？」

「おいしそうね」

「じゃあ決まり」キャップをひねって、小さなグラスに中身をそそぐ。「さあどうぞ」

　おそるおそる飲んでみた。液体はのどを焼いたが、余韻はスパイシーで心地いい。わたしは唇を舐めた。「いけるわ」

　エリは自分にも一杯ついで、ソファに座っているわたしのとなりにどかりと腰をおろした。「それで？　みんな、今日はどんな一日だった？」

　リーヴェンもケースから瓶を一本選びとった。「おれは、母から電話があって、二万ドルやるから帰ってこいと言われた」

　エリが口笛を鳴らす。「ふざけるな、だな」

「ああ」リーヴェンがにこりともせずに返した。「そんな命令には従いたくないが、地元の病院には寄付金が欠かせない。どうしたものか」

「ママがもっと出すって言うまで待ってみたら？」エリが言い、肩をすくめる。「だってもっと出せるだろ？」わたしを指さす。「きみは、ベイビー？　修理工場はどうだった？　車は直りそう？」

わたしは顔をしかめた。パブの外にいた変な男が気がかりで、修理のことをきれいに忘れていた。「最悪よ。予想してたよりずっと高くつきそうなの」

エリはうなずいた。「スウェーデンはほとんどすべてが高いからね。税金さ」

「金がないなら、おれたちが出そう。問題ない」リーヴェンが言った。

「だめよ。絶対にだめ。そんなことはさせられない」三人にはとっくに世話になっている。そのうえお金を受けとるようなまねなど、できるわけがない。「修理代は自分でまかなえるの。問題は、この旅行のために貯めたお金が全部消えてしまうことよ。どこにも部屋を借りられない。まっすぐ家に帰るしかなくなる」

思っただけでも身ぶるいが起きそうになって、必死にこらえた。家には帰れない。帰ればまた悪意と批判に満ちた近隣に囲まれて、記者にどんどんと玄関をたたかれる。無理だ。

「絵画制作の依頼を受けていると言っていなかったか？」リーヴェンが尋ねた。「旅の残りはその報酬でなんとかなるんじゃないか？」

わたしはうなずいた。「だけど車のなかで絵は描けないから」

エリがぴしゃりと腿をたたいて立ちあがった。「だったら決まりだ。ここにいるしかないね」

わたしは目をしばたたいた。「ここに?」

「そう」エリは簡潔に言った。「絵が完成するまでぼくらのそばにいなよ、ティンク。そうすればホテル代は浮くし、お金も早く貯まる」

「お情けはいらない――」わたしは言いかけた。

「お情けじゃない。ここにいてほしいんだ、ゲストとして。ここにいなよって誘ってるんだ。そうだろ、二人とも?」

エリが二人を見ると、リーヴェンは一瞬迷ってからうなずいた。

わたしはコールのほうを向いた。ほかの二人がどう言おうと、彼がいやがっているのなら、これ以上、迷惑をかけたくない。当然だ。ここは三人の家なのだから。

コールがウイスキーグラスの縁ごしにわたしを眺めた。青い目はなにやら思案しているようだ。「ここへ来た本当の理由は?」不意に彼が尋ねた。

わたしは身じろぎした。「言ったでしょう。オーロラを描くためよ」

「嘘をつくな」

わたしは息を吸いこんだ。「その……みんなから離れられる場所に行きたかったの」シャツの裾をいじくる。「インターネットのない場所に」

「ネットならここにもある」

「言ってる意味はわかるでしょう。人里離れた場所、だれもが常にネットにアクセスしてはいない場所のことよ。そして、だれにも見つからない場所」

コールが目をすがめた。「逃げてきたのか」

わたしはうなずいた。否定しても意味はない。

「なぜだ？」

「言えない」

「どうして？」

「知られたくないから」

コールが唇を引きむすんだ。「危険にさらされてるのか？」

考えてみた。正直なところ、わからない。そういうふうに感じはするし、今日、村にいた変な男がその証明であるようにも思える。けれど、それはきっと思いこみだ。

いずれにせよ、そうして迷ったことでコールは納得したようだった。「車が直るまでだ」ぼそりと言って立ちあがり、自身の瓶を選びとると、それ以上なにも言わずに去っていった。

「おやすみ、ナッツレ！」エリが呼びかける。「愛してるよ！」

低いうなり声が返ってきて、ばたんとドアが閉じる音が続いた。

「やっぱり、そんなに好かれてる気がしないわ」わたしは言った。

エリは肩をすくめ、身を乗りだしてわたしの小さなグラスにおかわりをついだ。「この国の言いまわしにあるとおり、スモーケン・アール・ソン・ボーケン。好みは尻のようなもの」

「ええ？」

「分かれてる（人の好みはそれぞれという意味のスウェーデン語のことわざ。日本語の、蓼食う虫も好き好き）」

「はあ？」

エリはまた肩をすくめ、わたしのグラスにグラスを合わせた。「乾杯《スコール》」

「スコール」わたしも言い、スナップスにのどを焼かれてむせた。「すごい。これはなに？」

エリが瓶を確認する。「こしょうとディル。だめだった？」

「完全にだめ」

エリはのけぞって笑った。部屋の隅では、レコードプレーヤーが次の曲を流しはじめた。知らない曲だがバラードで、ゆっくりと甘く切ない。わたしはあくびをして伸びをし、顔に髪がかかるのもそのままに、ソファの上で丸くなった。

「おやおや」エリが耳元でそっと言う。「ぼくらのベイビーはお疲れだ」そしてわたしを首筋に引きよせたので、彼の香りに包まれた。

ぼくらのベイビー。おかしな呼び方。そんなふうに呼ばれたら、体の奥が震えてしまう。

リーヴェンが反対側に腰かけてため息をつき、グラスをコーヒーテーブルに置いた。エリはぶつくさ言ったものの、少しずれて場所を空けてあげた。わたしはまたソファに寄りかかった。ああ、これぞ人生。暖炉では火が燃えて、窓の外では雪が降って、セクシーな男性が両どなりにいるから寒くない。いますぐ眠ってしまいそうだ。

本当にうつらうつらしはじめたとき、リーヴェンがわたしの首から髪をそっとかきあげて、のどに唇を押しあてた。

とたんに眠気が消えさった。胸のなかで心臓が激しく脈うち、全身がかっと熱くなる。身うごきもせずにじっとしていると、リーヴェンが首筋に唇を這わせて、とくとくと脈うっている部分に押しあてた。

反対側ではエリがブラのストラップをのんびりといじりはじめ、布地の下に親指を滑りこませた。わたしはごくりとつばを飲んだ。どうしよう。

リーヴェンが少しかがみこんできて、無精ひげの生えた頰を繊細なのどの肌にこすりつけた。エリはにじりよってきてわたしの首を撫でるから、肌がぞくぞくする。わたしは口を開いたが、声は出てこなかった。

こんなことが起きているなんて信じられなかった。左右から男性に迫られていて、そのどちらも、もう一人がしていることに気づいていないなんて。人生でいちばん刺激的かつ気まずいひとときだった。

ぎゅっと目を閉じてから、勇気を出して身を引いた。「待って。やめて」頬を染め、二人を見くらべる。「じつは、その、二人に言わなくちゃいけないことがあるの」

愉快そうな表情が返ってきた。「というと?」リーヴェンがうながす。

「ええと、じつは……」ああ、どうしてこんなに言いだしにくいの? 頬が熱い。

エリが首をかしげた。「どうかした?」

わたしは顔をしかめた。「わたし——あなたたち両方と、キスしちゃったというか」

二人が視線を交わし、わたしは顔をさすった。「なんというか、その場の空気に呑まれたというか。二人ともすごく魅力的だし。だけど……その、いけないことをしたとは思ってないわ。わたしはだれとでも、キスしたいと思ったらしていいはずだし、あなたたちのどちらとも真剣な関係というわけじゃないし。それでも、あなたたちは親友同士だから、気まずい感じになってしまったら申しわけなくて、それで、話しておくべきだと——」

エリがひとさし指でわたしの唇を封じた。「ほらほら、爆発する前にストップだ。リーヴェンはもう知ってるよ、ティンク」

わたしは目をしばたたいた。「ええ?」リーヴェンのほうを向く。「なにを知ってるの?」

「広場できみにキスしたときにはもう、きみとエリがいろいろしているのを知っていた」リーヴェンが冷静に言い、スナップスを一口飲む。

「どうして？」

リーヴェンが口角をあげて言った。「きみは巧妙なタイプではない」と指摘する。「それに」冗談めかしたいらだちの顔でエリを見た。「こいつが話してくれた。ひどく興奮気味に」

わたしは必死に理解しようとした。「でも……じゃあ……どうしてわたしにキスしたの？」

リーヴェンは酒を置き、温かな手でわたしの手を取った。ゆっくりと手をマッサージしはじめるので、こわばった筋肉がほぐれていく。あまりの気持ちよさに、まぶたがとろとろとさがってきた。

「これをするのは久しぶりだな」エリが耳元で言った。

「これって？」ささやくように尋ねたとき、エリにそっと耳たぶを噛まれたので、わたしは身ぶるいした。「ああ……」思わず声がもれる。

二人が同時に息を吸いこみ、わたしの手を取るリーヴェンの手に力がこもった。「そのとおりだな」とエリに言う。「これが懐かしくてたまらなかった」

言われたエリがにやりとした。

「懐かしいって、なにが？」エリの温かな息に耳をくすぐられて、わたしはもはやろれつが回らない。リヴがわたしの手を口元にかかげて、手のひらに熱い口づけをすると、わたしは欲望に貫かれた。

慌てて二人を押しのけ、頭のもやを払おうと首を振った。「お願いだから、なにが起きてるのか教えてくれない？」

リーヴェンがソファの背にもたれ、なにごともなかったように、また酒を手にした。

「おれたちは昔から女性をシェアしてきた」さらりと言って酒を飲む。

わたしはまじまじと彼を見た。「シェアって――二人とも、同じ女性とセックスしてたということ？」二人を見くらべる。「同じときに？」

「コールも含めて三人だよ」エリが言い、わたしのむきだしの肩にキスをする。「セックスだけじゃない」

リーヴェンがさっとエリを見たが、わたしはほとんど気にもしなかった。この新たな情報に頭がくらくらしていた。「どうして？」

「ぼくらは子どものころから大親友でね。ほとんどなんでもシェアしてきたんだ」エリがおどけた口調で言う。「最初のときは、なんというか、流れでそうなった。それがすごくよかったから、そのあとも続けた」

「それで……興奮するの？」

緑の目が濃さを増した。「ものすごくね」

「でも、それであなたたちにどんな得があるの？」彼らのほうが損な役まわりとしか思えない。

エリは肩をすくめた。「女の子が興奮して乱れていくさまほど、かきたてられるものはないいんだ。しかも、乱れさせてるのが自分以外の男となると……」わたしの耳に熱い息を吹きかけて、また身ぶるいを誘う。「こんなに楽しいショーはない」

「だが、きみがその気ならの話だ」リーヴェンが言った。「ここに滞在することになったからといってプレッシャーを感じてほしくない」わたしの手を取り、マッサージを再開する。親指に手のひらをもまれて、わたしはのけぞり、吐息をもらした。

ほんの数日前にはリヴの手を払いのけていたのだから、おかしな話だ。いまはなによりこの手に触れてほしかった。広場で守ってもらったあとは、リーヴェンといると安心そのものだったし、彼とのキスでまだ唇はじんじんしている。もしハンドマッサージを続けられたら、猫のごとく膝の上にじゃれついてのどを鳴らしてしまいそうだ。

「3Pって、考えたことがなくて」わたしは打ちあけた。「想像したこともないの」

「じゃあいま考えてみて」エリが言う。「待つからさ」

そういうわけで、考えてみた。

セックスに関しては昔から神経質ではないほうだ。サムと出あう前のわたしは、好んで性的な冒険をしていた。男性が好きだし、自分の体も好き。新しいことを試してみるのも好きだ。しばらくのあいだ、自分のなかのそういう部分を失っていたけれど、いま、それを取りもどすチャンスが転がりこんできた。ここの人たちはだれもわたしを知らない。なんだって好きなことができる。

それなら。

期待の小さな火花が背筋を駆けおりた。唇を舐めて、ついに言った。「わたし……ええ。やってみる。やってみたい」

エリがほっと緊張をといた。「よかった。気を悪くしたんじゃないかと心配してた」

わたしは目を丸くした。「どうしてわたしが気を悪くするの？」うっとりするほどゴージャスな男性二人に寝たいと請われているのだから、むしろ自尊心が高まる。「利用されたと思ってほしくないということだ」リーヴェンが説明した。

わたしは笑った。「利用されたことならあるわ。だから断言できる。自分の意思で、やさしくてセクシーな男性二人とセックスするのは、〝利用される〟にあてはまらない」

リヴの顔を懸念がよぎった。「どういう意味だ？」

しまった。どうして口を閉じておけないのだろう。「なんでもないわ。忘れて」

リーヴェンが眉をひそめる。「デイジー……」

思いきってシャツの裾をつかみ、たくしあげてブラをあらわにした。

それでリーヴェンも口をつぐんだ。

「すごい」エリがかすれた声で言う。もとから深い声がますます低くなっていた。二人ともによく見えるよう、わたしはふたたびソファの背にもたれた。「きみは……」

「すばらしい」リヴが静かに言い、熱いまなざしでブラを眺めまわした。

エリが親指でブラカップのレースの縁どりをなぞる。「リヴ。この小花を見てみろよ」ささやくように言う。「ああ、きみはなんてかわいいんだ」

わたしは身じろぎした。胸が急に張って重たくなった気がして、エリの手に覆われたくてたまらなくなった。咳ばらいをした。ひどく変な気分だ。こちらは半分裸なのに、目の前にいる男性二人は完全に服を着たまま、こちらの体について論じている。「それで、どうやるの？　ほら——豚の丸焼きみたいに、わたしを串刺しにする？」

二人が目くばせをし、ぷっと吹きだした。

わたしはむっとした。「なによ？」

リーヴェンが片手を伸ばしてきて、肌の感覚を味わうようにやさしくわたしの腕を撫でおろした。「きみがそうしたければ、そうすることもできる。だがもう少しゆっくり始めるのはどうかな」

心臓がのど元でどくどくと脈うっていた。「ゆっくりって、たとえば？」

リーヴェンがあごでエリを示した。「彼にキスしろ」と命令する。

向きを変える間もなく、たくましい腕に肩を抱かれて、温かな胸板に引きよせられていた。目を閉じて、松の香りを吸いこむ。唇と唇が熱く激しく出あい、舌と舌がからみあって奥まで探られると、吐息がもれた。赤い暖炉の火が照らすなか、ゆっくりと気だるくキスをして、口を吸いあう。あらわな背中を這う指先がくすぐったくて、体がわなないた。

頭がふわふわして、肌はほてり、ついにエリから離れたときには心臓がたいへんなことになっていた。向きを変えてリーヴェンを見ると、彼は黒い目でじっとわたしたちを見つめたまま、ジーンズの上から手のひらでゆっくりと自身をさすっていた。わたしは見えない糸に操られるかのごとく身を乗りだして、今度はリーヴェンにキスしはじめた。リーヴェンはわたしのあごに手を添えて貪欲に応じ、わがもの顔で舌を滑りこませてわたしの舌にからめた。背後でエリが殴られたような声をあげ、続いて衣ずれの音が聞こえた。どうか服を脱いでいてくれますようにとわたしは祈った。

リーヴェンの両手が背中からウエストのくびれまで撫でおろすと、全身に鳥肌が立った。両手はさらに腰までおりてきて、しっかりつかみ、わたしを膝の上に引きよせた。彼にまたがったまま、ますます激しくキスをしていると、下腹でどうしようもなく緊張が高まってきて、こらえなくては脚のあいだをこすりつけてしまいそうになる。いたるところが熱くなっていた。そのとき、背中に温かな指を感じた。ブラのストラップがはずされてカップが肌を離れたと思うや、エリの大きな手が前に回ってきて、胸のふくらみを覆った。わたしは唇を噛んで胸を突きだし、リヴに舌を吸われてあえいだ。

「くそっ」リーヴェンがささやくように言い、エリがゆっくりと胸のいただきをつまむのを眺めた。「場所を変えよう」

「ここじゃだめ？」わたしはかすれた声で言い、うっとりと目を閉じた。「一度でいいから暖炉の前でしてみたかったの」いきなりエリが胸のいただきを引っぱったので、脚のあいだに激しい火花が散った。

「ああっ！」わたしはあえぎ、体は二人の男性のあいだでびくんとした。

リヴが目を閉じ、エリはわたしの背中にひたいを当てた。「今夜、ぼくは死ぬ」と宣言する。「ティンク、すてきな墓石を選んでくれるね？　コールに任せちゃだめだよ。あいつのことだ、墓標も立ててくれない」

はたとあることに思いいたり、リーヴェンの首を指先で撫でおろして言った。「コールに訊かなくていいの？　彼も加わりたいかどうか」

たしかにコールのことは好きではない。けれど口をつぐんでいてくれるなら、断然、彼ともしてみたかった。きっとトールのハンマーを打ちこまれるような感覚に違いない。

「あいつは加わりたがらないだろう」リーヴェンが静かに言った。「まだ、その――きみに心を開きつつある段階だから」

「ああ」落胆を表さないようにした。けれどそんな感情は、リーヴェンが身を乗りだしてきて耳に唇をこすりつけたとたん、とけて消えた。

「なかに欲しいか?」

わたしはうなずいた。想像しただけで頬に血がのぼった。

エリがソファから滑りおりた。「全部脱がせて、向きを変えさせよう」それを聞いてリヴがわたしの腰をつかみ、器用な指でジーンズとパンティをおろしはじめた。二人がやり方を心得ているようなので、やさしい手にされるがままになっていると、リヴの膝に座るかっこうにさせられた。あらわな胸板を背中に、暖炉の火を正面に感じる。リヴが髪をいじりながら首筋を吸いはじめると、エリはわたしの前に膝をついて、キスで脚の内側をのぼりはじめた。わたしは目を閉じて、肌を刺激する唇の感覚に酔いしれた。

「先に少しリラックスさせてあげたほうがいいかもしれないね」エリが言う。「ほら、串刺しにされる前に。リヴはすごく大きいから」

「エリ……」リヴがうんざりしたような声で言う。

「なに? 気づいてないふりをしろって? 悪いけど、おまえが服を脱ぐたびに、一時的に目が見えなくなったりはしないぞ」

わたしは体を弓なりにして、お尻をリヴに押しつけてみた。なんてこと。本当だ。リヴが食いしばった歯のあいだから息を吸いこみ、わたしのあごをつかまえて、唇に唇を引きよせた。こらしめとして始まったキスだったが、すぐにみだらで濡れたものに変わった。舌と舌はからみあい、リヴの両手は胸のふくらみとウエストと腰を撫でまわして、ぎゅっとつかんではまさぐる。一方のエリはどんどん脚をのぼってきていた。豊かな巻き毛に太ももをくすぐられ、ぎゅっと体に力を入れると、震えている秘めた部分からほんの数ミリのところでエリが動きを止めた。熱い息がそこにかかり、感じやすい部分がうずきだす。わたしはおのずと両手を前に差しだした。「ああ」

その両腕を、リヴが背後から太い腕を回して押さえつけ、穏やかにエリに尋ねた。

「彼女、濡れてるか？」

エリが脚のあいだに鼻をこすりつけた。「うん」そして入り口にキスをした。

「よし」

「だけど、もっと濡れさせられるんじゃないかな。したたるところが見たいよ」

「もしもし？」わたしはか細い声で言った。「わたしはここにいるのよ」

「ごめんごめん」エリがまた秘めた部分に熱い息を吹きかけた。それはまるで敏感な神経を羽でそっと撫でられたかのごとくで、わたしはぎゅっと目を閉じ、ひだのあいだがますますうるおうのを感じた。それをエリがゆっくり舌ですくいとってほほえみ、唇を舐めた。「きみって人は、極上の味だね」そしてふたたび身を乗りだすと、ついに舌でつぼみを転がした。

「ああ、あっ！」全身がびくんとした。エリが少し顔を離して、舌先だけで刺激する。

ちょうどいい強さにほんの少し足りない力で。「お願い、お願いよ」

エリが鼻歌を歌いながら、また舌を這わせた。わたしは満足できなくて、彼の口にゆっくり自身をこすりつけはじめた。エリがのどの奥深くでうなる。「いいぞ、ベイビー」つぶやくように言い、脚のあいだに甘いキスをする。「そうだ。その調子。必要なものをつかみとれ」わたしはそうした——彼の顔に腰で小さな円を描いて。それでエリは完全に火がついたらしい。興奮しすぎてじっとしていられないかのように、激しく息をしながら、うめいて体勢を変えはじめた。そっと見おろすと、エリは体にぴったりした黒いボクサーパンツの上からゆっくりと自身をさすっていた。布に覆われていても、すごく大きいのがわかる。「ああ」エリがつぶやき、わたしの繊細なつぼみにそっと歯を立てた。わたしが身をすくめると、太ももをつかまえる。「ああ、ベイビー。きみは完璧だ。完璧だ」ひだのあいだに舌を這わせる。「本当に完璧だ」

「そ、それを脱いで」わたしはかすれた声で命じた。

エリはわたしから顔を離すことなく、下着のウエストバンドに指を引っかけて、取りさった。そそりたったものがあらわになる。太く充溢したものが。なめらかな先端は金色の暖炉の火あかりを受けて輝き、てっぺんには我慢のしずくが光っていた。そこを咥えたくて、口がうずく。エリが手をおろし、自身を荒っぽくこすった。

「だめ」わたしはささやいた。「先にわたしを」

エリの手は引きつったが、それでもかたわらにおろされた。「苦しいな」彼がうめくように言い、またわたしの脚のあいだにキスしはじめた。

わたしはほっとため息をついて、リヴの肩に首をもたせかけた――直後にすすりなきをもらした。リヴにあごをつかまれて顔をそむけさせられ、のどの脈うつ部分に吸いつかれたのだ。同時にエリの指二本がなかに滑りこんでくる。エリは身をくねらせるわたしに抜きさししては、入り口を広げようと指を丸め、感じやすいつぼみをもっと激しく、もっと速く舐めて、ざらついた舌でいたぶった。体の奥で高まっていた緊張感がついに炸裂し、これまで経験したことがないほどのスピードで絶頂に押しながされていくのを感じた。わたしは体をやみくもによじったが、動ける範囲はほとんどなかった。

「もうだめ――リヴ、エリ――イッちゃう――」

リヴがますます強く胸板に抱きよせる。鋼鉄のごとく強い腕ではがいじめにしたまま、両手で胸のふくらみをもみしだく。わたしはのけぞった。エリの頭をつかんで、なかに押しこみたい。あの赤毛をわしづかみにしたい。けれどできなかった。できるのは、体をむさぼる二つの口の感覚に身をゆだねることだけ。まさぐる四つの手に。肌を滑る肌に。耐えきれなかった。震えが止まらなかった。エリの口に犯されて、勝手に腰が動いて引きつる。彼の顔の前で腰をゆすりはじめた。欲情のままに、濡れた部分を彼の口にこすりつけると、エリは苦しげな声をもらした。

「ああ、すごい」エリがつぶやき、命がけのごとくますます脚のあいだに顔をうずめて、頬と口とあごを蜜で濡らしながら、舐めては歯を立てる。わたしはかっと目を見ひらいた。もう耐えられなかった。これ以上の感覚は。リーヴェンの腕に爪を立てて、息をしようとあえいだ――そのとき、エリが秘密のつぼみに唇をまとわりつかせ、激しく吸った。わたしは背中をそらして悲鳴のような声をあげ、ばらばらに砕けちった。

リーヴェン

腕のなかでデイジーが快楽にわななくのを感じるのはこれでもかというほど刺激的で、こちらも達しそうになってしまった――びくんびくんと動くヒップに、育ちつつある股間のものをジーンズの上からこすられて。彼女の手首をつかんだ手に力をこめると、親指に脈を感じた。デイジーはおれの膝の上で、いたぶるのをやめないエリの舌に最後の一滴まで絞りとられて身をくねらせ、汗を光らせて悲鳴をあげている。それでもついに過剰な刺激に反応できなくなったのか、震えだした。痙攣する手を放してやると、デイジーはエリの頭をつかんで引きはなした。

「すごい……」ささやくように言い、おれの胸板から背中を離す。頬は紅潮し、髪は肩の周りでくしゃくしゃに乱れていた。「こんなの――」

エリが立ちあがり、濡れた口を拭って、おれににっこりしてみせた。「彼女、おまえを受けいれる準備ができたと思うよ」

最後にもう一度、胸のいただきをつまむと、デイジーがきゃっと声をあげた。おれは立ちあがって、エリと位置を交代した。エリがデイジーの体勢を整え、ソファの肘かけに脚をかけさせる。それを眺めながらすばやくジーンズをおろすと、おれが下着を穿いていないことに気づいて、デイジーの目が丸くなった。エリが差しだしたコンドームの封を開けて装着し、デイジーの膝のあいだに立ったおれは、左右の太ももに手をついて、そっと脚を押しひろげた。暖炉の火あかりのなか、デイジーのその部分はピンク色に濡れていた。のどで心臓が脈うつのを感じた。

「いいか？」おれは尋ねた。

「いいわ」デイジーがささやく。「お願い」

輝くひだを指先でなぞり、慎重に広げて、光景に見とれた。五年ぶりのセックスだ。二度としないと思っていた。この瞬間を楽しみたい。

デイジーがそわそわと身じろぎした。蜜があふれて脚を濡らす。うずきを癒やせるように太もも同士をこすりつけたいのだろうが、おれはそれを許さず、しっかりと脚を開かせたまま、太いものの先端で彼女のつぼみをそっとつついた。するとつぼみは怒ったようにひくつき、デイジーは息を詰まらせて、腰を突きだそうとした。「入れて。早く。お願い。お願いよ、リヴ――」

「しーっ」太ももを撫でてから、ひだのあいだにやさしく指先を走らせ、やわらかな肌をなぞった。デイジーがうめいてわななき、手を伸ばしておれの手をつかんだ。「お願い」茶色の目でじっとおれの目を見つめ、ささやくように言う。「苦しいの」

それは放っておけない。ついに位置を整えて、渇いたのどでつばを飲んだ。それからいやというほどゆっくりと、なかに押しこんでいった。

とてつもない感覚だった。やわらかくて濡れていて、焼けるほど熱い。そのうえ締まりも極上なので、おれの大きさを受けいれられるよう、ほんの少しずつしか挿入できない。首をそらしたデイジーの首と胸元がピンク色に染まっていく。とうとう根元までうずめたときには、デイジーはおとなしくなっていた。

どうにかじっとしたまま、静かに尋ねた。「痛いか?」

「いいえ。気持ちいい」つぶやくように言い、体をもぞもぞさせる。「いっぱいに満たされてて」首をひねってエリを見た。「あなたも、お願い」

「礼儀正しいね」エリがからかうように言った。「どこに欲しい、ベイビー?」

「口に」かすれた声で言った。

エリには二度言われる必要などなかった。彼がデイジーの口のなかにゆっくり滑りこませるあいだ、おれはどうにかじっとしたまま待っていたが、ふっくらしたピンク色の唇が長いものにまとわりつくのを目にしたとたん、腰が勝手に反応して、こらえきれずに動いてしまった。デイジーがすすりなきのような声をもらした。

「くそっ」エリがつぶやくのが聞こえた。おれは自分の体に手綱をかけようと、指の関節が白くなるほど強くソファの肘かけをつかんだ。「準備はいいか、リヴ?」

うなずいてから、腰を引いて激しくねじこんだ。デイジーが快感に悲鳴をあげて、のけぞる。彼女の太ももをつかんでこちらの腰に巻きつけさせると、たたきつけるような重たいリズムで突きはじめた。デイジーはうめいて身をくねらせ、エリのものをしゃぶりながら腰をこちらに突きだしてくる。エリが口を犯すたび、彼女の首が熱心にはずむ。明らかにこれを楽しんでいるのだ。夢中で味わっているのだ。その頰はピンク色に染まり、顔は快感でよじれている。

彼女がいとも簡単に流れに乗ったことに、おれは驚いていた。こ<ruby>れ</ruby>の相手を見つけるのは思っているより複雑で、単にその気がある女の子を探せばいいというのではない。全員の波長が揃っていないとリズムが崩れてしまって、気まずくてつまらないセックスになるのだ。ここまで簡単だったことは一度もなかった。まるでこの女性はおれたちのためにつくられたかのようだった。

太ももをつかむ手に力をこめて突きあげ、なかの壁がおれを締めあげて咥えこむ感覚を味わった。極上に気持ちよく、滑りやすくて熱くて貪欲だ。こうしているあいだもずっとデイジーはエリのものをしゃぶりつづけている。エリの口からもれる音からすると、上手なのだろう。上手すぎるのかもしれない。

「ああ」顔をあげると、エリが彼女の口からそっと抜きとるところだった。デイジーがすすりなきをもらし、行かないでというように首をもたげる。その唇は赤く濡れていて、見ただけで睾丸がうずいた。「ごめんよ、ベイビー」エリが言う。「これ以上は無理だ」

ごくりとつばを飲む。「まだ終わってほしくない」デイジーが先端に吸いつくようなキスをすると、エリはうめいて目をこすった。

「デイジー」おれはどうにか落ちついた声で言った。患者に用いるような声で。「マルチオーガズムの経験は？」

「あるわ」デイジーが息をはずませて答えた。「自分でするときの話だけど。男性とのときは一度も――」

おれはすばやく腰を動かし、奥深くにある敏感な部分に命中させた。デイジーが悲鳴をあげてのけぞり、また絶頂を迎えて太ももをこわばらせながら、おれを締めあげた。

「きれいだ」エリがささやき、首をそらしてもだえる彼女を飢えた目で見つめた。「本当に、すごくきれいだ。ほら、彼女、すごくきれいだろ？」

おれはうなずいた。デイジーがまだイキながらエリの首をつかみ、唇に唇を引きよせる。二人がだらしなくキスしつづけるあいだ、おれはピストンを止めることなく、彼女の絶頂の波が収まるまで、締まりのいい部分をひたすら貫きつづけた。

ついにデイジーがエリから離れた。息を吸いこむと、こんもりした胸のふくらみが震える。「リーヴェン――」おれからも離れようとした。「もう無理――」

「力を抜け」おれは命令した。「無理じゃない」

「もう無理よ、わたし――」おれが手をおろして彼女の脚のあいだをいたぶると、デイジーの頰がピンク色に染まった。「ああっ」目を見ひらく。「あ、ああ、ん——お、お願い、やめないで、リーヴェン、して。して」

おれはやめなかった。歯を食いしばって何度も突きあげた。デイジーはそのたびに悲鳴をあげて、電気ショックを与えられたかのようにのけぞった。エリが立ちあがって、長いものの先端をふたたび彼女の唇に押しあてる。すると彼女は口を開いて呑みこみ、この味わいを待っていたとばかりに必死にしゃぶりはじめた。その光景に、おれは睾丸が収縮するのを感じてあごをこわばらせた。もう長くはもたない。

二人もそのようだ。

「だめだ、イッちまう」エリがつぶやいた。「ベイビー、ねえ」そう言ってデイジーの肩に触れる。「なかに出してほしくないだろ？」

デイジーはしゃべれないようだが、エリのものを咥えたまま、否定のような声をもらした。

「そうなの？」エリが息をはずませ、腰をひくつかせる。「このままがいい？」

デイジーがうなずくと、エリは首をそらし、叫びながら達した。デイジーの髪をつかんで引っぱったが、彼女はそれが気にいったらしい——ほとばしる液体を口で受けとめながら、三度目の波に乗りはじめたのだ。秘肉がおれのものを万力のごとく締めあげ、なかの壁が脈うちはじめたとき、突然、おれは限界を迎えた。固く目を閉じて、雄叫びをあげながらついに自身を解きはなった。

ティーンエージャーのように自分で自分を慰める五年間のあと、女性のなかで達するのは――それも、これほどまでにセクシーな女性のなかで達するのは――圧倒的な体験とさえいえた。完全に自制心を失って、爆発しながら腰をたたきつけた。頭が空っぽになってとろけ、鐘が打たれたように歌う。それでも彼女の太ももをつかんでしっかりあてがったまま、腰を動かしつづけていると、ついに睾丸がすっからかんになった。

ようやくわれに返ってみれば、デイジーはまだあえいでいた。目を開けると、エリが床に膝をついて、胸のふくらみの片方をしゃぶっている。エリがこちらを見あげてにやりとした。「帰りがけの一杯ってところ」

「おまえはやめるということを知らないな」おれはまだ息をはずませたまま、慎重に引きぬいた。デイジーが反応して息を呑み、体を引きつらせたが、エリは胸のふくらみをいたぶるのをやめようとしない。おれは刺激を加えるべく、股間のものをこすりつけた。

「無理よ」デイジーがささやく。「これ以上は、もう、ああ――」手が力なくばたつき、エリの巻き毛にからまる。「お願い。もうすっかり――」

「しーっ。そこまで来てるだろう、スイートハート」太ももを撫でてさらに強くこすりつけると、デイジーの口が開いて苦しげなあえぎがもれた。わななく腰をしっかりつかまえたら、彼女はむせびなくような声をあげながら、最後にもう一度、絶頂に達した。

今回は、おれもエリも最前列で拝んだ——快感が彼女の体を揺るがし、よじらせ、駆けぬけるさまを。まつげが震えて、マスカラで汚れた涙が頰を伝った。エリがかがんでそれを舐めとり、首筋に鼻をこすりつけた。

よくぞこんな幸運が転がりこんできたものだ。

まだやわらかにうめいているデイジーの下に両手を滑りこませて、床に横たえてやった。並んだおれたちのとなりにエリも寝ころがる。おれはコンドームをはずし、ラグの上で三人もつれあったまま、一緒に息をはずませた。エリはデイジーの後ろにいて、長い髪に顔をうずめている。デイジーはおれの胸板にくっついて、胸のふくらみを押しつけている。石づくりの暖炉では火がぱちぱちと燃えて、おれたちを温めていた。おれは目を閉じ、呼吸を整えようとしているデイジーの腰をゆっくりと撫でた。デイジーはまだ軽い余韻にときおり体を引きつらせており、頰は染まって、茶色の目はとろんとしたまま、うるんでいる。総じて、よれよれに見えた。

「かわいそうなぼくらのベイビー」エリがつぶやく。「ぼくらが壊しちゃったかな、ティンク？」彼女の顔から髪をかきあげた。

「すごかった」デイジーがささやいた。「ええと、そうね」震えながら、少し向きを変えた。「こんなに何度もイッたのは初めてよ」

エリが唇にキスをする。「その言葉が聞きたかった」

「大丈夫か？」おれは彼女に尋ねた。

デイジーがまつげごしにこちらを見る。「どう思う？」

「おれたちに圧倒されてしまったか？」

デイジーは肩をすくめた。「かもね。だけど、圧倒されるのは好きかもしれない」そう言うと、おれの肩に首をあずけた。「あなたたちはどうだった？」

エリがにっこりした。「この数年で最高のセックスだった。リヴなんて一瞬、神さまに会ったんじゃないかな。気絶するんじゃないかと思った」

デイジーがこちらを向いた。「その、コールに聞こえたと思う？」

「あいつは納屋にいたんじゃないか。だが、おそらく聞こえただろう。気になるか？」

デイジーがわなないた。「いいえ」そう言って唇を噛む。なにか言えずにいるようだが、いまは問いつめないことにした。

おれは立ちあがった。「彼女をおれのベッドに運ぼう」スウェーデン語でエリに言った。

エリが眉をひそめる。「どうしてぼくのじゃないんだよ？」

「おまえの洗濯能力を信じていないからだ」

「ふざけるな。シーツは昨日、洗ったぞ！」

「洗濯機の使い方を知っているのか？」

「知ってるさ！」

デイジーが眉間にしわを寄せた。「ねえ。わたしとセックスした直後に、わたしに理解できない言語で話すのはやめて。失礼よ」

「きみがどんなにセクシーかって話してたんだよ」エリが言い、彼女を腕のなかに抱きよせた。「ぼくも一緒に行っていいなら、おまえのベッドでいいことにする」とおれに告げた。

おれは天を仰いだ。「わかったよ」どうせ三人寝られるほど広い。

エリが彼女を抱きかかえて廊下を進み、おれの寝室に入った。おれは明かりをつけた。部屋は少し散らかっていた。すべて清潔だが、机にはいたるところに書類やメモがあり、壁際には本の山がいくつか積みあがっている。どれだけ本棚を買っても、本を買うスピードに追いつけないのだ。ここまでくると、なにか病名がつくに違いない。

エリがキングサイズベッドにデイジーを運び、白いキルトの中央におろした。デイジーはおれの枕に顔をこすりつけ、もごもごと尋ねた。「これはシルク？」

「だからリヴの髪はきれいなんだよ」エリが言い、自身の赤い巻き毛を揺らす。「もちろんぼくの髪はそこまで手間いらず。生まれながらのつやつやだからね」

おれはなにも言わず、彼女がおれのシーツにくるまっている光景だけで満足していた。いまも一糸まとわぬ姿のまま、ピンク色で汗ばんでいて、やわらかな茶色の髪はおれの枕の上で波うっている。おれの視線を感じたのか、デイジーが太ももをぎゅっと合わせた。「なに？」

「おれのベッドにいるきみはすばらしい」

デイジーが赤くなって、こちらに両腕を伸ばした。「だったら来て。両側から抱っこされたいの」

おれはふとんをめくって彼女のとなりにもぐりこんだ。デイジーがおれの胸板に頭をのせて、小さな体を丸める。反対側では、エリが彼女の背中にぴったりと体を寄りそわせた。デイジーが彼の手をつかんで自身の体に巻きつけさせると、エリはしっかり彼女を抱きしめて幸せそうなため息をついた。

「どうだった、デイジー？」エリが小声で問う。「豚の丸焼きみたいな気分だった？」

おれは鼻で笑い、デイジーはかぶりを振って、もっとおれにすりよってきた。

「こんなに幸せなのは思いだせないくらい久しぶりよ」

デイジー

目が覚めたら天国にいた。ほかに表現しようがない。周囲のすべてが、やわらかで温かいのだ。横たわっているのは信じられないくらい寝心地のいいマットレスで、体を覆っているのはふわふわのキルト、さらに両側にはとびきりセクシーな男性がいて、裸で筋肉を見せつけている。自分をつねってみたいくらいだ。これが自分の人生だなんて信じられない。こんなに幸運なわけがない。

エリはわたしの前側にいて、巻き毛が目にかかっており、呼吸は安定している。夜のうちにキルトをはいでしまったのだろう、腰のあたりまで押しさげられていた。細かな毛の筋を目で追っていくと、半分そそりたっているものに行きついた。

なるほど。これが朝勃ち。

「おはよう」くぐもった低い声が後ろから聞こえた。寝がえりを打つと、リーヴェンは目ざめており、肘をついて、膝には開いた本をのせていた。トレードマークともいえる縁の太いめがねをかけ、髪には寝ぐせがついている。冗談ではなく、生つばがわいた。なんて罪ぶかい姿。色気たっぷりなのに手だし禁止の教授のようだ。

「眠れたか？」リーヴェンが問い、かすかにほほえんだ。あまりにもセクシーな姿に、抑えきれなくて首を傾け、キスをした。リーヴェンは一瞬、驚いて固まった。けれどすぐにわたしの頬を手で包み、キスを深めてきた。わたしはため息をついてとろけた。彼の手がふとんの下にもぐりこんできて、胸の谷間を滑りおり、お腹も越えていく。

「どんな感じだ？」敏感な肌に指先で小さな弧を描きながら、ささやくように尋ねた。

わたしは体を弓なりにして、その手に自身を押しつけた。「痛むか？」

「痛むって言ったら、二人きりで診察してくれるの？」わたしはささやきかえした。

リーヴェンが愉快そうに笑い、わたしをのけぞらせて、熱いキスで首筋を伝いおりた。

わたしは目を閉じた。ふとんの下でまたうるおってくるのを感じた。

「昨夜、キスマークをつけてしまったらしい」リーヴェンが言い、指先でそっと首に触れた。「夢中になりすぎたな」正直に言う。「抑えられなかった。きみがたてる声ときたら……」

わたしはかぶりを振った。「桃みたいにすぐあざができるの。それにここは山奥でしょう。どのみちだれにも見られないわ」彼にしるしをつけられたと思うと、むしろ悪くなかった。なんだかやけに所有欲を感じさせるし、原始的なところがある。リーヴェンがまたかがみこんできて、そっとのどに歯を立てると、一瞬で体が熱くなり、わたしはシーツの下で身をくねらせた。手を伸ばして彼の後頭部をつかまえ、豊かな髪に指をもぐらせて――

突然、部屋の隅から鋭い警告音のようなものが響いた。リーヴェンがうめき、しぶしぶわたしから離れる。

わたしは彼に手を伸ばした。「だめ。戻ってきて。なんなの?」

「無線だ。だれかがおれを呼んでいる」リーヴェンが肩ごしに無線を見て、ためらった。

わたしはため息をついた。「それならしょうがないわね。緊急事態かもしれないもの」

リーヴェンが驚いた顔になる。「いいのか?」

「もちろんよ。あなたと患者さんのあいだを裂くつもりはない。だれかが困ってるかもしれないんでしょう?」

リーヴェンがめがねの奥から黒い目で——セクシーかつやさしい目で見つめ、わたしの肩にキスをしてからベッドを抜けだした。わたしはつばを飲みこみながら、彼が筋骨隆々とした腿をグレーのスウェットパンツに通すさまを眺めた。リーヴェンは出ていく前に枕を拾い、エリの顔に押しつけた。エリは跳ねおきて、ひとしきり悪態をついた。

「黙れ」リーヴェンが言う。「無線の呼びだしだ。おまえがデイジーの相手をしろ」

エリは緑色の目をしばたたき、わたしを見て、のんびりと笑みを浮かべた。「やあ、美人さん」ベッドの上を転がってくると、わたしの腰に片腕をかけて、引きよせた。

「リヴにキスされた?」

「え? ……ええ」

「かわいそうに」エリはわたしの頰を手で包むと、やさしくキスをした。いつものいたずらっぽいキスではなく、もっとやわらかで親密なキスだった。恋人同士のおはようのキス。そう思うと、やさしく温かな光に満たされた。やがてエリが唇を離して言った。

「よし。これであいつのお粗末なテクニックが帳消しになったんじゃないかな」

わたしは笑って、日やけした彼の胸板に手のひらを滑らせた。「どっちか片方の味方はしないわ。二人とも、同じくらいキスが上手よ」

「はいはい」エリが舌うちをし、わたしののどを撫でる。「あいつめ、きみの首筋にひどいあとまでつけて。なんなんだ？　ヴァンパイア？」

「太もものほうも似たような状況だと思うわよ――あなたのおかげでね」

「見てみよう」わたしがつかまえる前に、エリはキルトの下にもぐってしまった。目を閉じて、巻き毛がお腹をくすぐる感覚が下へおりていくのを味わう。脚のあいだに小さくキスされて口を開いた直後、エリがぱっとまた顔を出した。

「きみの言うとおり」悲しげに言う。「すっかり傷だらけだ。ごめんよ」

一度始めたことは最後までしてと言いかけたとき、窓の外を舞う白いものに気づいた。

「いやだ」

エリが太ももを撫でながら言う。「女の子とベッドにいるときに、めったに言われることじゃないけど、まあいいか」

わたしは窓を指さした。「そうじゃなくて、また雪が降ってきたわ」

「うん。よく降るよ、北極圏ではね」

わたしは怖い顔で彼を見た。するとエリはにっこりしてわたしから腕をほどき、携帯電話に手を伸ばした。「今夜か明日には積雪のおそれ、だってさ」天気予報アプリを読みあげる。「やっぱり、また吹雪だな」

「たいへん。そういうときはどうするの？　冬じゅうここに閉じこめられてたら、刑務所に入れられたような気分でしょう」

エリはかぶりを振った。「刑務所とは大ちがいだよ。ぼくにはわかる」

笑ってしまいそうになった。「どうして？　入ってたことがあるの？」

驚いたことに、エリはうなずいた。「刑務所で入れたタトゥーを見る？」体をひねり、昨夜は気づかなかった二の腕のタトゥーを見せてくれた。わたしは身を乗りだしてよく見てみた。少し薄れているけれど、それでもわかる。黒い墨で刻まれた、正確な四芒星形。

指先で線をなぞると、分厚い筋肉がこわばった。「本当なの？　これを刑務所で？」

「あそこではやることがほとんどないんだ」エリの声ににじむ苦々しさに、はっとさせられる。「そして、なかにはものすごく芸術的な才能のあるやつもいる」眉をひそめ、背中から水を払うカモのように肩を少し動かしてから、またごろりと仰むけになった。

「タトゥーを入れた男は好き、ハニー？」いつもの気さくでのんびりした顔に戻って、言う。「もっと入れてもいいよ」

わたしはごまかされなかった。「なにがあったの？」

エリは皮肉っぽい笑みを浮かべた。「訊くべきは、なにがあったの、じゃなくて、なにをしたの、だよ」

わたしは肩をすくめた。「なんであれ、そこまで悪いことだったはずがないわ」

「どうしてそう言える？」

「だってあなたは悪い人じゃないもの」

エリの目が少しやわらかになった。「まったく、きみはやさしいね」

「安易に人を信じすぎるのかもね。もしかして、いまこそ告白されるのかしら——あなたたちは人殺し集団だって？　あなたが女性をくどいてキャビンに連れてきて、コールが斧で殺害して、リーヴェンが臓器をばらばらにするとか？」

エリはうなずいたが、目は笑っていなかった。「冷凍庫のなかはのぞかないこと。腎臓でいっぱいだからね。いや、罪状は、ええと、不法所持だよ。コカインの。一年服役した」

そんな。丸一年？「いくつのとき？」

「数年前だ」少し考える。「五年前かな？　二十四のとき」

わたしは唖然とした。本当につい最近だ。「なんてこと。大丈夫なの？」

「うん。まあ、人生最高のときではなかったけどね。でも、しょうがない」にっこりすると頬にえくぼが浮かぶ。「いちばん恋しかったのは女性だな」

わたしはにらむように彼を見た。「ばかなことばかり言うのね」

「みんなにそう言われるのよ」エリが返し、枕の上で伸びをした。まつげの下からのぞく緑の目は輝いていた。「ほら、次は、本当にやったのかって訊かなくちゃ」

「そうなの？」

エリはうなずいた。「だめだなあ。みじめな過去の独りがたりなんてしたくないよ。照れるじゃないか」

「ごめんなさい。聞き手も参加を求められてるとは知らなくて」となりに丸くなり、彼の枕に顔をのせた。「やったの？」ひそひそ声で尋ねた。

エリがこちらを向く。「いや」同じくひそひそ声で返した。「はめられたんだ」

両眉がつりあがった。「本当に？」

エリがうなずく。「ぼくはまずいときにまずい場所にいただけ。敏腕弁護士をかかえててパーティドラッグをやる趣味がある、どこかのリッチなビッチがぼくに責任を押しつけたんだ」

「それで麻薬がらみの犯罪者たちと一年を過ごすことになったの？　そんなのないわ」

エリのあごがこわばった。「いちばんの驚きはそこじゃない」手を伸ばしてきて、わたしの髪をもてあそびはじめる。

「じゃあ、どこ？」

「ぼくを刑務所にぶちこんだのはリーヴェンの父親ってところさ」


それから一時間ほど、ベッドでぐずぐず過ごしてから、ついに起きだしてシャワーを浴びた。全身を泡だらけにしたとき、ドアをばんばんとたたく音が響いた。急いで洗いながして体にタオルを巻き、ドアを開けた。

目の前に、コールが腕ぐみをして立っていた。怖い顔をしている。

「ごめんなさい、バスルームを使いたかった？　ちょっと待って、すぐに乾かす――」

「シャワーを浴びるのに何時間かかるんだ？」吠えるように言った。

壁の時計をちらりと見た。「浴びはじめて二分だけど」

「おまえが湯を使いきったら、おれにどうやってシャワーを浴びろっていうんだ？」

ここへ来たばかりのときなら、こんな態度をとられてむっとしていただろう。けれどいまはコールのそばにいても平気になっていた。なにしろこの男性は、気むずかしいおじいさんを連想させるのだ。見れば、コーヒーを手にしていた。「ねえ、少し減らしたほうがいいんじゃない？」そう言って声を落とす。「カフェインをとりすぎるといらいらのもとになるって聞いたことがあるの。あなたにとっては大問題でしょう」

コールがますます怖い顔になる。「今日一杯目だ」

「じゃあ……純粋にそういう性格ってこと？」歯のあいだから息を吸いこんだ。「ひどく残念ね」

「バスルームから出ろ」

「はーい」


コールはシャワーを浴びてすぐに仕事へ出かけ、リーヴェンは自室にこもって電話に応じていたので、わたしは一日、エリとキャビンでのんびりと過ごした。一緒にブランチを作って――たまご、ベーコン、アボカドトースト――暖炉の前のラグに陣どり、またカードゲームに興じた。

昨夜のことがあったせいで、エリからほぼ目をそらせなかった。ほれぼれするような男性だ。暖炉の火あかりが引きたてる角ばったあご、赤金色に輝くくしゃくしゃの髪。身を乗りだして火をつついたり薪を足したりするたびに拝める、みごとな二の腕。

使いこまれたやわらかなラグに指を走らせた。ほんの数時間前、ここに裸で横たわってあえぐわたしのいたるところを、二人の男性がかわるがわる舐めたりキスしたりしゃぶったりした。思いだすと頬がほてった。

「なにを考えてるの？」エリが自身の手から視線をあげて、小声で尋ねた。「いけないことかな？」

ますます頬がほてった。暖炉の放つ熱が不快なほどに思えてきて、わたしは身じろぎして顔をあおいだ。

エリの笑みがよこしまなものに変わった。手にしていたカードを捨てて身を乗りだしてくると、わたしのあごをつかまえてゆっくりとキスをした。わたしたちはゲームのことなど忘れさって、ラグの上に横たわり、のんびりといちゃつきはじめた。

時間が経つにつれて、窓の外の雪の降り方はいっそう速く激しくなってきた。エリの言ったとおり、吹雪になるのだろう。「コールはいつ戻ってくるの？」唇の内側を嚙みながら尋ねたが、エリは肩をすくめるだけだった。わたしは眉をひそめた。「でも……吹雪が来るんでしょう？　つかまったらどうするの？」

「つかまらないよ。あいつには恐ろしいほどの気象予測能力が備わってるから」エリがカードを置いて言う。「とにかく、レンジャーだからね。ぼくらのだれよりうまく寒さに対処できる。きみの番だよ、ベイビー」

わたしはまたゲームに集中しようとしたが、できなかった。いやな予感がした。なにかがおかしいと感じるのに、それがなんなのかわからない。立てつづけに三度負けたあと、降参した。

「コールはどこにいるの？　雪が本当にひどくなってきたわよ」窓の外に目を向けても、見えるのは白の洪水だけだ。

「きっと村で一泊するんじゃないかな」エリが指の関節でわたしのあごをすくった。「心配ないよ、ティンク。困ったことになってたら電話してくるから」

そう言われても安心できなかった。もしなんらかの理由で電話ができなくなっていたら？　もしも怪我をしていたら？　動物に襲われたり、氷で滑って頭をぶつけていたり、それから、それから、それから――

突然、明かりがちかちかと明滅して、消えた。キャビンのなかが真っ暗になる。明るいものといえば窓外の雪が照りかえす灰色の光と、暖炉で揺れるオレンジ色の炎だけ。

「くそっ。発電機だな」エリが飛びあがった。「ちょっと待ってて。ガソリンを入れてくる。きっとリヴが忘れたんだ」

わたしは椅子に腰かけた。「なにごと？」

「たぶんガソリンが切れただけ。心配ないよ、予備があるし、充電ずみのバッテリーもどっさりあるから。もし壊れたんだとしても、電力を失うことはない」そう言って部屋を出ていった。

わたしは立ちあがって窓に歩みよった。家のどこかで、リヴが口早に無線でしゃべっているのが聞こえる。声は切迫しているが、スウェーデン語の歌うような響きには心を癒やされた。窓台に寄りかかって、ぼんやりと雪を眺めた。これほどの雪を見るのは初めてだ。舞うスピードがあまりに速いので、見えるのはひたすらの白——そんななか、遠くにぽつんと灰色の小さなしみを見つけた。

わたしは眉をひそめ、舞いおちる雪片に目をこらした。まちがいなくなにかがある。黒っぽいものがゆっくりと近づいてくる。見ていると、それはよろめいて倒れた。

なんてこと。人だ。

身を乗りだして、窓に鼻をくっつけた。あの広い肩と、そびえるほど大きな体は。

コールだ。

コールが必死に歩いている。両腕になにか大きなものをかかえていて、数歩ごとに足を止めては腰を曲げている。歩みの遅さからすると、怪我をしているらしい。

わたしはあれこれ考える前に玄関を目指し、ブーツとスノーシューをつかんで、防寒服を着こんだ。手が震えてうまくコートのスナップがかけられない。耳のなかで鼓動がうなる。遅い。早く。彼が怪我をしている。

ようやく準備が整うと、玄関ポーチを見まわして、救助に使えそうなものを探した。ドア脇のそりに目がとまる。それをつかんで意を決すると、玄関を開けて雪のなかに踏みだした。

ああ、なんて寒いの。こんな寒さは体験したことがない。コートを着ていても、全身にバケツ一杯の氷水を浴びせられたようだ。顔に雪片が吹きつけ、怒ったハチのごとく肌を刺す。ゴーグルを装着するべきだったといまさらながらに気づいたが、戻って探している余裕はない。コールのところへ行かなくては。まぶたをなかば閉じて、人影のほうに歩きだした。近づくにつれて、コールが片手で肩を押さえ、もう片方の手には布でくるんだものをかかえているのがわかった。

やっとたどりつくと、ゴーグルごしに目を丸くされた。スノーシューの端につまずいて転びそうになったが、コールが荷をかかえていないほうの手でさっとつかまえてくれた。同時に、彼の顔に痛みがよぎった。

「ばかやろう！」コールが風の音に負けじとどなる。「いったいなんのつもりだ？」

「黙って」わたしは彼の足元にそりを引きよせた。「それをのせて」

コールは痛そうにうなりながら、布でくるんだものをそっとそりにのせた。わたしはロープをつかんで家のほうに引っぱりはじめた。コールがロープをつかんだものの、振りほどいた。「あなたは怪我をしてる」

きっと本当に痛むのだろう、コールはおとなしく引きさがり、激しくなる一方の雪のなか、家までわたしにそりを引かせた。今度は追い風になったので、多少は楽だった。

玄関にたどりつくと、コールがドアノブを回そうとしたが、寒さでしびれた手は滑ってばかりいた。そこでわたしが代わりにドアを開け、二人一緒になかへ転がりこんだ。玄関を閉じるより先に、コールがわめきだした。

「おまえ、頭がおかしいんじゃないか？」手袋をはずすわたしにどなる。「吹雪のときは外に出ないものだ！　ばかなのか？　死んでたかもしれないんだぞ！」

「いま、床に血をだらだら垂らしてるのはわたしじゃないわ」鋭く言いかえした。「大丈夫なの？　なにがあったの？」そりを隅に押しやって、コートのファスナーをおろす手伝いをしようとした。コールはひどく震えていて、手もおぼつかなかった。

「やめろ」払いのけられた。「おれに触るな」

それでもわたしはコートを脱がせ、セーターを見て顔をしかめた。肩には赤いしみができていた。「見せて。出血を止めるためになにかしたほうがいいと思う。なにがあったの？　転んだの？」手を伸ばすと、コールは身をすくめて逃げた。「じっとして。どういう状態なのかを見なくちゃ――」

「やめろ！」コールがあとじさりし、ドアノブをつかんだ。「もう一度、出てくる」

わたしは唖然とした。「ええ？」

コールの表情は厳しい。「視界が悪すぎて、車で納屋まで行けなかった。車に覆いをかけてくる」

「どうかしてるわ。あなた、怪我してるのよ！」

「問題ない」

わたしは彼の脇をすりぬけ、玄関ドアの前に立ちはだかった。「絶対にだめ。行かせない」

コールがひたいまでゴーグルを押しあげた。青い目は怒りで燃えていた。「おれに指図するとは、なにさまのつもりだ？」

「あなたは弱ってるのよ。むちゃしないで！」そう言ってセーターの赤いしみを指さした。まちがいなく、先ほどより広がっている。「そんなに出血して。コール、冗談じゃなく、深刻かもしれない」

コールが脇をすりぬけようとしたが、わたしはまた立ちふさがった。

「車を雪にうもれさせるわけにはいかない」コールがばかな子どもに説いてきかせるように、ゆっくりと言う。「どけ」

「いやよ」

コールが両眉をつりあげた。「明日、雪の吹きだまりからかきだしてくれるっていうのか？　どこか故障してたら修理代を出してくれるのか？　エンジンを温めてくれるのか？」

「いいわよ。喜んでやってあげる。だからほら、座って」リビングルームに押しもどそうとしたが、大きな両手に肩をつかまれて脇にどかされた。その動きで腕に負担がかかったのだろう、コールは鋭く息を吸いこんだ。キャビンの床にぽたぽたと血が垂れるのをわたしはぞっとして見つめたが、コールはそれを無視して、ふたたびゴーグルを装着した。

止められなかった。コールは大きすぎる。わたしはせいぜい彼の足首に嚙みつくチワワ犬だ。コールの手が玄関のノブをつかんだとき、わたしは思いつける唯一のことをした。リビングルームに駆けもどり、声のかぎりに叫んだ。「リーヴェン！」

「ばかだな」リーヴェンがつぶやき、おれのシャツの襟ぐりを押しさげた。

「なにも問題はない」おれは絞りだすように言った。肩は死ぬほど痛かったが、これが初めての怪我でもない。それに、世話を焼かれるのは大嫌いだ。

視線がデイジーに飛んだ。数メートル離れた場所で、青ざめた顔をしている。

「なにが問題ないだ」リーヴェンが吠える。「シャツを脱げ」

エリが息を呑んでデイジーの目を手で覆った。おれは鼻から息を吸いこんだ。いまは冗談につきあっている気分ではなかった。「断る」

「また敗血症になりたいのか？」

「ほら、ナッレ」エリがそそのかすように言う。「親切なお医者さんの言うとおりにしなよ。いい子にしてたら、ぺろぺろキャンディをもらえるかもしれないぞ！」

おれは顔をしかめた。「その名で呼ぶな」

当然ながら、デイジーが耳をそばだてた。「どういう意味なの？」

エリがにっこりする。「テディベア。みんなにコールって呼ばれてるけど、それはじつはあだ名なんだ。本当のファーストネームは、スウェーデン語で熊って意味。だけどコールはハエも殺さないから、こんなふうに不機嫌になったときは、熊ちゃんって呼んであげるんだよ」

デイジーが片方の眉をあげた。「ファーストネームが熊って意味なの？　どういうこと、うなりながら子宮から出てきたとか？」

「十秒以内にシャツを脱がないなら」リーヴェンがきびきびと言いながら手術用の手袋をはめる。「はさみで切るぞ」

おれは顔をしかめて布地を肌から剝がした。とたんに肩に激痛が走り、温かな血が噴きだすのを感じる。デイジーが静かに息を吞んだ。

「そんなに怖いならあっちへ行ってろ」おれはうなるように言った。

するとデイジーは腕ぐみをした。「いやよ。どこへも行かない」

リーヴェンがかがみこみ、ぬるま湯で傷口周辺の血を洗いながす。嚙まれたあとを調べる彼の息を肌に感じた。「ひどいな」リーヴェンがつぶやき、傷口のへりを試しにそっと押した。「なににやられた？　またヘラジカか？」

「コールは二カ月ほど前、茂みに実ったまま発酵したベリーを腹いっぱい食べて酔っぱらったヘラジカを見つけてね」エリがデイジーに耳うちする。「そのヘラジカは地元の小学校の駐車場に入っていって、停まってた車の半分をめちゃくちゃにしたところで、コールに鎮静剤で眠らされたんだ。ただしその前に、コールの肩も一嚙みした」

「あれは母へラジカだった」おれはぶっきらぼうに言った。「近くで仔を見つけた。ふつうはあんなに攻撃的じゃない」

リーヴェンが体を起こして眉をひそめた。「これはヘラジカに嚙まれたあとじゃないな。そいつが牙を生やしていたなら話は別だが」

「ハスキー犬だ」食いしばった歯のあいだから絞りだすように言った。

リーヴェンが息を吸いこんだ。ハスキー犬の嚙む力はオオカミほども強い。リーヴェンは道具のなかからチューブを取りだした。「局所麻酔をほどこして、もう少し詳しく診てみよう。傷口になにも入っていないか確認する。そいつは狂犬病にかかっているように見えたか？」

「もちろん狂犬病にかかってるようには見えなかった。この国に狂犬病はない」

「だとしても質問はする」

「そうだよ」エリがのんびりと言う。「おまえが怒りっぽくて攻撃的になったらいやだもの」

「もっとましなことが言えないなら、車を移動させてこい」おれは吐きすてるように言った。

「冗談だろ？　こんな吹雪のなかに出ていくなんてまっぴらだ」エリは言い、デイジーのほうを向いた。「きみがそうしたなんて信じられないな。ねえ、ぼくが死にかけても助けにきてくれる？　だってすごくロマンティックじゃないか。ちょっとした詩でも作れそう」

「だれも外へは行かない」リーヴェンがばっさりと言う。「もう雪がひどすぎる。それで、なにか持ちあげたか？　傷口のへりが裂けているように見える」

「いや」

「あの道具全部をかかえてたわ」デイジーが言い、戸口のそばのそりをあごで示した。

おれは彼女をにらんだが、にらみかえされた。

リーヴェンは無表情におれを見た。「縫う必要があるな。エリ、デイジーをおまえの部屋に連れていってくれるか？」

「いやよ」デイジーが言った。「わたしはここに残る」こちらをにらんだまま続けた。「コールが嘘をつかないように」

「少しグロいぞ」リーヴェンが忠告するように言い、新たな手袋をはめた。

デイジーが鼻で笑う。「わたしは教師よ。ちょっとやそっとでひるんだりしないわ。授業中にティーンが出産したことだってあるんだから」そしてソファの肘かけに座り、しみる抗生剤を塗るリヴを見まもった。

「出しゃばりが」おれはつぶやいた。

デイジーは天を仰いだ。「まったく、もう。わたしが告げ口したような態度はよして。

いまばかなまねをしてるのは、わたしじゃなく、あなたよ、テディ」

リーヴェンが傷口を縫うあいだ、おれは歯を食いしばり、自分が顕微鏡にのせられた虫のごとく見つめられているという事実を忘れようとした。「よし」リーヴェンが包帯を結わえて、負傷していないほうのおれの肩をつかんだ。「担当医師として勧める――雪が落ちついたらすぐに病院へ行って診てもらえ」

「断る」

「だろうな」リーヴェンはため息をつき、手袋をはずして黄色のごみ袋に捨てた。「ひとまず処置は完了だ。おれの意見を聞きたがっている患者をほかに待たせている。こいつが口から泡を吹きだしたら呼んでくれ」

エリが立ちあがって伸びをした。「もう少し発電機の調子を見てこようかな」

「止まっちまったのか？」おれは周囲を見まわした。明かりはいまもついている。

「いまは予備のを使ってるんだ。たいしたことない。フィルター掃除をすればもとどおりだよ」

おれがうなずくと、エリは出ていった。足音が廊下を去っていく。おれはソファの背にもたれ、ようやくまぶたが閉じるにまかせた。麻酔クリームの下で、肩が焼けるように痛む。シャワーを浴びて着がえるべきだとわかっていても、疲れすぎて動けなかった。

腕に手が触れた。目を開けると、デイジーがこちらをのぞきこんでいた。長い髪が流れるように顔を包んでいる。

「暖炉のそばにいらっしゃいよ」静かに言い、おれを引っぱって立たせる。「まだ震えてるじゃない」

「問題ない」

「いまのあなた、映画『ソウ』のモブキャラみたいよ。全身血だらけで。せめてきれいにさせて」いつの間に用意したのか、ラグに置かれたペーパータオルのロールと水の入ったボウルを指さした。

「シャワーを浴びればすむ」

「リーヴェンの話を聞いてなかったの？　傷口を濡らしちゃだめなのよ」床の上に放りすてられたシャツとセーターをちらりと見る。「もしいやじゃなかったら、あとで服のしみを抜いてあげる」

「服についた血のとり方を、どうしておまえが知ってる？」

「そういう奇妙なことを、月に一度、一週間にわたって脚のあいだから血が出たときに毎回やってるの。不思議よね。さあ、座りなさい」

抵抗する気力もなかった。体が重い。全身の骨が鉛のようだ。デイジーはおれが座っているソファの肘かけに腰をあずけて、ペーパータオルを水にひたした。すぐそばにいるので、香りがわかる——肌からたちのぼってくるらしい桃とクリームの甘いにおいだ。

酔わせるようなそのにおいに頭がくらくらしてきた。

「その犬、どうしてあなたを噛んだの？」デイジーがおれの首筋にかがみこんでペーパータオルで拭いながら尋ねた。ペーパーは血で真っ赤になった。

「だれかに傷つけられた」おれはうなるように言った。「それで、おれにも傷つけられると思ったんだろう」

デイジーの眉根が寄った。「ええ？　どうして犬を傷つけるような人がいるの？」

「町の近くにある観光客むけのアトラクションだ。犬ぞりさ。どこかのばかどもが犬ぞりレースをして、もっと速く走らせようと、犬にむちをふるった」

デイジーが唖然とした。

「問題の犬は転んで脚の骨を折った」おれは暗い声で続けた。「群れから逃げて、怪我のせいで攻撃的になった」何時間もかけてようやく見つけ、トラックの荷台に積んだ犬小屋に入れようとしたとき、猛然と襲いかかってきたその犬に、おれは地面に押したおされた。

「どうなったの？」

「獣医に連れていって、脚の治療をしてもらった」

デイジーがうろたえた顔になる。「獣医さんはその子を眠らせないわよね？」

「眠らせないって、どういう意味だ？」

「つまり、殺さないわよね?」デイジーが言いかえた。

おれはかぶりを振った。「そんなことはしない。今後は観光客をのせたそりを引いて走る代わりに、どこかの家で飼われるだけだ」

デイジーがほっと力を抜いた。「よかった」新しいペーパーを破りとって水にひたし、今度は頬に手を伸ばしてきた。

おれは身をすくめた。「なにをする?」

「顔にも血がついてるわ。どうしてそんなところに?」ゆっくりと癒やすような手つきであごの下を撫で、おそらくひげについて乾いたのだろう血を拭う。細い指が肌に触れると、胸のなかでなにかが締めつけられた。

耐えられなかった。こんなふうに触れられるのは耐えられない。彼女のもの言いは鋭くても、おれの肌をきれいにする手つきは滑稽なほどやさしい。最後にだれかにこんなふうに触れられたのはいつだったか思いだせないし、思いだしたくもない。おれは磁器人形ではないのだ。かわいがってもらう必要などない。

さっと首を引いて離れた。「赤ん坊扱いはやめろ」

デイジーはそれを無視した。

彼女の手首をつかんだ。「やめろ」

デイジーはため息をついて手を引っこめた。「むしろ、乾いた血をこびりつかせたまま座っていたい？」

「自分でできる」

「手伝おうとしてるだけよ」

「放っといてくれ！　手伝いなんかいらない！」彼女が飛びあがるのを見るまで、自分が叫んでいることに気づかなかった。落ちつこうと、鼻から息を吸いこんだ。「手伝いはいらない」静かにくりかえした。「いまだけじゃなく、さっきも。自力でキャビンまで戻ってこられた。おまえが外に出る必要はなかったし、ばかなまねだった」

冗談ではなく、外で彼女を見たときは心臓が止まりかけた。雪のなかをよろめきながら歩くさまは子鹿のようで、まっとうな装備もつけていなかった。転倒して足首をひねり、おれたちのだれにも気づかれることなく凍死していたかもしれない。十分後だったら、視界がまったくきかなくて、道に迷って死んでいたかもしれない。

死んでいたかもしれない。

デイジーは腕ぐみをして頑固にくりかえした。「わたしは手伝おうとしてるだけよ」

「やめてくれ！」おれはぴしゃりと言った。「手伝いになってない！　むしろお荷物だ！　おまえが現れるまで、おれたち三人は楽しく暮らしてたのに、いまじゃなにもかもがめちゃくちゃだ！」

デイジーの目がぎらりと光った。「あなたが犬に噛まれたことが、どうしてわたしのせいになるの？　吹雪になったのもわたしのせい？　あなたが自分の身の安全を大事にしないのは、わたしのせいじゃないわ。ずっとわたしのことをばか呼ばわりして、まぬけな観光客扱いしてるけど、血だらけで歩きまわってるのはわたしじゃない。あなたが自殺するのを止めたからって、謝らないわよ」

暖炉の火が彼女の顔を照らした。おれのそばにいると、とても小さく見える。とても繊細に。

繊細など、くそくらえだ。周りにあるものはすべて重く頑丈で強くあってほしい。こういうところで生きていくには、そうでなくてはならないのだ。ところがデイジーは、身長たった百五十センチ、やわらかくて小さくてか弱い。そのうえ、非力なくせに度胸がありすぎる――いや、愚かすぎるというべきか――という最悪の組みあわせだ。体重はおれの半分しかないのに、おれにもほかの二人にもついていけると思っている。

はたと悟った。彼女をここにいさせてはいけない。本人が自分の身を守ろうとしないなら、おれたちがこの北の地から追いだしてやらなくては。できるだけ早急に。彼女がイングランドのなにから逃げているにせよ、みずからの愚かさゆえに死んでしまうことより悪いはずがない。

「気が変わった」おれは言った。「おまえの車が直るまで待つのはやめだ。明日、雪が落ちついたら出ていけ」

デイジーは厄介な子どもを前にしたようにため息をついた。「どうして？」

「おれたちが、おまえにここにいてほしくないからだ」きっぱりと言った。

「嘘よ。あなたはわたしが嫌いかもしれないけど、ほかの二人は好いてくれてる」

おれは笑った。苦い響きだった。「勘弁してくれ。あいつらがおまえをここにいさせてるのは、おまえと寝たいからだ」

言葉が口から飛びだした瞬間、言いすぎたと気づいた。静寂が広がる。デイジーが二度まばたきをした。ごくりとつばを飲むのがわかった。

ペーパータオルをごみ箱に捨てて、なにも言わずに立ちさった。

「やれやれ」部屋の入り口でエリが言った。「たった十分、二人にしただけで」

ゲストルームのドアがばたんと閉まった。壁越しで音がくぐもっていても、泣きだしたのがわかった。

デイジー

その夜はリーヴェンとエリに挟まれて、一緒に眠った。というより、ただ横になっていた。まったく眠れなかった。へとへとになるまで抱かれて何度も絶頂に達したというのに、頭は回転を止めない。暗いなか、二人のあいだに横たわったまま、体にかかる寝息を感じながら天井を見つめ、頭のなかでくりかえし響くコールの言葉を聞いていた。あいつらがおまえをここにいさせてるのは、おまえと寝たいからだ。

長い、長い夜だった。

午前五時ごろ、眠るのをあきらめて二人の腕の下から抜けだし、はだしでキッチンに向かった。紅茶を淹れて窓辺に腰かけ、外を眺めた。雪はまだ降っているけれど、昨日の午後のような猛吹雪とは別物だ。いまはやさしく繊細な雪がひらひらと地面に舞いおりているだけ。紅茶を飲みながら、胃がよじれるような恐ろしい感覚を思いだした。吹雪のなかをよろよろと近づいてくる遠くのぼやけたしみのようなものはコールだ、と気づいたときの感覚を。

問題は視界だとコールは言った。ふだんは車をまっすぐ納屋に入れるものの、吹雪のせいで自分がどこを運転しているのかわからず、それができなかったのだ。ということは、私道のどこか途中に乗りすててきたのだろう。

信じられないほど危険なことに思えた。吹雪のときに自分がどこを歩いているのかわからなければ、命を落とすかもしれない。けれど三人は、そういうときのための安全策のようなものをいっさい用意していない。愚かだ。

いいことを思いついた。リーヴェンの机から紙を一枚失敬して、前庭の図を描きはじめた。それから忍び足でゲストルームに戻ると、二人はまだぐっすり眠っていた。

そっとベッドに近づいて、エリの肩を軽くつついた。「エリ」声をひそめて言う。

「んん?」エリがつぶやいた。

「ものすごく長いロープを持ってない? それと、金属製のフック。あと、金槌」

「道具は全部ポーチだよ」エリがもぐもぐと答え、やみくもに手を伸ばしてきた。

「ベッドに戻っておいで」

「だめ。私道から家までの命綱を作りたいの。手すりみたいなもの。いい?」

「お好きに」エリはまたもぐもぐと言って寝がえりを打ち、枕に顔をうずめた。

ロープと道具を見つけたときには、外は明るくなりかけていた。雪中用の服を着こんだわたしは、ロープを手に前庭に出た。家のすぐ外から始めた。二十分近くかかって戸枠にフックを打ちこみ、そこにロープを結わえた。三人が気にしないでいてくれるといいのだけれど。とはいえキャビンの外側はすっかり風雨にさらされていて、さほど大事にされているようには見えないから、きっと問題ないはずだ。結び目がしっかりしたら、図面を頼りにロープをのばしつつ私道へ出ていった。ところどころでロープを木に巻きつけて、ここでもしっかり固定した。

ほどなく納屋にたどりついた。ロープを放して戸枠を眺め、ロープを固定するのによさそうな場所を探した。内側のほうがいいだろうか？　戸をくぐって、壁面を見まわしはじめた。

「なにをしてる？」深い声が響いた。

全身の毛が逆だった。あごをこわばらせて振りかえると、コールがいた。納屋の床にうずくまって、薄い板きれに囲まれている。それらを四角に組みたてているらしく、見たところ、額縁をこしらえているようだった。

あいつらがおまえをここにいさせてるのは、おまえと寝たいからだ。

なぜって、わたしにはそれくらいしか存在意義がないから、でしょう？　突っこむための穴としてしか価値がない。それ以外の理由で男性がそばにいてほしいと思う女性ではないということ。

わたしはロープをかかげた。「命綱をつくってるの。どこにフックを打ちこんだらいいと思う？」

コールが姿勢を正した。「おまえは外に出てくるな」

「わかってるわ」わたしはため息をついた。「ほかの二人のアレをしゃぶってるべきよね。だけどいまは二人とも疲れはててくれてるから、ヤりまくって脳みそをすっからかんにさせる作業からしばしの休息を得られたわけ。たいへんなのよ、歩いてしゃべるオナホでいるっていうのは」

どぎつい表現の連発に、コールがため息をついて、片手で口をこすった。「そういう意味じゃなかった。昨夜おれが言ったのは—まちがいだった。あいつらは、おまえと寝たいからここにいさせてるわけじゃない」

「そうじゃないかと思ってたわ。まあ、エリにはわたしに内緒にしてる異様なウノ愛があるのかもしれないけど」納屋の戸枠をなしている頑丈な横材を眺めてみると、そこにはもう金属製の輪っかがいくつか深く打ちこまれていた。おそらく道具をぶらさげるためのものだろう。いちばん大きな輪っかを引っぱってみたが、びくともしない。「この一つを使ってもいいと思う？」

コールはうなった。

「とても役に立つ情報ね。どうもありがとう」道具一式を置いて、ロープをぴんと引っぱった。それを輪っかに巻きつけるさまを、コールが見ていた。視線を感じる。肌にレーザーポインターを当てられているようだ。ため息をついて振りかえった。「なに？」

「いや……」コールが顔をしかめる。「二度とあんなばかなまねをするな。おれのために出てきたりするな。命を危険にさらすな。おれなんかを助けるために」

「自分の命をだれのために危険にさらすか、決めるのはわたしよ。お世話さま」

コールの表情が厳しくなる。「あのままでもおれは死ななかった」

「でしょうね」わたしは認めた。「だけど、怪我の状態は悪化してたはず。リヴが言ってたわ――もっと長く外にいたら低体温症を起こしてただろうって。そして、もっと出血してたでしょうね。あんな荷物をかかえてたから傷口が開いて。もしあのとき、わたしが助けにいってなかったら、あなたはいまごろそこに座って木材を切ったりしてない。輸血のために病院に運ばれてる。ありがとうの言葉は期待してないけど、三秒間、わたしをばか呼ばわりしないでくれたらうれしいわ」

コールの返事はなかった。しばしの静寂のなか、わたしはロープをひねってきついダブルコンストリクターノットに結び、一歩さがって、何度か引っぱってみた。結び目はしっかりとして、ほどけない。

「おれは……対人が苦手だ」コールが切りだした。

わたしは少し心をやわらげた。「あら、どうかしら。自分で思ってるほどじゃないと思うわよ。あなたにもすてきなときはあるもの」

コールが片方の眉をあげた。「本当か？」

「いいえ。あの二人はあなたを人前に出すべきじゃない」コールが唇をゆがめた。わたしは散らかった床を見まわした。「なにを作ってるの？　家具？」

「自分で見てみろ。完成したのがいくつか奥にある。防水布の下だ」

興味をおぼえて青いビニールシートに歩みより、めくった瞬間、目を丸くした。「驚いたわ」防水布の下にはキャンバスが三つ、大きさの順に重ねられていた。「あなたが作ったの？」一つを手にしてみると、完璧だ。木材にはやすりがかけられているし、布地はたるみなく張っていて、木枠の裏側で鋲どめしてある。わたしが店で買ったものより上等にさえ見えた――一級品だけれど、少し無骨。山の風景を描くには最適だ。

「これがあればおまえも静かになるだろう」コールがぶっきらぼうに言う。「ほっつき歩いてみんなの邪魔をするだけ、というわけにはいかなくなる。じゅうぶんなできだといいが。作りなおす気はないからな」

「わたしを追いだすつもりなんだと思ってた」そう言って、みごとな鋲どめに指を這わせた。

「二人がそれを許すとは思えない」

ちらりと彼を見た。「これって、あなたなりの〝ごめんなさい〟？」

コールは打っていた釘に視線を戻した。「謝るようなことはしてない」

わたしは笑った。「そうね。そのとおり」

まちがいなく、これは謝罪だ。コールは声に出して言うのが得意ではないけれど、ときに行動は言葉よりも語る。壊れたキャンバスのことで動揺していたわたしを見て、問題を解決しようとしてくれたのだ。謝罪として。

「ありがとう」静かに言った。

コールはうなずき、ぐいと頭を動かして、わたしがこしらえた結び目を示した。「あれはどこで習った？」

「ああ」わたしも結び目を見た。「父は海軍にいたの。小さいころ、よく一緒に結び方を練習したものよ。全部、本で覚えたわ」

「仲はいいのか？」

のどが狭まるのを感じた。「前はね」

「亡くなったのか？」

「いいえ。ただ……もうそんなに仲よくないの」最後に両親と会ったときのことを思いだした。ほんの一週間前のこと。泣きながら玄関をたたいたわたしを見て父が浮かべた嫌悪の表情が、眼前によみがえった。

両親のどちらからも電話はない。わたしがイングランドを出たことにも気づいていないのではないだろうか。

胸を裂くような悲しみを振りはらった。「あなたは？　家族はどんな人たち？」

コールは肩をすくめた。「家族はいない」

「兄弟姉妹はいないし、母の関心の対象はそのときのボーイフレンドだけだ。おれはほぼ一人で育った」

「一人も？」

そういうことだったのか。

「学校に通ってたころは、エリの母さんが面倒を見てくれた」コールが続ける。「ガキのころの半分は、あいつかリヴの家にいた」

「それからずっと一緒にいるの？」

「ずっとというわけじゃない」続きを待ったものの、コールは作業に戻ってしまった。この会話は終わったらしい。

戸口の外に目を向けると、雪はまだ穏やかに降っていた。「あの小屋にも命綱を張ろうと思ってるの。あなたは使ってないってエリから聞いたけど、もしまた車を家のほうまで運転できなくなったときは、いい避難所になるだろうから」

「無意味だな。あっちのほうへ行くのはおれだけだ」

わたしはじろりと彼を見た。「だから？　あなたはまぬけかもしれないけど、ほかの二人と同じで、あっさり死んでいいわけじゃないのよ」

「時間の無駄だ」コールはにべもなく言った。

わたしはため息をついてロープを拾った。「好きなように言えばいいわ。なんと言われたってわたしはやる。キャンバス、どうもありがとう」

返事はなかった。わたしはロープを引きずってふたたび前庭に出た。


エリがあくびをしながら家から出てきたのは、ちょうど作業が終わったときだった。理想どおりの命綱だ――腰の高さで、前庭の周縁にぴんと張りめぐらされていて、私道の始まりからキャビンまでつながっている。うまく木立にまぎれているので、探そうと思って探さないとわからないしあがりだ。

エリが感心した顔で言う。「すごいね」そしてロープを引っぱった。「すごく賢い」

「そう？」わたしは手袋の雪を払った。「役に立つと思う？」

「立たないわけがない」エリがわたしのひたいにキスをした。「ありがとう、ベイビー」

「どういたしまして」わたしは肩を回した。「あまり眠れなかったの。ちょっと昼寝するわ」

横をすりぬけて玄関を入ろうとしたとき、エリがふざけてお尻をぴしゃりとたたいたので、体から雪がはらはらと落ちた。作業を終えて、立ったまま眠れそうなくらいだった。折りたたみベッドに倒れこむのを楽しみに、廊下を進んでゲストルームに向かった。

ところがドアを開けてみると、ベッドは消えていた。代わりに室内は小さなアトリエのようにしつらえられていた。

目を丸くして見まわした。わたしが前庭にいるあいだに、コールが絵の具をすべてここに運びこんだのだろう。壁際に容器が積まれて、そのとなりにはキャンバスが立てかけられ、さらに家具を絵の具から守るためのドロップクロスがたたんで置いてある。イーゼルは誇らしげに部屋の中央に陣どり、そばには小さなスツールが置かれている。隅には古びた机と椅子まで用意され、光を調節できるようにランプがいくつか増えていた。

不意に疲れが吹きとんで、興奮の炎がめらめらと燃えだした。かがんでキャンバスを拾い、イーゼルにのせると、絵の具をあさりはじめた。

エリ

退屈で死にそうだ。

ぼくは所在なくキャビンのなかをさまよい、ものを手にしてはまた置いてをくりかえしていた。やることがなにもない。前回の吹雪から一週間以上が経ったので、この八日間は仕事にいそしみ、スキーの個人レッスンをしてきた。それが今日は休みだというのに、ほかのみんなは忙しい。リーヴェンは働いている。コールは納屋にいて、猟師が持ってきた獲物の皮はぎをしている。デイジーは絵を描いている。

足が勝手に廊下を進んで、デイジーの部屋の前にたどりついた。ドアは開けっぱなしだったから、のぞきこんでみた。デイジーが描いているのは、鏡台の前に座って髪をまとめる女性だった。依頼人が送ってきた参考資料の写真がキャンバスのてっぺんにクリップでとめられていて、デイジーは絵筆を動かしながら何度もそれを確認している。絵はまだ完成していないが、途中のこの段階でもリアリティにうならされた。女性の肌のやわらかさを実際に感じられそうだ。

デイジーがきれいな絵筆に手を伸ばし、小さくターンした。描きながら踊っているのだ。ラジオから流れるくだらないポップソングにあわせて、腰を振ったりして。髪はバンダナで一つにまとめられ、頬にはピンク色の絵の具がついている。

ものすごくかわいい。

デイジーがここに来てもうすぐ二週間になるが、文句なしの二週間だった。何度もセックスした。数えきれないほど。朝のセックス、真夜中のセックス、仕事の前にちょっと一汗の午後のセックス。だけどそれだけじゃない。純粋に、デイジーのそばにいるのは楽しかった。帰宅してただいまと言えるだれかがいるのはうれしかった。ほとんどいつも一緒にいて、料理をし、ゲームをし、映画を見た。たいていの夜は何時間もおしゃべりをして過ごした。白状しよう——ぼくはあの娘に夢中だ。自分がどうするつもりなのかはわからない。彼女の車をもう一度壊してくれるよう、修理工に頼もうかと真剣に考えている。

眺めていると、デイジーの携帯電話が着信音を響かせた。デイジーが絵筆を置いて携帯を拾い、通知をチェックする。その肩がさがった。

これは放っておけない。

「作業は順調？」ぼくは尋ねた。

デイジーが飛びあがった。「エリ！　もう、びっくりした」

「ごめん、ティンク。どうかしたの？」

「どうもしないわ。テキストメッセージが届いただけ」ポケットに携帯を突っこんで、にっこりしてみせた。その笑顔を見て、胸のなかで心臓がどきんとする。彼女に見つめられるとうろたえてしまうのだ。その瞳がたたえる果てしないやさしさと愛おしさのせいで。「なにかほしいものでもあった?」デイジーが尋ねた。

「かまってほしい」

デイジーは笑い、腕を広げて待つぼくのところにやってきた。ぼくは彼女にキスをした。長く、深く。デイジーがやわらかな声をもらし、両手でぼくの肩から二の腕まで撫でおろす。感触を堪能させようと筋肉を収縮させせると、デイジーがうれしそうな声をもらし、指先でぼくのタトゥーをなぞった。

「刑務所のなかはどんな感じだったの?」

心のシャッターがおりた気がした。急にほほえむことができなくなる。息さえ満足にできない。

それが顔に表れたのだろう、デイジーがはっとしたように言った。「ごめんなさい。本当にごめん。とんでもない質問よね。いやならなにも言わなくていい」

「違うんだ」ぼくは顔をしかめた。「そうじゃない。話ならできる」どうにも自分に言いきかせているようにしか聞こえなくて、それがいやだった。

デイジーがうなじにそっと手を添えた。「つらいなら話さないで」静かに言う。とろけるような茶色の目を見つめると、胃の底が抜けた気がした。

服役していたことについて初めて彼女に話したときを思いだした。〝なんであれ、そこまで悪いことだったはずがないわ、だってあなたは悪い人じゃないもの〟あの時点では出会ってまだたった三日だったのに、デイジーはぼくを信じてくれた。リーヴェンとコールは二十年来のつきあいでも信じてくれなかった。両親だって同様。陪審員も、刑務所の人間も、その後に出会っただれ一人として、ぼくを信じなかった。けれどデイジーは信じた。ぼくの心まで見ぬいた。この話を聞かせられる人がいるとしたら、デイジーをおいてほかにいない。

咳ばらいをした。「悪くなかったよ。たぶん、たいていの国と比べてましだったと思う。スカンジナビア半島は刑務所が人道的ってことで有名だからね」

「人道的って、最低基準だと思うけど」デイジーが鋭いことを指摘する。

「暴力や麻薬なんかもあったけど、総じていい刑務所だったと思う。それでも……ほら。檻のなかだ」苦しくなってきた胸をこすった。「ほとんどの時間は一人で過ごした。面会に来てくれる人はいなかった。両親には縁を切られたし、リーヴェンとコールはぼくに腹を立てていた。だからぼくは……一人だった」ああ、そのことは考えたくない。胸から飛びだささんばかりに心臓が暴れている。「いちばんつらかったのは、誕生日とかクリスマスとか、そういうとき。ほかの連中には面会者がいた。麻薬王で、四十年の刑を食らったような連中にだよ。運び屋を脅したり、未成年者に薬を売ったりしてたような連中。それでも親は会いにくる。ガールフレンド、友達、兄弟姉妹。ぼくのところにはだれも来なかった。あれは――」話すのをやめてつばを飲んだ。口のなかがからからだった。「なんて言えばいいかわからないな。房に閉じこめられて、愛してくれてた人たち全員にそっぽを向かれて、ぼくはなにも悪いことをしてないのに――ものすごく傷ついたよ。乗りこえるには時間がかかった」

そもそも乗りこえられたのだろうか。完全には無理な気がする。そんな経験をしてなお、本当に愛してくれる人がいると信じられるものだろうか?

デイジーはなにも言わなかった。見ると、その大きな茶色の目は輝いていた。

「ああ、ベイビー。泣かないで――」

「死ぬほどつらかったでしょう」デイジーがささやくように言う。「人に対してできるなかで、最悪のしうちだわ」

否定できなかった。「過ぎたことだ。あの時間はとりもどせない。ぼくにできるのは、乗りこえて、前へ進むことだけ」

デイジーがぼくの首に両腕を回し、顔をあげてキスをした。とても小さいので、爪先だちになっていても、実質、ぼくの首を絞めているようなものだ。細いウエストに片腕を回して引きよせ、胸のふくらみが胸板に押しつけられた瞬間、ぼくは目を丸くした。急に明るい気分になって、身を引いた。

「ブラをつけてないんだね」

デイジーの目がまたたいた。「絵の具がつくかもしれないでしょう。ブラってけっこう高いのよ」

ぼくはうなって彼女を後ろむきにさせ、丸いヒップを、育ちつつある股間のものに引きよせた。うれしそうにお尻をこすりつけてきたデイジーのシャツの襟ぐりを引っぱって、胸のふくらみをあらわにする。左右それぞれを手のひらで包み、やさしく握った。ああ、なんてやわらかいんだ。とがりつつあるいただきにそっと親指を走らせて、羽のごとく軽やかにいたぶると、デイジーがうめき、もっと刺激を得ようと体をしならせた。

「もうおしゃべりはしたくなくなった」肌に向けてささやいた。「きみはなにがほしい？　ぼくの指？」ヒップを押しつけられて、股間がぴくんと反応した。

「ぼくの口？」尋ねながら唇で首筋を伝いおりると、デイジーがもっとしてとばかりに首をそらしたので、脈うっている部分に熱いキスをした。

「それともこれ？」尋ねると同時に、今度はこちらから股間を押しつけた。

デイジーがぼくの肩に首をもたせかけ、うるんだ目で見あげた。「選ばなくちゃだめ？　あなたには三つともあるのに？」

ぼくはほほえみ、片手で彼女のお腹を撫でおろすと、小さなショートパンツのウエスト部分からなかに滑りこませた。下着の上からまさぐると、デイジーはため息をついて体の力を抜いた。

ショートパンツのボタンをはずして脱がせてから、パンティに指を引っかけて、それもおろした。デイジーが蹴って脱ごうとしたのをさえぎって、湿ったレースをつかみとり、手のなかで丸める。「もらっていいよね?」だめと言われる前にポケットに突っこんで、またいたぶりはじめた。指先でひだを分かつと、すでにしっかりうるおっていたので、ほてった繊細な肌の上をぼくの指はやすやすと滑った。

「ああ……」デイジーが腕のなかでのけぞる。「お願い!」

「どうしてほしい?」

「触って。ちゃんと」

ぼくは親指の腹を舐めてから、彼女の感じやすい部分にゆっくりと円を描きはじめた。デイジーがわななき、やわらかな白い胸のふくらみはだんだん紅潮していく。空いているほうの手で左のふくらみを覆うと、激しく打つ鼓動を感じた。「気持ちいい?」耳元でささやき、親指にほんの少し力を加えたが、デイジーはぎゅっと太ももをくっつけてうめくだけだった。

親指を動かしながら入り口で指先を躍らせはじめ、敏感な肌の上でひるがえらせた。またヒップを押しつけてきたので、あくまで軽く、じらすようにゆっくりと、指先だけを入れたり出したりしていると、デイジーが身をくねらせはじめた。引きしまったヒップが股間に何度もこすりつけられるのを、ぎゅっと目を閉じてこらえる。痛いほど固くなっているので、甘い声も悲鳴も逆効果でしかなかった。

「あ、ああ。入れて」デイジーが命令する。「早く!」

廊下からリーヴェンの声が聞こえてきた。医師らしい口調なので、きっと電話中だろう。ぼくは舌うちをした。「大事な話をしてるみたいだ。静かにしてなくちゃだめだよ。患者さんも、指でイカされようとしてるきみの声は聞きたくないだろうからね」

デイジーは体をひねってぼくのシャツを咥え、しっかり噛んだ。そうしてコットンを口いっぱいに含んでいても、ぼくが指を滑りこませたときは、抑えようもなくあえぐ。なかは焼けるほど熱く、したたるほどうるおっていた。

親指の力を加えると、デイジーは叫んで必死にもがいた。「だめ、だめよ、エリ――」

「だめ?」

「だめ」もはや涙声だ。

「静かにイケないなら」指を動かす速度をゆるめずに言う。「我慢するしかないね」

「そんなの無理――」

耳元でささやいた。「我慢するなら」と申してる。「指をペニスに代えてあげよう」

「イカせてくれないなら、ペニスを殴ってやる」デイジーはうなるように言ったが、それでも我慢しようとしているのだろう、両手で力なくぼくのシャツをつかんだ。ぼくは彼女ののどにキスをしてほほえみ、指を丸めてGスポットを愛撫した。

残酷な話だ。どんなに必死に我慢したって、爆発を止められるわけはない。そういうわけでデイジーはぼくに背中をあずけたまま達した。彼女が肩に顔をうずめて静かに絶頂の波に乗るあいだずっと、ぼくは指でいたぶるのをやめなかった——波を止めさせないために。余韻が静まりかけたと思うたび、指を締めあげる肉はまたひくひくしはじめて、震えはとどまるところを知らなかった。

それでもついに絶頂が落ちついた。ぼくらはデイジーの絵に囲まれて、どちらも息をはずませていた。震えの止まらないデイジーがぐったりと体をあずけてくる。

そのとき、ドアのきしる音がした。二人同時に顔をあげると、リヴが敷居からこちらを見ていた。まばたきをしてわれに返ったデイジーの全身に、リヴが視線を走らせる。

ぼくはうずきを感じながらゆっくりと指を引きぬき、ひだに蜜を広げた。デイジーがわななくいてリーヴェンのほうに手を差しのべ、ぼくは指から蜜を舐めとった。

「仲間に入る？」デイジーが問う。

リーヴェンは咳ばらいをして、居心地が悪そうに体重を移した。「そうしたいのはやまやまだが、緊急でキルナに行かなくてはならない。町で二時間ほど過ごしたいやつはいないかと思って来てみた」

ぼくもデイジーもためらった。ぼくは脈うつのがわかるほど固くなっている。睾丸もひどくうずいて、実際に痛いくらいだ。いますぐデイジーをつかまえて押したおして突っこんでしまえと全細胞が叫んでいる。それでも、町にはしばらく行っていないし、デイジーが出かけたがっているのも知っている。ぼくらに飽きて出ていってほしくはない。

それに、おあずけのあとのごほうびは大好物だ。

デイジーの髪を耳にかけてやった。「行こう。出かけてるあいだにぼくのアレが枯れおちたりすることはないから、続きは帰ったあとに楽しめるよ」

「それなら服を着ろ」リヴの声は少ししゃがれていた。「五分で出発だ」そして廊下を戻っていった。去り際、巧妙にズボンを整えたのがわかった。

デイジーがため息をついた。ぼくはかがみこんで、おっぱいにすばやくキスをした。

「さみしいな」ささやいて、シャツのなかに戻してやる。「またすぐ会おう」

「あなたっておばかさんね」デイジーがささやき、ぼくに寄りかかった。

「気づいちゃった？」

キルナに到着するとすぐ、コールは自分の用事をすませにどこかへ消えた。ぼくはデイジーの手を取って通りを歩き、リーヴェンとコールとぼくが幼いころに行っていた場所を案内してまわった。放課後に通ったカフェ。サッカーをした公園。いくつもの暑くて眠たい午後を過ごした図書館では、宿題をやろうとラジエーターの下で丸くなったものだ。デイジーはどんな逸話にも、目をきらきらさせて耳を傾けた。

「小さいころからの幼なじみだなんて、すごくかわいい。子どものころのあなたたちを見てみたかったわ」

ぼくは肩をすくめた。「いまとそんなに変わらないよ。リヴはここまできまじめじゃなかったかな。まあ、しょっちゅうぼくにどなってたけどね。はさみを持って走るなとか、靴紐を結べとか、そういうどうでもいいことで。コールはいまと同じく、気むずかしくて口数が少なかった。あんなにシャイな子はほかに知らないな」

デイジーが首を傾けると、長いおさげが揺れた。「コールをシャイだと思ったことはないわ」考えながら言う。

「それは、あいつがもう筋肉むきむきの大男になったからだろうね。子どものころは痩せっぽちで服は汚れてて、態度が悪かったんだよ。町に住んでなくて、サーミの集落の出身だった。三年生のときにぼくらのクラスに入ってきたんだ」

「コールはネイティブなの？」

「半分ね。だからあんなにいいレンジャーなんだ。トナカイの群れのそばで育ったから」

「へえ。あなたたちについて知らないことがたくさんあるのね」

そのとき、ランジェリーショップの前にさしかかった。これまではそこにあることさえ気づいていなかった一軒だ。ふだんならさっさと通りすぎていただろうに、今日はショーウインドウのなにかに目をとられた。ブラやローブを着せられた痩せすぎのマネキンのなかに、その一体はあった。ほぼ中央で、小さな白いひなぎく《デイジー》の刺繍がほどこされたピーチ色のシルクのスリップをまとって。

デイジーが着ているところを想像せずにはいられなかった。あの淡い布地はきっと彼女のやわらかな肌によく合うだろう。胸や腰の曲線に吸いついて、裾はかわいいヒップの丸みをぎりぎり隠すくらいに違いない。

デイジーに脇をこづかれてようやく、自分が凝視していたことに気づいた。「試着したいの？」デイジーがのんびりと言う。

「きっとぼくに似あうだろうけど――」またウインドウを見た。「きみはどう？　あの真ん中のやつ」

「すごくすてきね」

彼女の手をつかんで歩きだした。小さな店に入ると、頭上でベルが鳴る。ぼくはまっすぐラックをめざした。「きみのサイズのを選んで」

デイジーが笑う。「エリ、わたしは車の修理代を貯めようとしてるのよ。ランジェリーに散財する余裕はないわ」

「これはプレゼントだよ、ベイビー」

デイジーが眉をひそめた。「プレゼントなんてもらえない。ずっとただで泊めてもらってるのに。むしろお返ししなくちゃいけないくらいだわ」

「いいから」コートの上から背中に手を添えた。防寒着を重ねているから、その下の肌はきっととても温かだろう。「このプレゼントでぼくはまちがいなく恩恵を受けるよ。実際、ぼくにとってのプレゼントだ」

「リーヴェンにとっても?」

「たぶんね。今夜、ぼくがきみをシェアする気になれば」

デイジーが伸びあがって、ぼくののどぼとけにキスをした。「そういうことなら、ありがとう。お言葉に甘えるわ」

ぼくが会計をして、店いちばんのギフトラッピングにしてもらってから、ふたたび雪のなかに出た。ドアが閉じたとき、コールとリーヴェンがさくさくとこちらに歩いてくるのが目に入った。コールは辛辣な顔で店の正面を見ている。

「エリがイメチェンをしたがったから」デイジーが言う。「ブラのサイズ選びで相談に乗ってあげたの」

ぼくは彼女の耳にキスをした。きらきら光る星形の小さなイヤリングがぶらさがっている。そうだ、イヤリングもプレゼントしよう。本人に気づかれずに買いものができるだろうか。

「買いものか?」リーヴェンが言い、袋をちらりと見る。「まだ服が必要か?」

「今夜のお楽しみのためよ」デイジーがにこやかに言う。「エリは、やりかけたことをちゃんと終わらせたいんですって」

リーヴェンの目が色を増した。咳ばらいをして言う。「そうか。なるほど。腹は減っているか?」

「ぺこぺこよ」

「なにか食料を買ってから帰ろう。なにが食べたい?」

「ピザに一票」ぼくは口を挟んだ。

「おまえはいつもピザに一票だな」リヴがつぶやくように返す。

デイジーがちらりとコールを見た。「あなたは、コール? なにが食べたい?」

コールは無言だった。めずらしいことではない。おしゃべりなタイプではないのだ。

それでも返事がないので、コールのほうを向いた。するとコールは険しい顔で通りの向かいのなにかをにらんでいた。その視線を追ったとき、胃の底が抜けた。

「コール」ぼくはうながした。「なにが食べたいかってデイジーが訊いてるよ」

まさか。そんな。ありえない。

ほんの数メートル先で、ぼくらの元ガールフレンドのヨハンナが、スポーツ店のショーウインドウをのぞいていた。きっとぼくは前世でよっぽどひどいことをしたのだろう――見つめているとヨハンナが顔をあげ、あの淡いブルーの目でぼくの目をまっすぐに見た。ぼくだと気づいたのが表情でわかった。おもむろにこちらへやってくる。ぼくはこのままデイジーの手をつかんで駆けだしたい衝動をこらえた。

「ヨハンナ」近づいてきた彼女に、リーヴェンが冷静に言った。金色の髪は以前よりやや長く、顔にはしわができたが、おおむね最後に会ったときと変わらなく見えた。法廷で会ったときと同じに。

「リーヴェン。コール」ヨハンナは、ぼくには挨拶もしなかった。

この女性と二年間つきあった。何百回とこの女性に挿入した。それなのに、ぼくがその場にいないかのような態度だった。

それでいい。慣れている。

心臓が胸から飛びだしそうな気がした。

ヨハンナがふと、ぼくらのあいだにいるデイジーに目をとめた。「まあ。あなたたち、まだこういうことをしているの？」

「おまえとは話したくない」コールがつぶやくように言った。

「失礼な態度をとらなくてもいいでしょう」ヨハンナは冷ややかに言い、デイジーのほうを向いた。「どんな調子？　この人たち、もうあなたを家に迎えいれた？」

デイジーはただまばたきをした。「ええと、ごめんなさい《フェロート》。スウェーデン語は話せません」

驚きに、ヨハンナのピンク色の唇が開いた。「外国人なの？　いまでは海の向こうから仕入れるようになったわけ？」

リーヴェンがデイジーの前に立ちはだかった。「彼女と話すな」強い口調で言う。「こんなところでなにをしている？」

ヨハンナは目をしばたたいた。「あら。わたしたちはちょっとした里帰りよ」

「わたしたち？」

ヨハンナがうなずき、ちらりと振りかえった。「リカール！」と呼びかける。「こっちに来てご挨拶なさい」

プラチナブロンドの少年がショーウインドウから離れて、雪のなかでつまずきそうになりながら、こちらに駆けてきた。

「こんにちは」元気に言い、母親を見あげる。「だれ？」

コールの顔から血の気が引いた。一歩あとじさりし、雪のなかで倒れそうになる。彼の気持ちを思ってぼくの胸はよじれた。

ヨハンナが少年の髪をくしゃくしゃにする。「古いお友達よ。あなたが赤ちゃんのころに会ってるの。こちらはリーヴェン、それからコール、そして――ああ、エリアス、あなたはリカールに会ったことがないわよね。まだ刑務所にいたから」

頬を張られた気がした。リーヴェンが息を吸いこみ、コールは手をこぶしに握った。デイジーは見るからにとまどって、全員を見くらべていた。

ヨハンナがあたりさわりのない笑みを浮かべた。「出してもらえてよかったわね」

冗談ではなく、視界のへりが暗くなって耳がノイズに満たされた。突然、耐えられなくなった。無理だ。ぼくはデイジーの手を離すと、きびすを返して歩きだし、タクシーを呼ぼうと携帯電話を取りだした。


道中のことはほぼ覚えていない。まるで意識がブラックアウトしたみたいだ。脳みそが電源をオフにしたような。気がついたときにはゲレンデの用品レンタルカウンターにいて、同僚のカロリナにかけあっていた。

「道具を借りたい」ぼくはぶっきらぼうに言った。カウンターに寄りかかった体は、震えて汗ばんでいた。心臓が胸から飛びだしそうな気がする。胸骨をこぶしでたたいて、いいから落ちつけと言いきかせた。

カロリナが心配そうな顔でぼくを見た。「エリ、やめたほうがいいって」

ぼくは震える手で髪をかきあげた。「道具が必要なんだ」とくりかえす。

「それより座ったほうがいい。いまにも気絶しそうな顔をしてる」カロリナが手を伸ばしてきて両肩に触れ、椅子に座らせようとしたが、ぼくはその手を振りはらった。

「いいから道具をよこせ」食いしばった歯のあいだから言った。「早く!」

カロリナが目を丸くした。無理もない。ぼくがこんなしゃべり方をするのは初めてだ。明日にはなんてひどい態度をとったことかと後悔するだろうけれど、いまは愛想よくできる心境ではなかった。頭が爆発しそうだった。

カロリナが道具をいくつか出してくれたので、ぼくはゴンドラに乗りこみ、最上級コースをめざした。ぼくのほかにはだれもいなかった。スキーでトレイルのスタート地点に向かい、見おろした。傾斜は急で、山肌をほぼ垂直にくだる。両側に木が並ぶコースは狭く、切りたつ崖の先にはかなりの落差がある。

ゴーグルをおろした。時間の流れがゆっくりになる。胸が締めつけられる。自分の震える呼吸が聞こえた。たぶんカロリナは正しい――いまはこんなことをしないほうがいい。頭が正常な状態ではない。ものごとへの反応のタイミングがずれている。いくつか簡単なコースを滑って心を落ちつかせるべきだ。

だけどいまはどうでもよかった。勢いよく滑りだして宙に舞い、自分が落ちていくのを感じた。

デイジー

スキーリゾートのなかをさまよって、スノーボードやスキー板をかかえた人たちのあいだを縫うように進んだ。めまいがしていた。たったいまなにが起きたのか、よくわからなかった。あの金髪の女性はだれ？　どうして三人にあれほどの影響をもたらしたの？　彼女が立ちさるとすぐにコールとリーヴェンは車に戻ったが、わたしはそのままキャビンに帰るのではなく、ここでおろしてくれるよう頼んだ。もしエリが動揺したのなら、きっとここに来るはずだから。

道を渡るときに、リゾートのロゴが入ったジャケット姿の金髪の女性数人を見つけたので、そのなかの一人を呼びとめた。「ちょっといい？　エリアス・サンダールがどこにいるか知らない？」

女性はあきれたように息をついた。「まったく。女の子にそう訊かれるたびに十クローネもらえたらいいのに」

「ゲレンデにいたわよ」別の一人が教えてくれた。「ちょっと前からそこにいる」向きを変え、そびえる山に目をこらした。「えーと」しばし眺めて、指さす。「あそこ！　あれがそう。ほら、緑のジャケットの」

指先を目で追い、エリを見つけて心臓が締めつけられた。なんてこと。エリは信じられないスピードで山肌を滑降していた。その体は地面をかすめそうなほど低く横向きに傾いている。啞然として見ていると、エリはぎりぎりのタイミングで姿勢を戻し、雪の小山から宙に飛びだした。スキー板が体の前方へ滑りだし、エリはそのまま後ろむきに体を倒してゆっくりと宙で一回転した。難なくスキーで着地し、猛スピードで角を回る。

「あれは安全なの？」斜面を滑りおりる彼を指さしながら、わたしは甲高い声で尋ねた。

女性は笑った。「エリなら大丈夫でしょ」

かたずを吞んで見まもっていると、エリがゲレンデのふもとにたどりついたので、そこでどうにか視線をそらした。ストレス発散を必要としているのはわかったから、ここにいることをテキストメッセージで知らせ、いちばん近くのアフタースキー用のバーで待つことにした。

待っているあいだに携帯電話を取りだして、絵画制作の依頼メールを確認した。サムからまた三通もメッセージが届いているのを見て、うめきたいのをこらえる。どうして放っておいてくれないのだろう。話したくないとはっきり示しているのに。心のなかで顔をしかめ、画面に指を滑らせてメッセージを開いた。

〝ベイビー、これを読んでいるんだろう？　頼むから返事をくれ。話す必要がある〟

いったいどういう意味だろう。手が汗ばむのを感じつつ、そっけない返信を入力した。

〝話すことなんてなにもない。もう連絡してこないで。これは仕事用のメアドよ〟

瞬時に返信が届いた。

〝よかった、無事なんだね！　すごく心配していたんだよ。いまどこにいる？

怒っているのはわかっているし、悪かったと思っている。子どもっぽいまねをした。でも、二人でなら乗りこえられるはずだ。ぼくたちの相性は最高なんだから〟

怒りがこみあげてきた。わたしの全人生をめちゃくちゃにしておいて、よくもこんな文面を送りつけられるものだ。彼のせいでわたしは仕事をクビになり、家族にも友達にも背を向けられたというのに、いまさら〝二人でなら乗りこえられる〟とはなにごとだろう。

〝新しい恋人ができたの。そうでなくても、この世でいちばんデートしたくない人があなたよ。いいかげん放っておいて〟

メールを送信して携帯電話の電源を切り、ポケットに戻した。腹が立ちすぎて頭がまともに働かないくらいだった。信じられない。本気でよりを戻したがっているの？　わたしの知りあい全員の前であれほど貶めておいて？　カウンターをぎゅっとつかみ、静かにはらわたを煮えくりかえらせた。

「デイジー？」肩に重たい手がのせられた。

振りかえると、まだスキー服のエリがいたので、反射的に伸びあがってキスをした。エリの唇は驚くほど冷たく、髪には氷のかけらがついていて、服の上では雪がとけだしている。エリは一瞬、どうしたらいいかわからないかのように、じっとしていた。が、すぐにほっとため息をついて口を開き、わたしのキスを受けいれた。

「うーん」ようやく唇が離れたときには、緑の目は輝いていた。「いまのはこれまでのスキー人生で最高の、ゲレンデからのおかえりなさいだな」

わたしは彼に寄りそった。「あなたが心配でたまらなかった。すごく動揺してたみたいだったから」

「ああ、ティンク」エリが言い、愉快そうな顔でわたしたちを見ていたウエイトレスのほうを向いた。「マリア、グロッグを二杯、頼めるかな。内臓が凍っちゃったよ」

「すぐ用意するわ」マリアが明るく応じ、向きを変えてコンロの上の大きな銀色の鍋から湯気ののぼる液体をおたまですくった。エリは体を揺すってスキージャケットを脱ぎ、わたしの座っているスツールをつかんで引きよせると、肩に腕を回した。わたしは彼にすりよって、温かな松葉の香りを吸いこんだ。

「グロッグってなに？」

「ええとね。温かい赤ワインに……いろいろ入れたやつ。スパイスとか」

「ホットワインのこと？」

「じゃないかな」

「お待たせ」マリアが湯気ののぼるカップ二つをわたしたちの前に置いた。

わたしは慎重に一口飲んで、ほほえんだ。「おいしい」

「うん」エリがわたしを見つめながらそっと言った。

彼の手を取って、指に指をからめた。「大丈夫？　どうしてここに来たの？　さっきの女性は何者？」

エリが目をしばたたき、うつむいた。「さっきのはぼくらの元ガールフレンド。ヨハンナだ」

「そう」

「ああ」いまの言葉を考える。「ぼくらの？　つまり、あなたたち三人全員の？」

突然、先ほどの女性に激しい嫉妬心をおぼえた。彼女は三人全員を手に入れていたのだ。つまり、コールもあの女性を求めたということ。「愛してたの？」

エリはうなずき、カップの持ち手をいじった。「ぼくたち全員がね。心から」

「真剣な感じね」

「すごく真剣だったよ。二年間、続いた。というより――」顔をしかめる。「ぼくと彼女の関係は二年間、続いた。ほかの二人はもっと長かった」

「どういうこと？」

エリはぎこちなく肩をすくめた。「彼女がぼくに飽きた」

あんぐりと口を開けてしまった。「どうしてそんなことがありうるの？」

エリは笑った。「ドゥ・セル・ウト・ソム・エン・フォーゲルホーク」

「いまなんて？」

「あなたは鳥の巣箱に見えますよって意味」エリが言い、指の関節でつついてわたしの口を閉じさせた。「きみはかわいいな」

「あなたに飽きる人なんて、この世にいるわけがない」わたしは語気強く言った。信じられなかった。エリほど活気に満ちていておもしろくて、人を惹きつける魅力にあふれた人物もそういない。

エリが重たい息をついて、またグロッグを飲んだ。「信じられないだろうけど、本当なんだ。これだけの魅力とウィットとルックスをもってしても、ぼくに飽きる人は存在する。まったく筋が通らないよね」

冗談でごまかそうとしているのだと気づき、わたしは彼の腕に触れた。「あなたを求めないなんて、彼女、頭がどうかしてるんだわ」

エリは鼻で笑った。「そうかな？」

「そうよ。さっきあなたが斜面をくだるのが見えた。とんでもなく才能があるのね。おまけにハンサムで洗練されてて、やさしくて人好きがして――」

「しかも、あそこはでかい」エリが言う。

「――あそこはものすごくでかい」わたしも言った。「冗談じゃなく、あなたは完璧だわ。そのあなたを求めない女性は――女性にかぎらず人間は――みんな、どうかしてる」

エリはうつむいたが、その顔に広がる笑みは隠せなかった。「ありがとう、ティンク。きみはやさしいね」ぱしんとバーカウンターをたたいた。「行こう。それを飲みほしてうちに帰ろう。ぼくとリーヴェンはきみに洗いざらい話すべきだと思う」

キャビンに戻ってみると、すべての明かりが消えていた。寒々しく、がらんとして見える。

「リヴ？」エリが呼びかけた。

「ここだ」キッチンテーブルのほうから声がした。そちらを向くと、リヴが暗がりのなかで書類にかがみこんでいた。沈んだ声だった。

「コールは？」エリが問う。

リヴが首をぐいと動かして窓を示した。外からは、ばきっという音が一定のリズムで聞こえてくる。「罪のない木をばらばらにしている」

「コールは大丈夫なの？」わたしは首からマフラーをほどいた。

リヴは肩をすくめた。「大丈夫だろう。なにかに斧をふるわずにはいられないだけだ」片手で髪をかきあげた姿は、ひどく悲しげで疲れて見えた。わたしはブーツを脱いで部屋を横ぎり、リヴの膝にお尻をのせると、たくましい首に両腕を巻きつけた。

リヴは一瞬驚いて凍りついたが、すぐに力を抜いた。「おかえり」小声で言い、胸板にわたしを引きよせる。

「あなたは大丈夫？」

「なぜおれが大丈夫ではないと？」

「ヨハンナについて話すって約束した」エリが言い、キッチンに入ってきて明かりをつけた。

リヴが眉をひそめる。「なんだと？　なぜだ？」

「今日みたいなことがあったんだ、デイジーには説明を聞く権利があると思わないか？」

「しかし、いい考えかどうか」

エリはふんと鼻で笑った。「話を聞いたらデイジーまで意地悪女になると思ってる？ぼくは、話しても害はないと思うよ」

リーヴェンが少し身を引いて、わたしの顔を見つめた。わたしは黙っていた。話を聞きたくてたまらなかったけれど、せっつきたくはなかった。

「まあ、そうだな」リーヴェンが静かに言った。「だが、その話をするなら酒がいる」

「同感だ」エリが言う。

振りかえると、エリはもう食器棚からカクテル用のシェーカーを取りだしていた。

「強めに作るよ」

デイジー

　二十分後、暖炉では火がぱちぱちと燃え、わたしたちは二杯目のウイスキーソーダを手に、ソファへ移動していた。わたしはエリに寄りそい、リーヴェンがぎこちなく座るのを眺めた。たったいま、死刑宣告を受けた人みたいだった。

「では始めようか」リーヴェンがつぶやくように言った。

　わたしは手を伸ばして彼の手を握った。

「そうだね」エリがわたしの腕を撫でる。「じゃあ、と。ぼくらがキルナでヨハンナと出会ったのは七、八年前。コールとぼくはスポーツセンターで働いていて、リヴはアルメンシェンスティヨリングをしていた」わたしがわかったような顔でうなずくと、エリは首を傾けた。「つまり……研修医だ。医学部を出たあとにやるインターンシップみたいなもので、医師免許をとるためのもの。ヨハンナは、ぼくらが住んでたアパートメントのとなりに引っこしてきた。きれいだし感じがよかった。ぼくらはたちまち好きになって、あっという間に深い関係になった。その年のクリスマスは、アメリカのリヴの両親の家で過ごしたくらいだ。ぼくら四人ともね」

「ええ？」わたしは目を丸くした。「つまり、そこはオープンにしてたということ？」

「なにも恥じるようなことはしてないからね。二年が過ぎるころ、ヨハンナはぼくに飽きて捨てたけど、そのころは同じアパートメントに住んでたから、まだルームメイトではあった」呟ばらいをする。「ある日、警察が訪ねてきた。前日にぼくはレンタカーを借りていて、レンタル業者いわく、座席の下からコカインの入ったでっかい袋が出てきたと。ヨハンナもその車を使ったけど、ぼくの名義で借りてたから、ぼくが逮捕された。やってないと言ってもだれも信じてくれなくて、ぼくは刑務所に送られた――そこはもう話したよね」

わたしはうなずき、エリの腿をぎゅっとつかんだ。

「裁判の直後、ヨハンナはリヴに、これからは一対一の関係になりたいと言った。コールを切りすててあなたと結婚したいと。リヴは彼女にめろめろだったから、正式にプロポーズして二人でアパートメントを出ていって、結婚式の計画を立てはじめた。唯一の問題は、その二カ月後、ヨハンナの妊娠がわかったことだ。逆算してみて、父親はコールだと彼女は断言した」

わたしはウイスキーソーダを飲んだ。「ドラマの『イーストエンダーズ』みたいになってきたわね」

「楽しんでもらえているならよかった」リーヴェンが辛辣に言う。

エリが友を肘でこづいた。「もちろんリヴは喜ばなかったけど、ぼくらのしてることにはつきもののリスクだった。二人が一対一の関係になったのは婚約したあとだから、ヨハンナがリヴを裏切ったとか、そういうわけでもなかった」グラスの残りを飲みほす。「赤ん坊が生まれた。リカールだ。ヨハンナとコールは契約を交わして、週末はコールが世話をすることになった。コールは舞いあがった。アパートメントの一室を子ども部屋に改装して、赤ちゃん用のあれやこれやを買いそろえて。ところが……」芝居がかった様子で間を空ける。「コールが赤ん坊担当だったある夜、一人の男が訪ねてきて、本当の父親は自分だとコールに告げた。コールは激怒した。もうその子を心から愛してたんだ。訪ねてきた男を殴りとばす勢いだった。ヨハンナがリカールを迎えにきたとき、コールがその件を話すと、急にヨハンナの態度がおかしくなった。そこでコールはDNAテストを要求し、その結果――コールは父親じゃないとわかった」

「彼女はあなたを裏切ってたの？」わたしはリーヴェンに尋ねた。「その、あなたたち二人を？」

リーヴェンはうなずいた。

「でも、よくわからないわ。どうして彼女は、リーヴェンじゃなくコールが父親だと言ったの？」

エリが鋭い目でわたしを見つめた。

「なに？」

「リーヴェンは黒人だ」エリがやさしく言う。「コールは白人」

わたしは赤面した。「ああ。そういうこと」わたしのばか。

「気づいていなかったか？」リーヴェンがのんびりした口調で言い、長々とグラスを傾けた。

「コールのことは見ないようにしてるから」

エリが吹きだした。「とにかく、コールはひどいショックを受けた。本当に大ショックを。わが子を失った気分だったんだ。コールはそのまま姿をくらました。朝起きて、町を出ていった。一方のリーヴェンは自分の婚約者が裏切っていたとは信じられなくて、証拠を見つけようと、ヨハンナの持ちものを調べはじめた。そうしたら、なにが見つかったと思う？」

「そこまで聞き手参加型の話し方をせずにはいられないのか？」リヴがぼやいたので、わたしはそっと彼の顔を見あげた。その目はつらそうで、少しもこれを楽しんでいないのがよくわかった。

エリから離れて、リーヴェンの腕の下にすりより、胸板に顔をあずけた。するとリーヴェンが髪にそっとキスをして、香りを吸いこんだ。

「見つかったのは、コカインの入った袋」エリが続けた。「大量のね。ヨハンナは自分が出席するパーティのために隠しもってたんだ」

わたしの目は皿ほども大きくなった。「あなたを陥れたの？」

「おれの父はエリが無実だと知っていた」リーヴェンが苦しげに言った。「父は報酬なしでヨハンナの弁護をした。両親は、おれたち四人の関係を苦々しく思っていたからな。これはいい機会だと考えたんだろう——息子を、賢くて美しくて学のある女性と結びつけるチャンスだと」グラスのふちを指でたたく。「父はヨハンナに、ほかの二人を捨てて息子と結婚するならプロボノで弁護を引きうける、と言った。そしておれは、まんまとだまされた」ごくりとつばを飲む。「自分の過ちに気づいてすぐ、獄中のエリに面会しようとしたが、エリは会ってくれなかった。会えたのはエリが出所して何カ月も経ったあとだった。エリは仕事もなく、モーテルの一室で死ぬほど酒をくらっていた」

「麻薬所持の罪で服役したことのある人間が仕事を探すのは本当に難しいんだよ」エリが肩をすくめる。「でも大丈夫だ。だってそのあと、リヴがすべて修復してくれたから」

わたしは安堵の息をついた。「そうなの？」

エリがうなずく。「ほかの人ならさっさとあきらめて先へ進んでたと思う。だけどリヴはストックホルムにいたコールのことも見つけだして、ぼくらをここへ連れてきた。ぼくらが育った土地へ。ぼくのためにスキーのインストラクターの仕事を見つけてきて、オーナーに身元を保証してくれた。そしてここを買った」手を振ってキャビンを示す。「そのときは崩れかけだったけど、三人で修理した。で、いまにいたる」

「すごい」わたしはソファの背にもたれた。「こんなに複雑な人間関係の話を聞いたのは初めてよ」自分の悲惨な破局もかすむくらいだ。「少なくとも、ハッピーエンドではあるわね」リーヴェンが鼻で笑ったので、そちらを見た。「そう思わない？」

「思わない」リーヴェンが簡潔に答えた。「ハッピーエンドとはほどとおい。エリは無実の罪で投獄された。コールは息子を失った。おれが彼女にあやつられさえしなければ、どちらも起こらなかった」

「おまえのせいじゃないよ」エリが言う。「あやつられたくてあやつられたんじゃないんだからさ」

「わかるわ」わたしは言った。「わたしもあやつられたことがあるから。だれかを深く愛しちゃうと、そのだれかはこちらの思考を支配できてしまうのよね。頭のなかに入りこもうとする必要さえない――とっくにそこにいるんだもの」

リーヴェンが眉をひそめ、じっとわたしを見た。「きみはだれにあやつられた？」

わたしはうつむき、グラスの底に横たわるオレンジのスライスをじっと見た。一瞬、サムとのあいだに起きたことを二人に話そうかと思った。けれど言葉は口のなかで消えた。

話せない。話せばすべてがぶちこわされる。彼らに知られたら、もうここにいられなくなる。

「別れようって言ってもしつこかった元カレよ。ずいぶん前の話」咳ばらいをして、話題を変えようとした。「ええと、話してくれてどうもありがとう」グラスを置いて、リヴの腕の下から抜けだした。「じつは今日、エリがプレゼントを買ってくれたの」

エリが反応して笑みを浮かべた。「そのとおり」

「見てみたい？」

「ああ」リーヴェンがとまどった顔で言う。

「ちょっと待ってて」バスルームに駆けこんでざっとシャワーを浴び、寝室へ着がえに走った。リヴがベッドに置いておいてくれたランジェリーショップの袋を開けて、白いきらきらした薄葉紙を広げると、スリップが現れる。布地に手を這わせた。驚くほどやわらかくてすべすべで、トウシューズを思わせる上品なピーチ色だ。ブラとパンティはかまわず身にまとい、ほんのり化粧をして髪に香水を振りかけると、巻き毛に手ぐしを通してふんわりさせた。しあがりを確認しようと鏡をのぞいて驚いた。わたしはとてもセクシーだった。

鏡に映る自分を見ているうちに、お腹に痛みを感じた。わたしはセクシー。そう見える。セクシーで、ある種……美しく。手を伸ばし、指先で鏡に触れた。

絶対に認めないけれど、スウェーデンに発つ前のわたしは、二度と自分をセクシーだと思えないと信じていた。シャワーのときも自分の体を見られないくらいだった。友達だと思っていた人たちに急に背を向けられて、淫乱女と呼ばれた。ニュースでは記者たちがわたしのことを性倒錯者のように語った。どこへ行っても男性に視線をそそがれ、目で服を脱がされるのを感じた。自分の体をセクシーだなんて思えるわけがなかった。利用されたもの、ごみ箱の底に転がっている汚物のようにしか感じられなかった。

けれどいま、この体はわたしのものだとまた思えるようになっていた。紅潮し、興奮している。えもいわれぬ気分だ。

もう一度、髪をふんわりさせてから、はだしでリビングルームに戻っていった。男性二人は酒を片手に会話をしていた。リーヴェンが先にわたしを見つけ、言葉の途中で凍りついた。

デイジー

エリがわたしの全身を眺めまわした。「ああ、ベイビー。想像以上によく似あってるよ」そう言って手を差しのべたので、近づいていくと、エリは腰まわりの布地に指を這わせた。「うん。やばいくらいゴージャスだ」

エリの手の下で腰を揺すったとき、肩に別の手を感じてはっとした。リーヴェンがわたしをそっと振りかえらせ、バレリーナのごとくその場で一回転させる。ゆっくりと全身に視線を這わせてとくと眺めるので、頬が熱くなってきた。それに気づいたリーヴェンが手をかかげ、わたしの頬骨を親指でこすった。のどぼとけが上下したのがわかった。

「おまえは趣味がいいな」リーヴェンが淡々とエリに言った。

エリは答えなかった。わたしのヒップを覆うシルクに両手を這わせることに夢中なのだ。ヒップの丸みを手で包み、ぎゅっと握ってから、軽くつねって刺激を与える。一方のリーヴェンは細いレースの肩紐の片方に指をくぐらせて、肩から滑りおろした。そしてわたしを引きよせると、胸のふくらみに顔をうずめた。敏感な肌を伝いおりる唇の熱に圧倒されて、わたしは悲鳴をあげそうになった。胸の谷間を味わい、強く息を吸いこむリーヴェンの、無精ひげの生えた頬が肌をこする。

背後からエリが太もものあいだに手を滑りこませて、脚のあいだに触れた。指二本をひだのあいだに滑らせ、息を吞む。「ベイビー。もうこんなに濡れてるのか」

わたしがわなないてなにも言わずにいると、いつまでも親指で入り口だけをなぞられるので、ついに腰をそらして押しつけた。するとエリがスリップの裾をめくってお尻の丸みに歯を立てたので、わたしは悲鳴をあげた。

「どうしてほしい？」リーヴェンが言い、胸のふくらみをキスで伝う。わたしはゆるゆると目を閉じて、つややかな布の上から敏感な肌を濡らしていく舌の感覚に酔いしれた。

「あなたたち、二人ともが欲しい。いますぐに」

「お先にどうぞ」エリがリーヴェンに言い、ゆっくりと離れていった。脚を広げてソファに腰かけ、背もたれに片腕をかけて、のんびりと指を舐める。「ぼくは見物してるから」

リーヴェンがこちらを見たので、わたしはうなずき、彼の巻き毛を片手で梳いた。

「コンドームは？」リーヴェンがかすれた声で言う。

わたしは考えた。ゴムなしの行為についてはすでに話していた。二人とものの血液検査の結果をリヴが見せてくれたし、わたしはサムと別れた直後に検査を受けた。この数年は避妊リングを使っているので、わたしたちはなんでも好きなことができる状態だ。

なんでも好きなこと。

わたしはいろんなことがしたい。

「なかでイッてほしい」わたしは答えた。

リヴがのどの奥から声をもらし、わたしのウエストに片腕を回すと、床から抱きあげた。くるりと後ろむきにされて壁に押しつけられたわたしは、驚きの悲鳴をあげた。背中に胸板が、お尻の割れ目にはそそりたったものが押しつけられる。スリップの下に手が滑りこんできて、ひだのあいだを指先が翻弄した。「たしかによく濡れている」リヴがささやいた。大きな体に詰めよられ、脈うっている入り口に太いものを感じると、わたしは待ちどおしくて腰を突きだした。リヴの手がいたるところを這いまわり、ヒップを包んではぎゅっとつかむ。わたしは固く目を閉じて、じんじんするような感覚の波を味わった。リヴがスウェーデン語で罵りながらついに欲求に屈し、ゆっくりとわたしのなかに入ってきた。彼のためにわたし自身が開いて、花のごとくほころぶのを感じる。太いものが少しずつ入ってくると、いっぱいに満たされる感覚の鋭さに、自然と口が開いた。手をばたつかせ、引きしまった二の腕につかまる。一瞬、彼もわたしも動きを止めた。

「いいか？」リヴが尋ねたので、わたしはうなずいた。

「お願い。お願いよ」

リヴが壁に片手をついて、わたしのうなじにキスをした。「いい子だ」ささやくと、強く激しく突きあげはじめた。腰をたたきつけられながら、わたしはのけぞって彼の肩に頭をあずけ、たくましい腕のなかでとろけた。ほかにできることは、ほぼなかった。立っているのもままならないくらいだった。腰をつかむ指が肉に食いこみ、突きあげられるたびに、腕の筋肉と大胸筋の収縮を感じる。太いさおが何度も何度も敏感な内壁をこする。爪先が丸まって、息ができなくてあえぎ、絶頂が近づいてくるのを感じるけれど、ちょうど手の届かないところにぶらさがっている。身をくねらせたが、どうしても届かない。「もっと」絞りだすように言った。

リヴは言われたとおり、壁際でさらに激しくわたしを駆りたてはじめた。わたしの息が板壁に跳ねかえる。突きあげるペースが速くなって、熱い息が首にかかる。突かれるごとに少しずつ突端へ近づいていって、わたしは何度もうめいた。リヴが指を舐めて手をおろし、わたしのいちばん感じやすい部分をなぞった。

耐えきれなくなって、体がびくんと跳ねた。「ああ、リヴ、すごい――」

「しーっ」リヴがささやいて耳たぶに歯を立てた。腰の動きにあわせて、脚のあいだに指をスライドさせる。じらすようなもどかしいタッチにすぎないので、こちらはただただ火をあおられるだけだ。わたしは身をよじり、あえいで、吐息をもらした。体の奥の完璧な部分をくりかえし突かれ、敏感になった神経を刺激されて、全身に快感の火花が散る。これ以上は無理だ、この男性を殺しかねない、そう思ったまさにそのとき、リヴが親指で秘めたつぼみを転がした。とたんに襲いきた絶頂にわたしは悲鳴をあげ、炸裂する快感に体を貫かれた。リヴの胸板にもたれかかると抱きとめられたので、体をひくひくと震わせながらも、太いものに腰を押しつけ、たくましい腕に爪を立てた。リヴの突きはリズムが乱れはじめていた。達しそうなのに、こらえているのだ。絶頂の波が薄れてきたわたしは、ヒップを突きだして誘った。どこかでエリがはやすような口笛を鳴らすのが聞こえた。

「本当にいいのか？」耳元で、リヴがしわがれた声で問う。

「ええ。いいから、リヴ、イッて。なかに、ちょうだい」

リヴが腰に指を食いこませてついに解きはなったとき、わたしは悲鳴をあげた。全身を揺るがす激しい達し方で、わたしの奥まで突きたてたままほとばしった精は、下腹部にぬくもりを広げた。わたしは目を閉じた。極上の心地だった。リヴは達しながらもなお腰を動かしつづけ、わたしのGスポットを刺激し、わたしの髪のなかで息をはずませている。それでもついに突きが遅くなり、やがて止まった。わたしたちは壁の前に立ったまま、はあはあとあえぎ、どちらの腰もまだ互いを求めあって小さく揺れていた。リヴの唇が首筋を伝いおりて肩にいたり、震える肌を熱い息で包んだ。

「きみは夢のようだ」リヴがかすれた声でささやいた。

「いいショーだった？」わたしは肩ごしに弱々しくエリに尋ねた。

「批評家は十点中、十点をつけるね」エリが立ちあがり、目にかかる褐色の巻き毛を振りはらった。その下唇は、ずっと噛みしめられていたように赤くなっており、息づかいは荒い。わたしの手を取って、言った。「ぼくの番かな」

リヴがわたしの後頭部に唇を当ててから、ゆっくりと引きぬいた。わたしは太ももと太ももをすりつけ、急にもたらされた空虚な感覚をうめようとした。温かくべとつく液体が脚を伝い、わたしはほほえんだ。全身が歌っていた。燃えるほど熱かった。

エリがわたしをリヴの腕のなかからやさしく連れだして、しっかりと抱きしめた。すぐにでもソファに押したおされるものと思っていたので、このやさしいしぐさに心がとろける。エリにすりよって、呼吸が落ちついていくのをしばし感じた。

「お望みは、スイートハート？」エリが耳元でささやく。「後ろから？」

「仰むけがいい」わたしは言った。「あなたの顔を見ていたいの」

「そう願わない人がいる？」エリがにっこりして、わたしをソファに導いた。わたしは仰むけに寝ころがり、脚を広げて肘かけにのせた。その脚のあいだにエリが陣どるあいだ、まだ汗をかきながら息をはずませていたリヴが肩の下にいくつかクッションを入れてくれる。わたしがエリの筋肉質の背中にかかとをうずめて引きよせようとすると、エリがそそりたったものをひだにあてがってこすりつけてきたので、たまらずわたしはうめいて身をくねらせた。

「エリ……お願い……」

「ほら、ハニー。ぼくをぬるぬるにして。きみに痛い思いをさせたくないんだ」また腰を突きだして、長いものにわたしの蜜をからめる。いったいどうやって自制しているのだろう。長いものはつややかに光って先端には我慢のしずくがにじみ、痛いほど固くなっているように見えるのに。エリが手をおろして自身の睾丸を覆ったとき、一瞬、その顔を不快そうな表情がよぎった。かわいそうに、きっと半日ずっと固くなっていたに違いない。

「苦しい？」

「ものすごくね。睾丸を蹴られるほうがましなくらいだ」エリがにっこりする。「だけどそれも、もう終わりだろ？」そう言うと、わたしの脚のあいだに手を伸ばしてきた。わたしはわななき、うるおったひだを撫でられてうめいた。エリの笑みが広がる。「きみのその声。録音してもいいかな。モーニングコールに設定したいんだ」

「絶対にだめ」

リヴが肘かけ椅子にゆったりと腰かけて、見物しはじめた。また固くなったものを自身でさするのが、視界の隅でわかる。エリが軽くつねってきたので、わたしは息を呑んだ。「エリアス・サンダール！」食いしばった歯のあいだから言う。「なかに入れなさい。早く」

エリは笑って体勢を整えた。リヴのように時間をかける必要はなかった――わたしのその部分はすっかり広げられて、いまかいまかと待ちかまえていた。そこでエリはわたしの膝をつかむとさらに押しひろげ、たった一度の迷わぬ突きで一気にわたしを貫いた。わたしは息を呑んだ。おしおきのようなスピードでくりかえし腰をたたきつけられると、全身に電気が走って体のなかに火がつく。

「もっと……速く」わたしはうめいた。エリがよりよい角度をつけようと、わたしの腰を少しもちあげたので、わたしはソファに沈みこむしかなかった。「ああ……すごい……すごい……すごい……」それしか言えずに、ただねじこまれていた。天にものぼる心地だった。

夢中になっていたので、キッチンのドアが開く音さえほとんど耳に入らなかった。エリが突きの途中で凍りついて初めて、ようやく気づいた。心臓が胃の底まで落っこちる。ゆっくりと首を回すと、入り口に、グラスを手にしたコールがいた。上半身はむきだしで、ジーンズしか穿いていない。金色の髪は湿っており、見ひらかれた鮮やかなブルーの目はまっすぐわたしに向けられている。なんて雄々しい肉体。腹筋はレンガを積みかさねたようで、腕は筋肉を張りめぐらしたようだ。視線を肩にあげたとき、リヴが抜糸したのだとわかった。ハスキー犬に噛まれたあとはもう薄れつつあって、赤みがかった傷痕に変わっていた。うまくその場に収まっている――コールは傷だらけだった。新しい傷痕もあれば古いのもある。どこかヴァイキングの戦士を思わせた。

なにも言わないコールの顔に視線を戻した。ほかの二人は凍りついたまま、わたしがなにか言うのを待っている。

わたしはコールのほうに手を差しのべた。「一緒にどう?」

コール

目の前の光景に、全身の筋肉が凍りつき、グラスを持った手に力がこもった。

おれは疲れきっていた。町でヨハンナとあの子に会ったあと、家に戻って一カ月ぶんの薪わりをした。必要ですらなかったが、体を動かさずにはいられなかった。

いまはくたびれて、すぐにでも休みたい気分だった。キッチンに来たのは水を飲もうと思ったからだ。それなのに、三人の共同生活者がリビングルームで欲情のままに暴れているところへ出くわした。

突然、疲れが消えた。

デイジーが唇を舐めて、こちらに手を差しのべ、深くハスキーな声で尋ねた。「一緒にどう?」

彼女の全身にゆっくりと視線を走らせた。リヴとエリのせいでめちゃくちゃだ。肌は紅潮して汗で光り、茶色の髪はもつれて乱れている。着ているのはランジェリーで——淡い色のつやつやしたものだ——はあはあと息をするたびに、レースの下で胸のふくらみが震えるのがわかる。

「そうしてほしいか?」おれは感情をそいだ声で尋ねた。この小娘にはずっと失礼な態度をとってきた。そんなおれと関わりたいと思うわけがない。

ところが彼女は唇を噛んでうなずき、ジーンズの下で育ちつつあるおれの股間に視線を落とした。「ものすごく」

おれはしばし考えてからうなずき、前に出た。エリが優雅なしぐさで脇にさがり、彼女の脚のあいだを譲ろうとしたが、おれは首を振った。「いや」デイジーはソファに寝そべっており、頭を肘かけにのせている。そのそばにおれは回った。「こいつの口が欲しい」

彼女の目が色を増した。おれは手を伸ばし、親指で彼女の下唇に触れた。「そうしてほしいか?」もう一度、尋ねた。

デイジーがゆっくりとうなずいた。そののどを撫でおろして鎖骨にいたり、そのままやわらかな胸のふくらみのあいだまで到達した。すべすべした布の上に指を這わせると、デイジーが身をくねらせて、まつげの下からこちらを見あげる。親指で胸のいただきをこすったら、デイジーが息を呑んだ。

「じゃあこれを脱げ」おれは言い、繊細なスリップの肩紐を引っぱった。デイジーが上体を起こして肩紐をおろしたので、その頭の後ろに立ち、ジーンズのファスナーをおろした。すでに痛いほど固くなっていた。

「あなたもよ」デイジーが言う。

「なんだと？」

デイジーは顔をしかめた。「なによ、まさかジーンズのファスナーをおろすだけで、半分服を着たまま、しようっていうの？　わたしが裸なら、全員裸でなくちゃ」

おれはじっと彼女を見た。デイジーはにらむように目を細くし、まっすぐに見かえしてくる。おれはジーンズのウエスト部分をゆっくり押しさげ、床に落とした。デイジーの目がおれの股間に吸いよせられ、その唇が開いた。

「大きさについてコメントしたら、あなたの自尊心は爆発してこのキャビンを吹きとばしてしまう？」

おれはうなるように言った。「たいしたことはない。口を開けろ」

デイジーは首を傾けた。「最後にセックスをしたのはいつ？」

「しばらく前だ」

「でしょうね。口達者さん。そのしゃべり方、まるで意地悪な歯医者――」突然、デイジーが悲鳴をあげた。彼女のなかに半分挿入したまま静かに死にかけていたエリが、それ以上耐えられなくなったのだろう、デイジーの腰をつかんで根元までうずめたのだ。

「お二人さん、いちゃつくなら、ぼくがヤッてるあいだにしてくれるかな」エリが食いしばった歯のあいだからつぶやくように言う。「こっちは生きる気力を失いかけてるんだ」うねりをつけて腰をたたきつけると、デイジーが息を呑んでのけぞった。おれは自身をさすりつづけ、しばしその光景を楽しんでいたが、デイジーがこちらに首をそらしてきたので、こちらも先端を唇に近づけた。デイジーはつかの間、じゃれるように先端にキスをしたり、みぞに舌を這わせたりした。おれは目を閉じて、睾丸からさおの先まで小さな舌が伝いのぼり、ついに口のなかへ導きいれられる感覚を味わった。たまらず目を開くと、デイジーが目を見つめたまま、じわじわとおれのものを呑みこんでいく。おれは息を吸いこんだ。しびれるような口だった。やけどするほど熱く、信じがたいほどやわらかい。先端のほうだけ咥えて終わりだと思っていたが、デイジーの唇はとどまるところを知らず、半分以上を呑みこんだ。「無理するな」おれはぶっきらぼうに言った。ところがデイジーは天を仰いで、さらに深く咥えこむ。おれは小声で悪態をつき、腰を動かしてのどの奥にこすりつけてやった。くそっ。この小娘は咽頭反射で吐き気をもよおさないのか？

デイジーがゆっくりと首を引いて、また唇をスライドさせると、冗談ではなく、目の裏で星が炸裂した。

震えるまぶたを閉じたデイジーは、エリに片脚をかかげられてさらに突きあげられると、歌うような甘い声をもらした。エリがなにをしているにせよ、やり方がうまいに違いない。長いものをぶちこむたびにデイジーの呼吸は乱れ、全身が小さく跳ねる。ああ、すばらしい。こいつにヤラれての反応を、口を通じて感じるのがたまらない。

「わかったことがある」おれは彼女のあごに手を添えた。「しゃべれないときのおまえはそこまで嫌いじゃない」

デイジーが首を引いてなにか言った。〝嚙みちぎってほしいの?〟と聞こえた気もするが、正直、どうでもよかった。ペニスを駆けおりる振動で脳みそがイカれていた。それでも彼女の頭をつかまえてどうにか自分の腰を静止させ、甘美な口のなかに連続でたたきこんでしまうのを阻止した。そんなこと、彼女は喜ばないに決まっている。

突然、デイジーが大きな声でうめいてあえぎはじめた。その体がこわばったのを感じて顔をあげると、エリが根元までうずめて腰をグラインドさせていた。デイジーが必死に手を伸ばして虚空をつかむのを見て、気がつけばおれはその手をつかんでいた。デイジーが命綱のごとくおれの手につかまり、うめき声がますます大きくなっていく――と思うや、全身が弓なりになってわななき、絶頂の悲鳴が響いた。

なんてことだ。おれは空いているほうの手で彼女の髪をつかみ、窒息しないよう、少し引きぬかせた。おれたちの長い経験のなかで、女性がイクのをその口に挿入した状態で感じたことは一度もなかった。絶頂はデイジーの全身を揺るがしてわななかせ、肌をピンク色に染めて、おれを咥えたままあえがせた。そのあいだずっと、おれは彼女の手を放すことなく、目に映るものを味わっていた。

とうとうデイジーが落ちついて、小さなすすりなきの声をもらすほどになった。おれは彼女の手を放し、長い髪を指で梳いた。リヴが自身を手でさすりながら近づいてくる。デイジーの太もものあいだがべとついて光っているところからすると、すでに一度達しているのだろうが、また固くなっていた。いまみたいなものを見せられてしまっては、無理もない。デイジーがリヴのほうに手を伸ばし、ソファのそばに手招きした。リヴが触れられるほど近づくと、デイジーは太いものに指を巻きつけて、速く激しくしごきはじめた。リヴが息を呑み、手で口をこすった。

デイジーが手でリヴをしごきながらおれのものをしゃぶり、なおかつエリにねじこまれるという、難しい数秒が続いた。うまくやれていないとすぐに気づいたのだろう、デイジーが首を引いておれの先端にぞんざいなキスをし、舌を這わせる。「わたしの口を犯して」ハスキーな声でささやいた。

おれはつばを飲んだ。ペニスがぴくんと動いたのを見て、デイジーがほほえむ。「苦しい思いはさせたくない」おれはぶっきらぼうに言った。

「して」デイジーが命じた。ためらうおれを、にらみつける。「わたしが大丈夫だって言ってるんだから、大丈夫よ」

おれはのどの奥でうなり、彼女の頭をつかんでじっとさせると、熱く湿った口のなかにねじこんだ。何度も、何度も。あまり奥まで突っこまないようにしたが、おれが歯どめを失って腰を激しく振ってしまっても、デイジーは身をすくめさえしなかった。極上の口に、エリにたたきこまれて震える感覚、そしてそのあいだもなお手ではリヴをしごきつづけている。

リヴにはそれでじゅうぶんだったのだろう。首をそらしてあごをこわばらせた。「もうだめだ――」

「わたしの胸に」デイジーがつかの間、おれを口から引きぬいてささやき、リヴのものを握っている手首をひねった。リヴがソファの肘かけをつかんで体を支える。太い腕の筋肉を波うたせながら食いしばった歯のあいだから声をもらし、胸のふくらみの上に精をほとばしらせた。デイジーが身をくねらせて吐息をもらし、肌に精をこすりつけるさまは、おれの背中を押すにじゅうぶんだった。睾丸がうずいて、痛いほど固くなる。

それ以上はもちこたえられなかった。こちらを向かせようと、彼女の頭を引きもどした。おれが口を開く前に、デイジーは察してうなずいていた。

おれもうなずき、歯を食いしばって彼女の口のなかにねじこんだ。一度、二度、三度――

解きはなたれた。

やわらかな口のなかに発射し、熱い液体がのどの奥へ流れこむのを感じた。デイジーが目を閉じて飲みこみながら、なおもおれをしゃぶる。その光景があまりにもエロティックで、彼女の顔に腰をこすりつけずにはいられなかった。数年分を解きはなったかに思えた。彼女の口のなかで自身を空にするにつれて、張りつめていた感覚もすべて流れだす。口のなかでおれのものが痙攣しても、デイジーは放そうとしなかった。むしろ悦んでいるように見えた。その彼女がおれを見あげてまたうめきはじめ、横たわっているソファに体をこすりつけだしたうえ、頬が紅潮してきた。太ももの震えからすると、また達しようとしているらしい。まだエンドルフィンで脳みそにもやがかかっていたおれは、かがみこんで胸のふくらみをまさぐりはじめ、片方のいただきを強く引っぱった。デイジーが悲鳴をあげてのけぞり、叫びながら二度目のオーガズムを迎えた。口を開いて、体をぴくぴくと痙攣させる。反対側ではエリが彼女の太ももをつかんだまま、雄叫びをあげながらなかで達し、全身を震わせていた。デイジーはそのあいだもオーガズムの波に乗ったまま、うめいてはおれたち両方の下で必死にあえいだ。おれは胸のふくらみをわしづかみにして、激しい鼓動を指先に感じた。デイジーが身をひねり、またおれの手にしがみついた。

ついに彼女も静まった。おれたち全員がしばしものも言わずに息だけをはずませていた。おれは目をこすり、慎重に彼女の口から引きぬいた。何年も感じたことがないほど心が軽くなっていた。室内の色がまぶしすぎる気がして、まるで夢のなかのようだった。

デイジーがおれの下でため息をつき、ソファの上で丸くなった。「この夢を見たの」ささやくように言い、赤い唇を手の甲で拭った。「あなたたち全員とこうするのを。夢で見たの」おれの手を引きよせて枕のように頰の下に敷き、唇をこちらに向けた。「キスしてくれない?」

おれはためらった。正直、キスしたかった。こんなふうに寝そべっているデイジーはとてつもなく愛らしく見えた。最後にだれかにキスをしたのがいつだったか、思いだせないくらいだが、それでもデイジーのやわらかな唇は磁石のごとくおれの目を吸いよせた。おれは咳ばらいをした。「寝た女とはキスしない」

「ええ? 一度も?」

「ああ」

「口臭がひどいとか?」おれが天を仰ぐと、デイジーは伸びをした。「たったいまあなたを口でイカせてあげたのに、お返しのキスもなし?」

「ああ」

デイジーがかすかに眉をひそめた。「おかしな人ね、テディ」ささやくように言って、おれの手に頰をこすりつけた。

「テディと呼ぶな」

デイジーはふふんと笑って、そっとまぶたを閉じた。

おれは片方の眉をあげた。「疲れたか?」

「彼女はおれたちよりひどいんだ」エリが口を挟む。「いつだって、終わるとすぐに眠りたがるんだよ」そう言ってデイジーの足の裏をつかむと、彼女はうれしそうに身を震わせた。「どうしてほしい、ティンク？」

「抱っこ！」デイジーが言い、大げさに両腕をぱっと広げた。おれ以外の二人は笑った。

おれは彼女の頬の下から手を引きぬいて、さがった。まだ自分が震えているのがいやだった。リーヴェンとエリがデイジーに寄りそうのをよそに、おれは床からジーンズを拾った。リーヴェンが彼女の肌から精を拭いとり、エリは髪にキスをして、なにややさしい言葉をかけている。二人に世話を焼かれて、デイジーがほほえんだ。

静かに退散するべく向きを変えた。おれはセックスのあとに寄りそったりしない。寄りそうこと自体がない。キスや愛撫ややさしい言葉がほしいなら、リーヴェンとエリがいる。

「行かないで」出ていこうとしたとき、デイジーの静かな声がした。

おれは敷居で足を止めた。胸のなかで心臓が激しく打つ。

「お願い」デイジーがささやく。「寄りそわなくていい。キスもしなくていい。ただここにいて」

おれは歯を食いしばってその場をあとにした。

リーヴェン

それからの十日間はめまぐるしく過ぎていった。吹雪のない日々だったので、コールとエリとおれはふだんどおりに日課をこなした。エリは車でスキー場へ行き、個人レッスンをした。おれは近くの村へ赴き、患者を往診した。コールはキャビンの必要な箇所に修繕をして、レンジャーとしての仕事にいそしんだ。毎晩、全員で食事をし、しばしゆっくりくつろいでから、ベッドにもぐった。慣れ親しんだ道のりだ。

が、デイジーがいるいまではすべてが違った。雪かきや皿洗いといった以前は面倒だった作業も、彼女がいるだけで急に楽しいものになった。おれが処方箋を書いたり書類仕事をしていたりすると、デイジーはソファの端に丸くなったり廊下でハミングしたりする。毎晩、冷たいベッドに一人横たわるのではなく、おれとエリのあいだでデイジーが、セックスでほてった体を休ませる。

あらゆる体位、家のなかのあらゆる場所で彼女と一つになった。デイジーはこのキャビンのすべての部屋でおれたちの名を叫び、おれたちは彼女の体のいたるところに触れた。コールが加わることもあれば加わらないときもあった。コールとデイジーのあいだには静かに焦げるような緊張感があり、それは日ましに強まっている気がした。コールはいまもデイジーにキスをしないし、少なくともエリかおれのどちらかがいるときにしか彼女と寝ない。デイジーが腹を立てるのではと心配していたが、彼女はコールのよそよそしさを挑戦と受けとめたらしく、どうにかしてコールを追いつめて二人きりになろうとしているようだった。コールは抵抗しているが、降参するのも時間の問題だろう。あいつが彼女に触れたくてたまらないことは、だれにでもわかる。

とはいえ、セックスだけではなかった。これほど幸せそうなほかの二人は見たことがない。とくにエリだ。まちがいなく、デイジーに本気になりつつある。仕事から帰るとまずデイジーを見つけて抱きよせるのだ。しかも毎回、おみやげつき。小さなせっけんだのチョコレートだのをリゾートの売店で選んでくる。この二人は笑ったり冗談を言ったりいちゃついたりして、何時間でも一緒にいられるようだった。

コールのほうはわかりにくいが、もう何年も見ていなかったくらいにリラックスしているのは事実だった。このごろは長い時間を納屋で過ごし、デイジーのためにまたキャンバスをこしらえていた。いまは絵の具をしまうための新しい引きだしをつくっている。なぜコールがそんなことにかまうのか、おれにはよくわからなかった。引きだしが必要になるほど、デイジーはここに長居をしないのに。おれたちはみんな、これがいっときのことだという現実から目をそむけていた。デイジーはじきにいなくなり、おれたちはまたおれたち三人だけになるのだ。

この件について、とうとう木曜の夜に話しあうことになった。二時間ほどベッドにかがんでおれたちを順番に受けいれたあと、デイジーは疲れはてて眠りについた。まだ夜八時だったので、おれたちは丸くなって眠る彼女をエリの部屋に残し、おれの部屋に移動した。エリがおれのベッドにごろりと転がって、壁にゴムボールをぶつける。コールは行ったり来たりして、おれのラグに穴を開けようとする。おれは蔵書の『宝島』に集中しようとした。

心地いい日課だった。子どものころからいったい何度、こんなふうにそれぞれの部屋で過ごしてきただろう。だが今日は空気が張りつめていた。全員がエリのベッドに倒れこんで息を整えようとしていたとき、デイジーが眠たげな声で発表したのだ——依頼された絵画が完成して絵の具もしっかり乾いたから、明日にも発送できると。あとは最後の支払いを待つだけだと。

それがなにを意味するか、おれたち全員がわかっていた。そして全員が気にいらなかった。

コールが不意に窓辺で足を止め、外の雪を眺めながら、なにごとかつぶやいた。

「人間の言葉を使えよ、ナッツレ」エリが言う。「何度も言っただろ。ぼくらに熊語はわからない」

コールが声を大きくして言った。「彼女はここにいればいい」

おれは本から目をあげた。「なんだと？」

「ここにいればいい」コールがくりかえした。

「つまり……正式にって意味？」エリが問う。「今後もここで暮らして、ぼくら全員とつきあってくれって、頼むの？」

コールがごく小さくうなずいて、エリと二人しておれを見た。

おれの胃はよじれた。「いい考えとは思えない」ゆっくりと言った。

エリが鼻で笑う。「だろうね。でもぼくは、彼女がヨハンナ二号だとはこれっぽっちも思わないよ。ぼくらがこの世で最悪の運勢のもちぬしでもないかぎり」

おれはめがねをはずして目をこすった。「それだけじゃない。冷静に考えてみろ。デイジーには仕事がある。教え子がいる。帰らなくてはならない生活がある。ロンドンを離れてこの北極圏で生きてくれと頼むことなどできない」

エリが起きあがった。ひどいなりだった。Tシャツはしわだらけで、髪はデイジーにわしづかみにされたせいで逆だち、首はキスマークだらけだ。「もちろん頼めるさ」

こめかみがずきずきしてきて、おれはかぶりを振った。「仮に彼女がイエスと言ったとしても、後悔するのは目に見えている。いまは彼女も楽しんでいるだろう——休暇中だからな。だがスウェーデン語を話せないし、仕事も見つからないし、おれたち以外に友達もいない。完全に社会から切りはなされて、来る日も来る日も、朝から晩まで、おれたち三人だけと過ごすはめになる。じきに、かごの鳥のように感じはじめるだろう。そしておれたちを憎むようになる」

「でも――」

「これはいっときのことだと、みんな最初からわかっていたはずだ」できるかぎり穏やかに言った。「おまえが彼女にそう約束したんじゃなかったか」

エリはうつむいた。コールのあごが引きつった。一度、二度。

コールはきびすを返して出ていった。背後でドアを乱暴に閉じて。

翌日、天気予報はまた吹雪が来ると告げた。おれは町に出てデイジーの作品を発送し、患者の様子をみて、山にこもることになる日々のための新鮮な食料を調達した。キャビンに戻って車を停めたときには雪はふたたび降りはじめており、すでに不安をおぼえるほど積もっていた。買ったものをトランクから取りだして家に向かったが、半分まで来たときにポケットのなかで携帯電話が鳴った。古い石づくりの小屋が近かったので、いったんそこに避難して電話に応じた。

「もしもし?」

「先生、どうも」男性がスウェーデン語で言う。「ウルフだ」

例の自動車修理工だった。「ウルフか。やあ」おれは言った。「なぜおれに電話を？　まさか病気ではないだろうな」

「いやいや、電話したのは、あの女の子の車の件で。先生のところにいるんだろ？　この二時間くらい電話をかけてるんだが、出ないんだ」

デイジーのそういうところには気づいていた。電波が届いているときでさえ、彼女は電話に応じない。たいていは電源から切っていて、テキストメッセージやメールがたまるままにしている。「きっと忙しいんだろう」

「そうか。ともかく、車の修理は終わったからいつでも取りにきてくれ。ただし、次の吹雪が過ぎたあとだな。外を見るかぎり、もう来ちまったようだ」

白い空を見あげた。「こちらはそれほどひどくないが」

「じきになるさ」ウルフが言った。「おふくろが北のほうに住んでて、もうかなりの降りだと言っていた。この冬いちばんの猛吹雪らしい。先生たちも用心してな。必要になりそうなものはいまのうちに用意しといたほうがいいぞ」

「覚えておくよ。ありがとう。デイジーの車の修理も、助かった」

「いやいや。それじゃあ」

「そちらも気をつけて」おれは電話を切り、携帯電話をポケットに戻した。鼓動が激しくなっていた。

デイジーの車の修理が終わった。いつでも出発できる。

デイジーは行ってしまう。

のろのろとキャビンに入った。デイジーを見つけて知らせなくては。どこにいるのだろう――少し前にエリからテキストメッセージが届いて、コールと一緒に村まで毛皮を売りにいってくると聞いていたが、デイジーをトラックに乗せて連れていきはしないだろう。彼女が後部座席を動物の毛皮の山とシェアしたがるとは思えない。

最初にのぞいたのはアトリエだが、そこにデイジーはいなかった。室内をざっと見まわし、たった数週間で彼女がしあげた作品の数に驚嘆する。芸術には詳しくないが、それでもデイジーの作品にははっとさせられた。イーゼルにのせられたキャンバスには、夜明けの山が描かれていた。青と銀と白の点描が広がり、岩と雪だらけの深い裂け目に金色の陽光が射しこんでいる。

部屋を出ようとしたとき、隅の壁に立てかけられた肖像画に気づいた。心臓が止まった。

描かれているのはおれだった。

というより、おれたち三人。おれとエリとコールがリビングルームのテーブルを囲み、スナップスのグラスを手に笑いあっている。暖炉の火あかりで顔はオレンジ色に照らされ、背景に見える窓の外は真っ白な猛吹雪だ。細部もみごとだった。エリの目の色はそのものだし、コールの口元は皮肉っぽくよじれている。キャンバスの下端に小さな紙切れがピンでとめられていたので、なんだろうとかがんでみた。かすかな鉛筆書きで、今日の日付けとともに、〝我が家〟と記されていた。のどが狭まって、つばを飲むのも苦しくなった。

デイジーはここを自分の家と思っているのか？

肺が小さすぎる気がして、片手で口をこすった。だとしたら、あるいはコールとエリが正しいのかもしれない。デイジーは本当にここにいたいのかもしれない。仮におれが頼んだら、ノーとは言わないかもしれない。

もう一度、絵を眺めてからふたたび廊下に出た。

ようやく見つけたデイジーはエリの部屋にいた。ベッドのなかで丸くなり、タブレットの画面をスクロールしている。おれに気づいて顔をあげた。「リヴ！　仕事はどうだった？　凍えた顔をしてるわよ」

「いま帰ったところだ。仕事は順調」彼女を眺めて、続けた。「なぜ横になっている？　具合でも悪いのか？」

デイジーはうめいた。「エリが料理を作りすぎるのよ。冬眠しないとすべて消化できる気がしないわ」

おれは笑みをこらえた。「きみを太らせれば、この環境下でも生きのびる確率があがると思っているんだろう」

「あがるの？」

「おそらく」

「てっきり、わたしのヒップを大きくしたいだけかと」デイジーがつぶやいた。「ともかく。不満はないわ」あくびをして優雅に伸びをし、また小さく丸まった。髪はおろされていて、チョコレート色の波のごとく枕に広がっている。おれは戸口にたたずんで彼女を眺めた。動けなかった。

車の件を伝えたくなかった。本当に。

デイジーを失いたくないのだと気づいた。二度と会えなくなると思うと耐えられなかった。

「そんなふうに不気味に見つめられてると、なかなか寝つけないんだけど」デイジーが枕にうもれたままささやいた。

おれは咳ばらいをした。「すまない。となりで温まってもいいか？」

笑みが浮かんで顔がぱっと輝いた。両腕をこちらに伸ばして言う。「もちろん」

おれはセーターと靴下を脱いで、彼女のとなりにもぐりこんだ。デイジーが胸板に寄りそってきたので、両腕で包みこみ、引きよせる。

「すごく冷たい」デイジーがささやいて上を向き、おれの首にキスをした。肌にほとんど触れないほどの軽やかなキスで、のどを伝いおりる。気持ちよかったが、お返しはしなかった。

デイジーが眉をひそめ、身を引いた。「待って。さっきのは誘いじゃなかったの？」

「おれはただ……」目を閉じてささやいた。「きみを抱きしめたかっただけだ」

「あら」デイジーもささやく。「そういうことなら」おれの首筋に顔をうずめた。「好きなだけ抱きしめて」

なんてかわいいんだ。「ベイビー」

「ベイビー、か」さらにすりよってきた。「そう呼ばれるのが好きよ」

おれは気を引きしめた。「きみに伝えることがある」

「なあに？」

「修理工から電話があった。車の準備ができたそうだ」デイジーの体がこわばった。おれはのどのつかえを感じながらも続けた。「雪が落ちついたら、きみはいつでも出発できる。絵の報酬はもう受けとったんだろう？」

デイジーがゆっくりとうなずいた。「今朝、口座に振りこまれたわ」

「そうか。これからどうする？」長い髪を撫でおろし、彼女の顔から払った。

デイジーはしばし無言で考えてから、言った。「どうしよう。まだ家に帰る気にはなれないし。たぶん、キルナの民泊《エアビー》で部屋を借りるわ。運に恵まれて、ついにオーロラを見られるかも」

「エリが働いているスキーリゾートに行く手もあるぞ」おれは提案してみた。「あいつにレッスンさせるといい。きみをゲレンデに連れだしたいと思っているのはまちがいないからな」

デイジーはかぶりを振った。「そんな、だめよ。わたし……ここの近くにはいられないわ」

心臓が締めつけられた。「なぜだ？」

「純粋に、無理なの」

おれは深く息を吸いこみ、彼女の頬を手で包んでこちらを向かせた。「おれたちを描いた絵を見た」

デイジーがうめいた。「リヴ！　サプライズにするつもりだったのに！」

「すまない」心にもない謝罪をした。「すばらしい絵だ。しかし……なぜあんな絵を？」

「わたしがいなくなっても、思いでのよすがにしてもらえればと思ったの。それから、こんなに長いあいだ助けてくれたことへのお礼のつもり」

「タイトルは〝我が家〟と」

デイジーが気まずそうに身じろぎした。「それは……。最初はもっと説明的なタイトルを考えてたの。三人のスウェーデンの山男、とか、雪に降りこめられて、とか。でも、

〝我が家〟のほうがしっくりくると思って」

おれは唇を舐めた。「いてもいいんだぞ。このまま、ここにいてもいい」

デイジーは悲しい笑みを浮かべた。「できないわ」ささやくような声だった。「ごめんなさい」

「なぜできない？」おれは必死になりつつあった。「エリはきみにいてほしがっている。コールも、きみには絶対に言わないだろうが、そう思っている。きみはいたいだけここにいていいんだ」

「リーヴェン――」

「当然、家賃はとらないが、もしそこまで気になるのなら、払ってくれてもいい」おれは言った。「オーロラが終わっても、描くものならほかにたくさんある。白夜もじつにすばらしいぞ」嘘だ。実際はいらいらさせられるだけだが、彼女を引きとめられるなら、いまはどんな嘘もつく。

デイジーは首を振り、おれの口を手で覆った。「だめなの、リヴ。ごめんなさい」

おれはうなずいた。胃が沈んだ。「そうか。わかった」昨夜のおれは正しかった。デイジーには帰るべき人生があるのだ。こんなこと、うまくいくわけがなかったのだ。

「ただここにいるなんてできない」デイジーが続けた。「休暇の延長みたいに、あなたたち全員と寝まくって、飽きられるのを待つなんて」

おれは眉をひそめた。「デイジー……」

「わたしにはすごく楽しいひとときだった」デイジーがさえぎる。「本当よ。信じられないような体験だった。でも……これ以上、あなたたちとセックスをしつづけたら、気持ちがめばえない自信がない。ここにいつづけて、しがらみのないセックスをしながら、じつはゆっくりあなたたち全員に本気になっていく、なんて、きっと胸が張りさけるわ」

「デイジー、きみはわかっていない。おれが言っているのは、あいまいな関係ではなしにここに残ってほしいという意味だ。恋の相手として。ガールフレンドとして」

デイジーが体を起こした。乱れた巻き毛が顔の周りにかかる。「ええ?」

自分の言ったことを頭のなかで巻きもどして確認した。「その……これ以上、はっきりした言い方が思いつかない」

デイジーの目が丸くなった。「ちっともはっきりしてないわよ！　つまり、あなたとつきあってほしいということ?」

「おれだけじゃなく、おれたち全員と」

デイジーはぽかんとしておれを見つめた。

「そんなに理解するのが難しいとは思えないが」穏やかに言った。

デイジーににらまれた。「いいことを教えてあげる。つきあいたい女性のことは、ばか扱いしないほうがいいわよ」

「ばか扱いはしていない。ただ――これからも、この数週間していたのとまったく同じことをするというだけだ」

「でも、体だけの気楽な関係じゃなくて」デイジーがゆっくりと言う。「ガールフレンドになるのね」

「ああ」

「ほかの人とは関係をもたない」

「ああ、そうだ」

「わたしにはボーイフレンドが三人できる」

「そうだ、ベイビー」デイジーは小さなピンク色の唇をすぼめて、目でおれの顔を探っていた。ああ、彼女の考えていることが読みとれたらいいのに。「異例なことだが、おれたちは前にもやったことがある。おれたちにはなんの問題もなかった。重要なのは、きみにとって問題がないか、だ」

「ほかの二人は？」デイジーが尋ねた。「二人がわたしとつきあいたがってるって、どうしてあなたに言えるの？」

「昨夜、三人で話しあった。二人とも同意した」

「コールも？」

「コールが最初にこの話をもちだしてきた」おれはのどをさすった。「いまの法律がどうなっているか、調べないと断言はできないが、きみはイングランド人だから、仕事を見つけたり学校に通いだしたりするまで九十日間はここにいられるはずだ。きみの絵でどれだけ稼げるかにもよるが、それだけあれば居住許可は得られるだろう。あるいは、この国には交際中のカップルのための同棲《サンボ》ビザというのがあるから、ビザのために結婚する必要はない」デイジーはなにも言わず、その目は濡れて光っている。おれはつばを飲んだ。「それで、どう思う?」

デイジーが飛びついてきて、仰むけに押したおされたおれは肺の酸素をすべて押しだされて、むせた。「イエスよ! 決まってるわ! ぜひそうしたい!」

安堵がどっと押しよせてきた。彼女の腰をつかんで、さらに密着させる。デイジーはおれの顔を両手で包んでじっくりとキスをした。

「幸せか?」息が苦しくなって唇を離し、尋ねた。

「とてもとても幸せよ」デイジーがささやいた。

ぬくもりが全身をめぐり、血管を満たした。「おれの望みはそれだけだ」そっと告げた。

デイジーはにっこりしておれの上で身をくねらせ、股間に腰をこすりつけてきた。

「そうなの? わたしはもっと差しだせるのに。それに、お祝いとしてボーイフレンドとのセックスがしたいわ」

おれはうなって彼女を引きよせた。

四つの手がいたるところを這いまわりだしたとき、リビングルームのほうからぱちぱちと大きな雑音が聞こえてきた。動きを止めて耳を傾けたが、音はふたたび静かになった。肩をすくめてデイジーの首に意識を戻すと、彼女は吐息をもらしてわななき、おれのものをズボンのなかで目ざめさせた。いますぐ抱かずにはいられない。彼女のスウェットパンツのウエスト部分から両手をなかに滑りこませ、ヒップをつかんで、やわらかな丸みをこねはじめた。

不意にまた無線ががなりだした。今回は声が聞こえた。

〝ドクター・ニルソン。聞こえますか？　応答してください、ドクター・ニルソン〟

おれは眉をひそめた。妙なことに、英語だった。デイジーがおれの頰に軽くキスをして、ベッドから押しだそうとする。「出てあげて」彼女が言った。「命を救ってきて」

「そこまで深刻ではないことを祈るが」おれはつぶやいてシャツをつかみ、はだしでリビングルームに向かった。机に歩みより、無線を取る。「ドクター・リーヴェン・ニルソンです。オーバー」

「ああ、よかった」男性の声には熱がこもっていた。「何時間もトライしていたんです。そちらにジェニーはいますか？」

「ジェニー？　すみません、そういう名前の人は知りませんが。オーバー」

「ジェニー・アダムズ。追跡してそこにいるとわかったんです。ぼくはキルナ北部の村まで来ています。村人数人に彼女の写真を見せたら、何人もが、あなたと一緒にいるところを見たと教えてくれました」

「なにか誤解されていると思いますよ。残念ですが。オーバー」

「お願いです！」男はなかば叫んでいた。「自動車修理工場の男性が彼女を見たと言ってます。パブの女性も。シャーロット・ルンドキストさんという」

おれは眉をひそめた。シャーロットがおれをだれかとまちがえるわけはない。あのレストランには何百回と足を運んでいるのだから。「その女性の特徴と、あなたの電話番号を教えておいてもらえたら、こちらでも注意しておきましょう。しかし見かけることがあるかな。ここにはわたしたち以外の人間は来ないので」

「彼女はイングランド人です。かなり小柄で、茶色の長い髪をしていて、目も茶色。古びたオレンジ色の車に乗っています。それから耳の後ろに小さな妖精のタトゥーを入れている」

おれはしばし言葉を失った。「失礼、その女性はなんという名前でしたか？」

「ジェニー・アダムズ。ジェニファーです。どうか彼女の居場所がわかったら連絡してください。数週間前にいきなりいなくなってしまったんです。心配で心配で、ぼくは気が変になりそうなんだ」

「あなたはその女性とどういうご関係？」おれは尋ねた。

「彼女のボーイフレンドです」

トラックにはねられた気がした。

廊下をこちらに歩いてくる足音が聞こえた。戸口からデイジーがひょいと顔をのぞかせる。「邪魔してごめんなさい」茶色の目を輝かせ、ひそひそ声で言った。「ほかの二人にも電話して伝えていい？」

ゆっくり振りかえったおれを見て、デイジーが眉をひそめた。「ベイビー？　どうしたの？」部屋に入ってくる。「悪い知らせじゃないといいけど……」

「ジェニー・アダムズというのはだれだ？」おれが尋ねると、彼女の顔から血の気が引いた。

デイジー

「ど、どこでその名前を聞いたの？」わたしはつかえながら言い、リーヴェンの手のなかの無線を見た。「だれと話してるの？」

無線がぱちぱちと音を立てた。〝いまの、彼女ですか？　ああ、よかった。ジェニー、ベイビー、無線を取ってくれ。無事だと言ってくれ〟

サムだ。わたしは一歩さがった。そんな。いやよ。リーヴェンが無表情のまま、こちらに無線を差しだした。「応じてやれ」

いやよ。いや。わたしは唇を舐めた。「いや」絞りだすように言う。

「きみのボーイフレンドなんだろう」リーヴェンの声は完全に感情を欠いていた。「きみを心配しているようだ。ボーイフレンドを心配させてはいけない」

「彼はわたしのボーイフレンドじゃないわ」

無線がまたぱちぱちいう。〝ジェニー、ベイビー、きみの声が聞けて本当によかった。無事なんだろう？　いったいなにをしてるんだ？〟

「出ろ」リーヴェンが言い、無線をこちらに押しつけた。わたしが身を引くと、無線は音を立てて床に落ちた。サムの声がとぎれる。

「いやよ。彼とは話さない。彼はわたしのボーイフレンドじゃないもの。とっくに別れてる」

「そうか」リーヴェンの声は淡々としていた。

「そうよ！　どうしてわたしより彼を信じるの？　彼のことは知りもしないのに！」

「しかし、きみのことも知らなかったようだ」リーヴェンが首を振る。「本当の名前は？」

「デ、デイジー・ウィテカーよ」

リーヴェンは唇を引きむすんでじっとわたしを眺めた。その目の冷たさにわたしは身ぶるいした。たった数分前にわたしの首筋で笑っていた男性とはまったくの別人に思えた。怒っているように見える。わたしを憎んでいるように。

「財布をよこせ」リーヴェンが不意に言った。

「ええ？」

彼が室内を見まわし、キッチンチェアに引っかけてあったわたしのハンドバッグを見つける。歩みよってそれをつかむと、なかをあさってわたしの財布を取りだした。

わたしは奪いとろうとした。「なにするの？　返して！」

「返さない」リーヴェンが言い、財布を開いてカードすべてをテーブルの上にぶちまけた。ゆっくりと視線を走らせて、運転免許証、図書館カード、デビットカードを確認する。すべての表面に印字されている名前は、ジェニファー・アダムズだった。

氷が背筋を伝った。「理由があるの」弱々しい声で言った。

リーヴェンはそれを無視してまたハンドバッグのなかをあさり、パスポートを見つけた。ページをめくって、名前と写真を確認する。

「まちがいなくきみだ」淡々と言う。「なるほど。これですべてのつじつまが、いっそうあうようになった」

「リーヴェン、違うの、あなたが考えてるようなことじゃ――」

「きみがおれたちに言ったことのなかに真実はあったのか？」リーヴェンが問う。「一つでも？　本当にロンドンに住んでいるのか？」

「いいえ」細い声で答えた。「ブライトンよ」

「ええ？」

「住んでるのは首都じゃない。ブライトンという海辺の町よ」

「なるほど」リーヴェンの声は冷ややかだ。「仕事は？　美術教師なのか？　ここへは本当に休暇で来たのか？」

わたしはためらった。

リーヴェンの目が険しくなった。「くそっ、真実を言え」

「わたしは美術教師よ。というより、教師だったわ」と打ちあけた。「でもここへは休暇で来たんじゃない。解雇されたの」

リーヴェンのあごの筋肉が引きつった。背を向けて、深く息を吸いこむ。「くそったれ」

わたしは目を閉じた。涙が頰を伝う。どうしたらいいのかわからない。なにを言えばいいのか。起きたことを説明しようとすれば、すべてを語るしかなくなる。そうしたら、あの動画を見られてしまう。彼に見られるくらいなら死んだほうがましだ。

「泣くな」リーヴェンがどなり、背筋を伸ばした。そびえるようなその姿は、冷たい怒りで部屋を満たすかのようだった。「きみはだれだ？　なぜここにいる？　いったいどうしてここへ来た？　おれたち全員を本気にさせておいて、いまさらすべて嘘だったというのか？」

わたしは手を伸ばした。「リーヴェン、本当にごめんなさい――お願いだから説明させて――」

「いや」リーヴェンはさっと腕を引っこめた。「説明など聞きたくない。言い訳などいらない」

「でも……」

「でもじゃない！」リーヴェンの怒声がリビングルームに響き、わたしは怯えて身をすくめた。「きみはずっと嘘をついていた！　これ以上、嘘は聞きたくない！」

わたしは口をつぐんだ。リヴにどなられたのは初めてだった。この男性にはどなることなどできないとさえ思っていた。けれどいま、あの穏やかでやさしいドクターは消えさり、もはや同一人物とも思えなかった。

リーヴェンはしばし無言のまま、胸板を上下させていたが、急に背を向けて机に歩みより、ノートパソコンを開いた。

恐怖に貫かれた。「やめて。お願いだからわたしを検索しないで」

リーヴェンが耳を貸そうともしないので、ノートパソコンから離れさせようと、わたしは彼の腕をつかんだ。「リーヴェン、お願い。お願いよ。少しでもわたしに情があるなら、検索しないで。お願い！」

手を振りはらわれた。「何週間も自分の家に住まわせていたのがだれなのか、知る必要がある。毎晩、自分のベッドにもぐりこませていたのがだれなのかを。なんなんだ、きみは、犯罪者かなにかか？　警察に追われているのか？」

「違うわ――」

「それならなぜ検索されて困ることがある？」リーヴェンがブラウザを開いた。

恐怖が全身を駆けぬけた。止められなかった。あの動画を見られる。

見られてしまう。

ここから出ていかなくては。彼があれを見ているあいだ、ここにいることなどできない。無理だ。

なにも考えずに自分の部屋へ走った。スーツケースはどうでもいい。ここから出られさえすればいい。ああ、ろくに息ができない。セーターをもう一枚着て靴下を重ねばきし、スケッチブックから一枚紙を破りとると、すばやくメモを書きつけた。廊下でリーヴェンがなにごとかわめいた。心臓がどきんとして、わたしは飛びあがった。「エリ」リーヴェンがうなるように言っている。無線のぱちぱちいう音も聞こえる。

ああ。リーヴェンはほかの二人に帰ってくるよう言っているのだ。わたしはリビングルームを駆けぬけて財布をつかみ、スノーシューを履いてコートにくるまった。玄関を開けて外に踏みだしたとき、しばし壁に寄りかからなくてはいられなかった。非力になった気分だった。胸が焼けて、頬には涙が伝っていた。

雪は今朝よりひどくなっているが、どうにか歩けはするだろう。リーヴェンが帰宅してから一時間しか経っていないはずだ。村まで行ければそれでいい。あとは泊まる場所を見つけて、吹雪がやむのを待つだけ。車を受けとって、別の町まで行って、ここで起きたことは忘れるのだ。

重たい体を壁から引きはがすと、雪のなかを懸命に歩きだした。リーヴェンのいるあのキャビンにはいられない。彼がわたしの動画を見ているあいだ、じっと座ってなどいられない。考えただけでも肺が締めつけられて胃が引っくりかえる。

視界の端が暗くなってきた。凍てついた大きな雪片が目と頬を刺す。わたしはすすりなきを呑みこんで前進した。

ああ。またひとりぼっちだ。

エリ

コールとぼくはヘラジカの毛皮を車からおろし、男性が紙幣を数えるのを眺めた。常連客の一人で、毛皮で衣類をつくるサーミの職人だ。数日前、車にはねられた動物の処理にコールが呼ばれ、いまその毛皮は役に立とうとしているわけだ。

ぼくは腕ぐみをした。凍えそうに寒い。雪の降り方が激しくなっていて、風も強まっていた。

コールが取引を終えた。男性がぼくらに礼を言い、空を見あげる。「早く帰ったほうがいい」厳しい口調で言った。「じきに運転は危険になる」

ぼくらはうなずいた。迫る吹雪がひどいものになるのは明らかだった。

「吹雪のあとはまた雪かきだな」車に戻りながら、コールが風のうなりに負けじと叫んだ。ぼくは寒すぎてしゃべれず、ただうなずいて車に乗りこみ、ばたんとドアを閉じた。すぐさま発信音に気づいた。ダッシュボードの無線機が大騒ぎしている。ぼくはそれを手に取った。

「なにごと――」

回線の向こうからリーヴェンが吠えた。「帰ってこい。いますぐに」

「はいはい、わかってるよ。吹雪につかまったりしないから」返事をするぼくのとなりでは、コールがエンジンをかけて、車をバックで道に出す。「もう向かってるところだ」

「吹雪なんかどうでもいい」リーヴェンが吐きすてるように言った。ぼくは眉をひそめ、姿勢を正した。リーヴェンのこれほど怒った声を聞くのはものすごく久しぶりだった。どんな状況でも冷静さを失わない男なのだ。つまり、今回起きたのがなんにせよ、すさまじく悪いことだという意味。

「おやおや」あえて軽い口調で返した。「ぼくらを心配してくれてありがとう。一瞬、気にしてないのかと思ったよ」

リーヴェンが深い息をついた。「デイジーのことだ」

コールがさっとこちらを見た。「デイジーがどうした？」声量をあげて問う。「彼女は無事か？　なにかあったのか？」アクセルを踏んで加速した。

「彼女はおれたちに嘘をついていた」

「嘘って、どんな？」

「なにもかもだ」車が角を曲がって森に入ったので、手のなかの無線は接続が切れてぱちぱちと音を立てるだけになった。ぼくは空を見あげた。不安になるほど急速に暗くなりつつあった。

「大丈夫かな」ぼくはコールに言った。「こんな速さで来る吹雪なんて見たことない」

「大丈夫だ」コールはつぶやくように返した。

木立を抜けると、リーヴェンの声が戻ってきた。

「デイジーについて彼の言ったことはすべて本当だった。すべてだ。彼は――」

ぼくは話をさえぎった。「なあ、リヴ、なにを言ってるのかさっぱりわからないよ。ちょっと我慢して、ぼくらが帰るまで待てないかな。そんなに悪いことのはずはないんだから」

「いや――」

「コールは猛吹雪のなかを運転してるんだ。ぼくらが帰るまで黙ってろって」ぼくはたたきつけるように無線をホルダーに戻した。

キャビンに着いたときには雪の降りはすさまじいものになっていて、風もさらに強まっていた。車を納屋に停めている余裕はなかったので、私道に乗りすてたまま、玄関までの数メートルをよろよろと進んだ。なかに入るや、暖炉の前を行ったり来たりしているリヴの姿が目に飛びこんできた。リヴは、こちらが靴を脱ぐのも待たずにしゃべりだした。

「彼女はおれたちに嘘をついていた」くるりと振りかえって言う。「本当の名前はジェニファー・アダムズだった」

「ええ？」ぼくはマフラーをほどき、リヴのそばをすりぬけて暖炉に近づいた。「ちょっと温まる時間をくれよ」

それでもリヴは食いさがった。「デイジーの本名はジェニファー・アダムズだ。ロンドンに住んでいたことはない。おれたちに言った学校で働いていたこともない。休暇中ですらなく、教職は解雇されていた」

ぼくは眉をひそめた。「ちょっと待って。どうしてそこまでわかったんだ？」

「この二十分、無線で彼女のボーイフレンドと話した。彼女はいきなり行方をくらまし、彼は死ぬほど心配して、必死に捜した末にここにいるのを見つけたそうだ」

床が抜けた気がした。

「彼女の、なんだと？」コールがうなるように言う。

「彼女のボーイフレンドだ」リーヴェンが鋭く返した。「そう、ボーイフレンドがいたんだ。まったく、彼の話しぶりからすると、婚約寸前だったんじゃないか」

心臓がどきんとした。デイジーにはボーイフレンドなんていない。ありえない。

「彼女のパスポートと運転免許証を見た」リヴが続ける。「彼の言ったことはすべて本当だった」

「でも、どうして彼女が嘘をつくんだよ？」ぼくは言った。「きっとなにか理由があるはずだ。前に、元カレにあやつられたことがあるって言ってただろ。その男のことなんじゃないか？」

リヴの目は燃えていた。「どうでもいい。吹雪が過ぎたら、車でまっすぐ空港まで連れていけ」

「その前に話をするべきだ」コールが言った。「本人から事情を聞きたい」

デイジーを捜しにいこうと廊下へ向かったが、リヴに腕をつかまれた。「無意味だ。彼女が信用できないことはもう本人が証明してくれた。ごまかすために嘘を重ねられるのがおちだ」

「やってみないとわからない――」

「いや、わかる」リヴはうなるように言った。「前にもあっただろう。忘れたのか？」

ぼくは顔をしかめた。「デイジーは、ヨハンナとは違う」

リヴはかぶりを振った。「彼女とは話さない。真実はおれたちで見つける」そして手を差しだした。「携帯をよこせ」

「ええ？」

「携帯をよこせ。おれのより電波をよく拾う。ノートパソコンをホットスポットにつなぎたい」

ぼくは携帯電話の画面を見た。「アンテナは立ってないよ」

「電波を受信する場所をこのくそキャビンのなかで見つける。いいから携帯をよこせ」

ぼくはため息をついて従った。リヴはダイニングルームのテーブルについて携帯電話をいじり、ノートパソコンに接続して、ブラウザを開いた。ページが読みこまれないので、リヴは手のひらをテーブルにたたきつけた。「くそっ!」

ぼくは飛びあがった。「おい!」

これほど怒ったリーヴェンは見たことがなかった。怒るどころか、爆発しそうに見える。ぼくは友の肩に手をのせた。「落ちつけって。いったいどうしたんだ?」

リーヴェンは片手で顔をさすった。「またやってしまうところだった」

「またやるって、なにを?」

「おれたち全員を破滅させるところだった。おれは――」深く息を吸いこんで、気を静めようとする。「おれたちのそばにいてくれと、彼女に言ってしまった」

「ええ?」

「ここで暮らしてくれと。おれたちとつきあってくれと。正式に。ほんの一時間前にそう申しこんでしまった」

心臓が一瞬、止まった。「彼女はなんて?」

「関係あるか? もう起こりえない未来だ」リヴは言い、髪をかきあげた。これほど怒っていても、とことん哀れに見えた。

「彼女を愛してるのか」ぼくは悟った。「驚いた。おまえ、心から彼女を愛してるんだな」

リーヴェンはぎゅっと唇を引きむすんだが、否定しなかった。「もっと早く嘘に気づくべきだった」とだけ言った。

ぼくは眉をひそめた。「嘘って言うけど、たしかなことはまだなにもわかってないんだろ。なにか大きな誤解かもしれないじゃないか」

リーヴェンがしかめっ面でこちらを見あげた。「どんな誤解だ？　おれは彼女の身分証を見たんだぞ。おれたちに教えたのは偽名だった！　それなのに、なぜ彼女の味方をする？」

「服役したときのことを話したら、彼女はぼくを信じてくれたから。文字どおり、犯罪者と山奥に閉じこめられているんだよと言ったのに、彼女はまばたき一つしなかった。今度はこっちが信じてみてもいいんじゃないかな」リヴがなにも言わないので、ぼくはため息をついた。「なあ、たしかにヨハンナは何年もおまえに嘘をついてたよ。だけど言っただろ、それはおまえのせいじゃないって」

リヴは何度もキーボードをたたいてウェブページを再読みこみしていた。「おれのせいだ。なにもかも、おれのせいで起きた。ヨハンナにプロポーズしたのはおれだ。法廷でおまえに不利な証言をしたのもおれだ。おれがだまされるまで、すべては順調だった」

それは違うとぼくは首を振った。「なにもかも、彼女のせいだよ。おまえじゃない。悪者は彼女だった」

「二度とあんなふうに女性にだまされたりしないと心に誓った。それなのに、ジェニファーにまんまとだまされた。ヨハンナよりはるかにひどいやり方で。少なくともヨハンナは本名を名のっていた！」

突然、ノートパソコンの画面が白く光って、ついにグーグルのロゴが現れた。

「やっとか」リーヴェンが画面にかがみこみ、検索バーに〝ジェニファー・アダムズ〟と入力する。

ぼくは椅子にどかりと腰かけて、心臓がばくばくするのを感じながら見ていた。なにが起きているのかさっぱりだったが、自分がデイジーを信じていることだけはわかっていた。彼女がなにをしたにせよ、デイジーはいい人だ。

名前の検索結果は大量だった。最初の見出しに目をこらす。スウェーデンの全国紙〈エクスプレッセン〉の記事だった。〝高校教師、ポルノ女優の過去があらわに〟「デイジーはポルノに出てるの？」

「ジェニファーだ」リヴが言う。「彼女の名前はジェニファー」

「ぼくにとってはデイジーだよ」ぼくは返し、リヴの肩ごしに手を伸ばして記事をクリックすると、読みはじめた。

ブライトンで高校の女性美術教師が炎上している。撮影された性的な映像が学校側と生徒の親にリークされたためだ。母親の一人はメールで問題の映像を受けとり、〝これほど堕落した人物がティーンエージャーの教育者として認められている〟ことに〝ぞっとした〟と語り、別の母親は〝教員になるための適性検査が不十分〟だと懸念を示した。綿密な調査の結果、アルトン中等学校は即座にミス・アダムズを解雇し、大学進学を数カ月後に控えた生徒たちは放りだされたかっこうになる。

ぼくは疑念に眉をひそめた。デイジーがポルノ女優だとはにわかに信じがたい。たしかに体は申しぶんないし、恐ろしくセクシーだ。けれどリヴがシャツを脱げと言ったときに彼女がものすごく怒ったことを、ぼくは覚えていた。

「おれたちに本名を隠していたのはこれが理由か」リヴが小声で言った。

「でも、どうして？　彼女がポルノに出てるからって、ぼくらが気にする？　仕事なんだろ？」もちろん教え子の親に映像が出まわったら、そうとう気まずいだろう。だが記事には〝リークされた〟とある。彼女自身が教室で映像を流したわけじゃない。

コールは黙ったままだ。

リヴは検索ページに戻って、ほかの検索結果をチェックしはじめた。これでもかというほどのポルノサイトがヒットしている。リヴが適当にそのなかの一つをクリックした。

ぼくは顔をしかめた。「おい。そうするなら彼女をここに呼ぶべきじゃないか？　となりの部屋にいるのも同然なんだぞ。彼女がセックスしてる動画を本人ぬきで見るなんて、おかしいよ」

「真実が知りたい」リヴは絞りだすように言った。ぼくがため息をついたとき、画面にデイジーが現れた。リヴはいつもこうだ。問題に直面すると、解決せずにはいられない。どうなっているのかを突きとめるまで、シャーロック・ホームズよろしくこの謎にとりくむだろう。

ぼくは映像に集中した。デイジーがTシャツとパンティ姿でベッドに腰かけ、男とキスをしている。男の手が彼女の太ももにのせられているのを見て胸を貫いた嫉妬心に、ぼくは驚いた。

「見なくちゃだめ？」ぼくはうめいた。「見るのが好きとは言ったけど、相手はどんな男でもいいわけじゃ――」

「黙れ」

「そいつ、デイジーが悦ぶ首のスポットを完全にはずしてる――」

「エリ、黙れ」

ぼくはため息をつき、椅子の背にもたれて、映像が流れるに任せた。いやな予感がした。先へ進むにつれて、その予感はますます強くなってきた。

自慢することでもないが、ぼくはポルノに詳しい。ぶっちゃけ目利きといってもいいくらいだ。腕のなかにリアルな女性を抱くほうが好きだけれど、この山奥に五年も住んで、悪天候で外出できない時間を経験してみると、エロビデオとは大の仲よしになった。

そのぼくが言う――これはエロビデオじゃない。

これはエロビデオのセックスじゃない。見る者を刺激するためのみだらなセリフもストリップもないし、内容はどれも演技に見えない。デイジーは、カメラ映りがいいように背中をそらしたり息を吸いこんでお腹をへこませたりもしていない。つけている下着もシンプルな黒だ。もちろんよく似あっているが、ぼくがセックス撮影に挑む女性なら、もっとそれらしいものを選ぶ。

映像のなかの二人が乱れはじめた。デイジーが男の上になり、その日の授業のことを語る。男の顔は画角から切りとられているが、デイジーの顔は鮮明だ。

これはポルノじゃない。なに一つ演技ではない。飾ることなく、リラックスした、愛しあう同士のセックスだ。デイジーがカメラのほうを見もせずにTシャツの裾をつかんだ。それをたくしあげはじめたとき、ぼくはスペースボタンをたたいて停止させた。吐き気がしていた。「なあ。彼女は撮られてることを知らなかったと思うよ」

コールが立ちあがって椅子を押しさげた。「くそだな。彼女を捜してくる。そんなものは消せ」

リーヴェンが眉をひそめた。「待て――」

「断る」コールがぴしゃりと言い、部屋を出ていった。「消せ」

ぼくは動画を停止して、ページのほかの部分に目を通した。ビデオの再生回数を見て、体が冷たくなる。なんてことだ。

リヴがめがねをはずして目をこすった。「彼女はだれかに利用されたと言っていたな」静かに言う。「覚えているか？　一緒に眠った最初の夜だ」

「どうやらそのだれかはインターネット全体のことだったらしいね」ぼくは食いしばった歯のあいだから言った。「トレンド入りもしてる」ニュースでとりあげられたせいで動画は大バズリしたのだろう。コメントをスクロールしてみた。

〝先生なんだって？　次の動画は、女子高生の制服姿で、自分を定規でおしおきするってやつを希望〟

〝エクスプレッセンの記事を読んで、飛んできた。いいケツ。想像以上〟

〝町であんたを探すよ。小さなエロ姉ちゃん〟

吐き気がこみあげてきて、目をそらすしかなかった。なんてことだ。デイジーはいつからこんなことに耐えていた？　動画がアップロードされた日付けを見ると、ぼくらがデイジーと出会った日から一週間も前ではない。ようやくすべてが見えてきた。だれかがこの盗撮動画をインターネットにアップして、彼女の同僚教師にメールで送りつけた。それが無数のニュースサイトでとりあげられて、炎上した。デイジーは荷づくりをして国を出た。

「彼女、元カレにあやつられてなかなか別れられなかった、みたいなことを言ってたよね」ぼくは思いだした。「その元カレっていうのが――」

リーヴェンの顔から血の気が引いた。立ちあがったが、デイジーのところへ行こうとするより早く、コールが戻ってきた。

「ばかやろう」コールがうなるように言う。「この大ばかやろう」

「彼女は？」リーヴェンが静かに尋ねた。

コールはなにも言わずに紙きれをテーブルにたたきつけ、大股で玄関に向かうと、さげてあるコートをあさりはじめた。リーヴェンが立ちつくしているので、ぼくが紙を拾い、声にだして読みあげた。

「〝コール、エリ、リーヴェン。どうか謝罪だけさせてください。嘘をついてごめんなさい。とんでもないことをしてしまいました。あなたたちはとても親切にしてくれたのに、その親切心につけいるなんて。あなたたちに命を助けられて、わたしはこの数週間、おそらくあなたたちが思っている以上に救われました。

わたしについて話したことのうち、ほとんどすべてが嘘でした。住んでいる場所、職場、ここへ来た理由。名前。あなたたちを傷つけるつもりなんて少しもなかった。だけど結果的に、あなたたちの信頼を裏切ってしまった。ひどいことをしました。次のフライトで家に帰ります。本当に、本当にごめんなさい。

デイジー〟」

ぼくは紙きれを置いた。静寂が部屋を満たした。

「だめだ」リーヴェンが低い声で言った。「だめだ」

ぼくは振りかえって窓の外を見た。吹雪が猛威をふるっている。風は叫び、雪は激しすぎて、真っ白にしか見えない。

言葉が出てこなかった。心臓が胸から飛びださんばかりに脈うっていた。

「デイジーのコートも財布も靴もない」コールが言いながら戻ってきた。「出ていったのはいつだ?」

「わからない。おれは——出ていくところを見なかった」

「急いで出ていったに違いない。荷物はすべて置きっぱなしだ」コールの青い目は燃えていた。「けんかをしたのはいつだ?」

「たぶん……三十分くらい前?」

ぼくは目を閉じた。デイジーは死んだ。そのタイミングなら、村までたどりつけたはずがない。そしてこの吹雪では、三十分も生きのびられるわけがない。道路まで出る以前に吹雪につかまっているはずだ。

彼女は死んだ。

リーヴェンがゆらりと歩きだし、玄関に向かった。「捜してくる」つるしてあったコートをつかんではおり、震える手でボタンをかける。

「だめだ」コールが押しもどした。「おまえじゃ役に立たない。彼女が戻ってきたときのためにここにいろ」そう言って、自身がブーツを履く。「エリ、おれのサバイバルリュックはどこだ?」

ぼくはなにも言わなかった。ただ窓の外を見つめていた。体の内側が凍りついたような気がした。

彼女は死んだ。

彼女は死んで、ぼくはまちがいなくその彼女を愛している。

「エリ!」コールが吠えた。「サバイバルリュックはどこだ?」

ぼくはどうにか口を動かした。「いちばん上の棚」

コールがうなってリュックの一つをつかみ、肩にかついだ。

リーヴェンも別のリュックに手を伸ばした。「エリはここにいろ。おれも行く」

「だめだ!」コールがくるりとリヴのほうを向いた。「おれの言うことを聞け。これはおれの仕事だ。だからおれに任せろ!」

「しかし、彼女が死ぬかもしれない！」

「おまえがいても足手まといになるだけだ。おれは二人の命をあずかることになる」

「自分の命は自分で守れる」

「自殺行為だ」

「かまわない」

コールの鼻腔が広がった。すばやい動き一つでリヴのシャツの襟をつかみ、壁にたたきつける。「おまえはここにいろ」

「しかし――」

「おまえまで失ってたまるか！」コールがリヴに顔を突きつけて叫んだ。「彼女をおれから奪ったうえに、おまえまで死ぬな！」

リーヴェンが青ざめた。コールはしばしそのまま、胸を上下させながらリヴをにらみつけていた。

やがてリーヴェンが小さくうなずき、かすれた声でいった。「行け」

コールは一歩さがり、ゴーグルを装着して玄関の鍵を開けた。たちまち風が勢いよくドアを押しあける。耳をつんざくような音だった。雪が廊下にまで舞いこみ、二人に降りかかって床を覆う。

ぼくは目を閉じた。彼女が生きていられるわけがない。絶対に無理だ。

コールがリュックの肩紐をつかんで外に出たあと、リーヴェンが力をこめて玄関ドアを閉じた。風のうなりがさえぎられると、家のなかは不気味なほど静かだった。

「彼女にどなってしまった」リーヴェンがうつろな声で言う。

ぼくは唇を舐めた。「ぼくは彼女を愛してた」

リヴが両手で顔を覆った。「悪かった」かすれた声で言う。「てっきり――」

「てっきりって、なんだよ」ぼくは椅子から飛びあがった。怒りでのどが焼けた。「一人で勝手に思いこみやがって。本当のことをたしかめもせずに。本人に尋ねもせずに」

ぼくはくるりと背を向けた。

「エリ――」

「話しかけるな」

自室に向かった。リーヴェンを一人、リビングルームに残して。開いたノートパソコンの画面には、いまも一時停止した彼女の動画が映しだされていた。

コール

迷った。

玄関を出て十分、完全に迷った。

吹雪のもっとも危険なところは寒さとはかぎらないし、風でもない。早めに屋内に入ることができれば、人間はそれらで死なない。むしろ最大の危険は方向感覚を失うことにある。周囲のすべてが白くて動いていると、上下左右もわからなくなるものなのだ。ごみを出そうと家を出て、玄関から三メートルのところで死ぬこともありうる。自分がどちらの方向から来たか、覚えていられなくなるからだ。

最初に外へ出たとき、視界はゼロに近かった。デイジーが痕跡を残していればと願っても、当然ながら、足跡はとうに雪で覆われている。いまはひたすら風のなかをゆっくりと進み、記憶でたどるしかなかった。

おれの勘では、デイジーはこれ以上進めないと悟る前に、道路付近までたどりついていたはずだ。頭のなかで地図をかかげ、渦を巻く雪のなかを懸命に歩きながら、自分が正しい方向へ進んでいるようにと祈った。後ろから強風にあおられ、ゴーグルとマフラーに覆われていないわずかな肌を冷たい雪片が刺す。少しずつ希望が薄れてきた。もしかしたら同じ場所をぐるぐる回っているだけかもしれない。いまこの瞬間にも玄関に舞いもどるかもしれない。それか――

茂みにぶつかって転びそうになった。完全に白で覆われているうえ、雪でほぼ視界がきかないが、それでも道路の端に並ぶ茂みだとわかった。方向はまちがっていなかったのだ。そのとき、ある考えが浮かんだ。デイジーは賢い。もしここまでたどりついたなら、茂みの下に隠れたはずだ。

そしてもし、茂みまでたどりつけなかったとしたら、そのときは死んでいる。だからおれに選択肢はなかった。

茂みにそって歩きはじめ、地上に不自然な盛りあがりはないかと探した。十歩と進まないうちに、なにかやわらかいものにつまずいた。地面に膝をついて必死に雪をかくと、手の下にピンク色が現れた。デイジーのコートだ。デイジーだ。雪に覆われてはいるが、茂みのおかげで生きうめにされずにすんでいる。顔の雪を払ってやった。髪は雪まみれで、コートにも降りかかっており、まつげにも雪片がくっついている。まぶたは閉じたまま、おれの膝の上の体は死んでいるかのごとく動かない。

「デイジー」ささやきかけて頬を撫でた。「デイジー。デイジー、頼む。起きてくれ、ベイビー。おまえは死んでない」

恐怖の数秒のあと、まぶたがぴくりとして開いた。口も開いたが、声は出てこない。

おれは安堵で泣きそうになった。

全身をチェックし、唇と肌の青さを確認する。体は震えていない――とても悪い兆候だ。低体温症を起こしている。いますぐ温めなくては。もっとも速いやり方はおれの体温を提供する方法だが、そのためには二人とも服を脱がなくてはならないし、それにはどこか乾いた場所へ行くしかない。

デイジーを軽く揺すぶってみた。小さな体はおれの腕のなかで力なく横たわり、その目はうつろにしばたたかれた。「デイジー。起きてられるか？　話せるか？」

青ざめてひびわれた唇が動いた。おれはかがみこみ、その口に耳を近づけた。

「テディ」デイジーのささやきに、心臓がよじれた。

「ああ。おれだ。おれが来た。もう心配ない」

「ごめんなさい」まぶたが震えたが、言葉はそれだけだった。また意識を失いかけている。おれはリュックを背負いなおすと、デイジーの腋の下に手を入れて立たせ、腕のなかにすくいあげた。羽のように軽かった。リュックのほうが重たいくらいだ。キャビンに連れかえったら、閉じこめてたらふく食わせて肥えさせよう。そうなれば風で吹きとばされる心配もなくなる。

「おれの首につかまってろ」大声で言った。デイジーの両腕が力なく首に巻きついてきたので、向きを変え、周囲を見まわした。なにもかもが白くぼやけている。家はどっちだ？　くそっ、思いだせない。おれの足跡はとっくに雪で覆いつくされていた。恐怖でのどが締めつけられる。落ちつけと自分を叱咤して、しばし方向を考えなおし、左に九十度回った。こっちが家だ。そうであってくれ。おれは雪のなかをよろめきながら歩きだした。デイジーの重みで、ハスキー犬に噛まれた治りかけの傷が引っぱられたが、無視した。彼女を家のなかへ連れもどさなくては。守らなくては。

なにかに腰をひっぱたかれて、おれはうなった。細くぴんと張ったもので、手すりか、物干しロープのようだ。おれは眉をひそめ、手さぐりして雪を払った。なにか紐のようなもの……ああ。視界が悪くなったときに家まで導いてくれるよう、デイジーが張りめぐらした命綱だ。心臓が高鳴った。

両手ともにふさがっているので、腰をあずけるかっこうでロープを伝った。五歩と進まないうちに、雪のなかの石につまずいて倒れた。

起きあがるには三十秒もかかった。デイジーの体をたたいて怪我をしていないことをたしかめてから、ふたたび腕のなかに抱きあげると、また歩きだした。次に倒れたときは、起きあがるのに丸一分かかった。そのあいだも雪は激しさを増していく。おれたちが倒れるたびに、雪は覆ってしまおうとする。おれが必死に立ちあがるまで、完全に埋めようとしてくる。

それが何度も、何度も、何度もくりかえされた。おれたちはカタツムリの速さで進み、一歩ごとに体力を奪われる気がした。腕も脚もしびれている。体温はさがっていく。次に倒れたときには、なにかに足を取られたわけですらなかった。単純に、自分の足につまずいた。また膝をついて腰をかがめる。デイジーが腕から転がりおちそうになったのを、息をはずませながらつかまえる。肩が燃えるように痛い。

家まで帰れそうにない。玄関からどのくらい歩いてきたかはわかっている。この四ないし五倍の距離だ。たとえ方向が正しくても、たどりつける距離ではない。

死にかけたことなら何度かある。吹雪につかまったり、けんかでぼこぼこに殴られたり、野生動物に襲われたりして。毎回、本当に死ぬかもしれないと悟った瞬間、奇妙な落ちつきがおりてきたものだ。心おだやかとさえ呼べる感覚が。あらゆる選択肢をとりあげられてしまうと、不安になる理由も消えてしまうのだ。

だがいまは、心おだやかではなかった。おれが死のうとかまわないが、いま大事なのはおれではない。彼女だ。

この女性を死なせてたまるか。おれが息をしているかぎり、そんなことは許さない。最後の一秒まであらがってやる。

吹きすさぶ風のなかでうなりながらもう一度立ちあがり、デイジーを抱きあげた。まず一歩、もう一歩、前進しつづける。

雪のなかにゆっくりと、大きな灰色のものが見えてきた。目をこらし、不器用にゴーグルを肩で拭う。さらに数歩、よろめきながら近づいてみると、焦点が合った。あのぼろ小屋だった。三人でキャビンに越してきたときに使わないと決めた、荒れはてた石づくりのほら穴。美しくてやさしくて天才的な小娘は、このぼろ小屋も救出ルートに含めていたのだ。こんな小屋はかまうなとおれが言ったにもかかわらず。

今日、そんなデイジーの思いやりが彼女自身の命を救うだろう。雪のなか、おれは最後の数歩をよろよろと進み、文字どおり小屋のなかに倒れこんだ。と同時に、耳をつんざくような風の音が石壁でさえぎられた。なかも凍えるほど寒いが、少なくとも湿気と風からは守ってもらえる。

デイジーをおろそうとしたが、床が凍りついているのに気づいて、悪態をついた。このまま横たえてはおけない。

「床から離すぞ」言いながら頰を撫でた。目がまた閉じている。恐ろしくて脈はとれなかった。が、生きているに決まっている。それ以外は受けいれられない。「体温を失いすぎてる」おれは言った。「ちょっと待ってろ」

返事はなかった。

ふたたび外に出て、近くの茂みから葉のついた枝を何本かたたききった。自分の手元さえよく見えないので、親指を切断しかけたものの、どうにか腕いっぱいの枝を手に入れた。それを持ってなかへ戻ると、デイジーは微動だにしていなかった。

「ベッドをこしらえてやる」彼女に言った。「すぐだ」

小枝をおろして凍てついた石の床に敷きつめ、その上にそっとデイジーを寝かせた。それからリュックのほうを向く。サバイバルリュックの底に低体温症用の救急セットを入れていた。NASAが開発した保温シートのスペースブランケットと、極寒用の寝袋を取りだし、広げる。どちらもデイジーをすっぽり包める大きさだが、封筒サイズの小ささに折りたたまれて袋づめされているため、絶えず震えている状態では開けるのがすさまじく難しかった。ビニール製のパッケージで五度も指が滑り、歯を食いしばって悪態をつきながらも、どうにか両方を広げることができた。デイジーに向きなおる。

服は雪で湿っているので脱がせるしかない。まずはコート、それからズボンとセーターを取りさる。倒れたときに服のすきまから雪が入ったのだろう、下着も湿っていた。小さなピンク色のブラとパンティを脱がせて脇に置き、あらわな体をブランケットで包んだ。しっかりくるんだら、さらに寝袋に閉じこめて、熱がいっさい逃げないようにファスナーをあげた。膝の上の彼女は小さなオレンジ色のブリトーのようで、白い顔だけがのぞいていた。

おれは肩で息をしながらうずくまり、目を閉じた。疲労困憊だ。デイジーを見つけた時点でもう体力は底をつきかけていて、いまでは完全に消耗しきっている。ただ彼女を抱いて眠りたいが、もしいま動くのをやめたら彼女と同じ状態に陥るのはわかっている。

動くのをやめてはならない。デイジーの無事をたしかめるまでは動きつづけろ。

自分を奮いたたせてふたたびリュックに向きあい、二人用の小さなナイロンテントを取りだすと、振って広げた。石でたたいて、凍った床にペグを打つ。かなり体力が弱ってきていて、何度か壁に寄りかからなくてはならなかったが、それでもどうにかテントを張ることに成功した。慎重にデイジーを抱きあげてテントのなかに横たえ、ジェル燃料の缶を取りだして、防水マッチで火をつけた。テント内を暖めるにはいたらなくとも、ないよりいい。コッヘルを二つ、リュックから取りだして小屋の入り口に向かい、なかに吹きこんだふわふわの白い雪をすくいとった。デイジーには水がいる。

テントに這いもどってみると、デイジーの目が半分開いていた。おれは安堵で叫びそうになった。テントのファスナーを閉じて、デイジーのひたいを撫でる。「デイジー。体を起こせ。眠るな」手袋をはずして頰に触れてみた。少し温まってきた気がする。保温ブランケットが仕事をしているに違いない。デイジーのまぶたが震えた。

「なにか言え」おれは命じ、雪をすくったコッヘルをバーナーで温めはじめた。

デイジーがうめいた。

もう一度、彼女の頰を軽くたたいた。「デイジー。なにか言え。さもないと顔に雪をかけるぞ」

「な、な、な、なにを、い、言えば？」

「知るか。なんでもいい。いまの気分を述べるか、一曲歌うか。とにかく口を動かせ」

デイジーは命じられたまま、小声でなにやらつぶやきだした。聞きとれないが、かまわない。「それでいい」コッヘルのなかの雪がとけて温まるまでバーナーにかけてから、ホットチョコレートの乾燥粉末を一袋、混ぜてやった。「ほら。起きて飲め」

デイジーが自分を見おろした。「手が、ない」小声で言う。

彼女の両手は寝袋のなかに閉じこめられていた。そこで起きあがらせておれに寄りかからせ、コッヘルを口元に運んでやった。デイジーはゆっくりと、少しむせながら、温かな液体を飲んだ。飲みほしてしまうと、ほっとしたように胸板に寄りかかってきた。

「少しは楽になったか？」

デイジーはうなずき、おれの首筋に顔をうずめた。「疲れてる。けど、大丈夫」

「心臓《ハート》は？」

口角がさがった。「痛い」かすかな声で答えた。

くそっ。片手を寝袋のなかに滑りこませて保温ブランケットをめくり、あらわな胸のふくらみのあいだに触れて、鼓動をたしかめた。デイジーがため息をついて、おれの手に体をこすりつけてきた。ほかの状況なら、やわらかで温かい胸のふくらみを手のひらに感じて、またたく間に固くなっていただろう。だがいまは、睾丸も凍っているようだった。いずれにせよ、そういう気分ではない。デイジーの心臓は強く一定のリズムを刻んでいた。「どう痛む？」

「ちょっと、心が打ちくだかれた《ハートブレイク》の」ろれつの回らない舌で言う。

「そうじゃなくて、実際の心臓の話だ。つまり――拍手《クラッピング》、じゃなくて」くそっ。動悸《ヤートクラップニング》は英語でどう言う？「どきどきが速いのか？　それとも一拍はずすとか？」

デイジーがあくびをした。「いいえ」手のひらにまたもぞもぞと体を押しつけてくるので、できるだけやさしく撫でてやった。

「自分がなにをしたかわかってるのか？」おれは尋ねた。「リーヴェンとエリは正気を失いかけてる。二人とも、おまえが死んだと思ってる」

「ごめんなさい」顔をしかめた。「本当にごめんなさい。頭が働かなかったの。あ、あそこにいたら、い、息ができなくて。だから――」

「逃げた、か」どうこう言える立場ではない。おれは心を打ちくだかれたとき、完全に文明から距離をおいた。「二人は、自分たちのせいだと思ってる」

デイジーの目が丸くなった。「そんな。二人とも、わ、わたしを捜しに外へ出たり、し、してないわね？」

おれはかぶりを振った。「二人とも家のなかだ。いらいらして気が変になりそうになってる」

デイジーが眉をひそめた。「どうしてあなたは来たの？　死ぬかもしれないのに」

「みんながみんな、雪のなかを歩けない身長百五十センチの軟弱者じゃない」

デイジーがうつむいて目を伏せた。これ以上ないほど悲しげに見えた。「わたし、生まれたときからあなたに会いたかった気がする」

「会ったばかりだろう」おれはまぬけな言葉を返した。

デイジーがため息をつく。「そうだけど。じゃなくて、自分のなかのなにかが欠けて、それがなにかわかっていなかったということ。あなただったの。あなたたち、全員」口角がさがった。「それなのに、自分でだいなしにしてしまった」

胸が熱くなった。ごくりとつばを飲んで言った。「いや。おまえはなにもだいなしになんかしてない。なにも悪いことはしてない」

デイジーの目がうるんで揺らめいた。それからしばらく無言だったが、頭のなかの歯車が回っているのが見える気がした。

そっと揺すって言った。「黙るな」

「リーヴェンとは話した?」

「ああ」

「そう」デイジーが唇を引きむすぶ。「じゃあ——あの動画は見た?」

「最初の数秒だけ」正直に答えた。

デイジーがぎゅっと目を閉じた。涙が頬を伝い、やがて息を詰まらせながら泣きだした。「あれは、自分で撮ったんじゃない。撮られてるって知らなかった」

くそっ。やさしく揺すってやった。「しーっ。わかってる。見ればわかった」なにを言えばいいのか見当もつかなかった。こういうのはおれの役割じゃない。寄りそってあやすのはエリの役目だ。そしてリーヴェンは物理的な痛みに苦しんでいる人を癒やす。おれは、そもそも人を傷つける担当。

だが、いまここにはおれしかいない。だからなにかしなくては。デイジーを引きよせると、胸板にぴったり寄りそってきた。

「わ、わたし、最低の女に、なった気分」つかえながらデイジーが言う。

「そんなことはない」

「自分がそうじゃないのは、わかってる。でも、そう感じるの。人に……使われたって。使ったあとのティッシュみたいな気分。ごみみたいな」

「かわいそうに」

デイジーが洟をすすって首を振った。「ありがとう。すぐに見るのをやめてくれて」

おれは眉をひそめた。「スイートハート。当たり前だろう」いったいおれをどういう人間だと思っている？

デイジーが細かに体を震わせた。「あなたにそう呼ばれるとうれしい」またあくびをする。「酔ったみたいな感覚。お酒なんて飲んでないのに」

「眠るな。なにか食うものを用意してやる」肌の色が通常に戻るまで眠らせてはいけない。またリュックをあさった。サバイバルリュックについては被害妄想がすぎるとエリにはよく言われるが、それが幸いした。これだけの食料があれば数日はもつ。本気で努力すれば一週間でも。だがそこまでここに足どめを食いはしないだろう。このあたりの吹雪はたいてい急に訪れて短期間で去っていく。長くても二、三日だ。

ドライフードが入っているアルミホイルの包みを並べた。「牛ひき肉のチリか、牛ひき肉のシチューか」

「どう違うの？」

「片方は豆入り」

デイジーの顔に笑みが浮かんだ。「どっちでも」

さらに雪を溶かして、コッヘルにシチューのほうを空けた。くそまずいフードだが、塩気のきいたいいにおいがテントのなかを満たすと、腹が鳴った。急に、ものすごく腹が減っていたことに気づいた。

「しゃべりつづけろ」命令して、茶色いどろどろの液体をフォークでかきまぜた。「あの動画のことを話せ」

「正気？」

片方の眉をあげた。「ほかにすることがあるか？」

デイジーはためらい、考えて、ため息をついた。「わたしの元恋人、サムのしわざよ。まだつきあってたときに、無断で撮影したの。たぶん本棚にこっそり携帯を置いてたとか、そんなところね」

怒りがこみあげてきた。そいつは頭がイカれている。インターネットにはポルノも、進んで服を脱ぐ女性もあふれているというのに、そいつはわざわざデイジーをだましてセックスビデオを撮影しただと？　胸くそ悪い。

「彼と別れようとしたら」デイジーが続けた。「あの動画のファイルを送ってきたの。別れるならネットにアップすると言って。はったりだと思ったわ。本当にやるなんて思いもしなかった。一度は愛した人が、そこまで悪意に満ちたことをするなんて、信じられなかった」身ぶるいする。「二カ月くらいかな、サムはそうやって脅してたんだけど、わたしが本当に戻ってこないんだと悟って、ついに行動を起こしたの。あの動画をネットに、いくつものポルノサイトにアップして、タイトルにわたしの本名を入れたの」まつげの下からこちらを見あげた。「ジェニファー・アダムズって」

「リーヴェンから聞いた」おれが言うと、彼女はうなだれた。「デイジーというのはどこから？」

「ミドルネームよ。ウィテカーは母の旧姓」軽く咳きこむ。「わたしがよりを戻すなら動画は削除するとサムは言ったわ。で、わたしにその気がないのは明らかだったから……。たぶん、わたし、何度か彼のパソコンでSNSのアカウントにログインしたことがあったのね。サムはわたしのパスワードを保存していた。それでみんなに動画のリンクを送りつけた。フェイスブックのわたしのフレンド全員に。わたしの家族に。同僚のメアドリストに含まれてる全員に。教え子の親全員に。み、みんなに」下唇が震えて、デイジーはうつむいた。「ごめんなさい。これ以上は無理」

「来い」おれはぶっきらぼうに言い、胸板に引きよせた。「大丈夫。大丈夫だ。おまえはなにも悪くない」

そう言った瞬間、胸のなかでデイジーが泣きだした。まるでだれかが亡くなったようにさめざめとすすりなく。おれはまったくの役たたずの気分を味わいながら、その背中をさすった。

「母も父も、もう口をきいてくれない」ささやくようにデイジーが続けた。「わたしを信じてくれないの、撮ろうと思って撮ったんじゃないと言っても。楽に稼ごうとしてやったんだと思ってる。と、友達のほとんどは同僚なんだけど、その人たちにも責められた。教師があんなことをしているのを見られるなんて、不適切だって。教え子の親のほぼ全員からメールが届いて、ふしだらだの破廉恥だの罵倒されて、〝社会にとって危険〟とまで言われた。職を失って、収入がなくなって、ニュースでとりあげられて、あちこちの局で報じられて。ポルノ女優ティーチャー、なんてあだ名をつけられて。いまではわたしの名前をネットで検索すると、わたしが、う、後ろから挿入されてる映像をかならず見ることになるの。どうしたらいいのか──わからない」

言えることがなかったので、なにも言わなかった。ただきつく抱きしめて、空いているほうの手をこぶしに握りしめ、手のひらに爪を食いこませていた。

これが終わったら──デイジーを暖かくて安全なキャビンに連れもどしたら──その元恋人とやらを見つけだす。どこにいようと関係ない。スウェーデンだろうと、イングランドだろうと、アマゾンの熱帯雨林だろうと。かならず見つけだして、ここまで彼女を傷つけた代償を払わせてやる。

デイジーがもらした小さな声で、きつく抱きしめすぎていたことに気づいた。どうにか腕の力を緩める。コッヘルのなかでシチューがふつふついいだしたので、フォークを手に、彼女に食べさせた。デイジーはゆっくりと咀嚼し、洟をすすって、おれの胸板に顔をあずけた。「もう眠ってもいい？」ささやくように言った。

小さな体をそっと横たえて、おれ自身で包みこんだ。デイジーは何重にもくるまれているから、いもむしに寄りそっているようだ。ほとんどすぐにデイジーは眠ってしまった。その息づかいはまだ細かなすすりなきで震えていた。

デイジー

目が覚めると、となりにコールが寄りそっていて、わたしを守ろうとするようにウエストに片腕を回していた。テントの外ではいまなお雪の降る音がしている。起きあがろうとしたが、ブランケット五十枚でくるまれているかのようだ。明るいオレンジ色の寝袋で、腕が体の両脇にしっかり固定されている。わたしは顔をしかめて動こうとした。

「やめろ」すぐそばで低い声がした。顔を回して、コールを見る。眠っていると思っていたが、彼の目は開いていた。「暖かくしてろ」コールが小声で言い、寝袋を閉じているテープに手を伸ばした。

けれどいまはとても暖かい。むしろ暖かすぎるくらいだ。何重にもくるまれた体は汗ばんで、やや気持ち悪く、閉所恐怖さえ感じそうだった。「平気よ」

「平気じゃない」

「これじゃあ息ができないの」両手を自由にしようとした。

「そうしておかないと死ぬぞ」

「脱がせてくれない？　本当になんてことない――」

「なんてことなくない！」いきなりコールが叫んで起きあがったので、わたしは目を丸くした。コールは激怒しているように見えた。「おまえはもう少しで死ぬところだったんだぞ。おれが見つけるのがあとちょっとでも遅かったら、明日はおまえの遺体を捜して雪の吹きだまりを掘りかえしてたところだ。だからなんてことないなんて言うな！」

外で吹く風の音は、死にかけた動物を思わせた。ナイロン製のテントが激しくはためく。

「ごめんなさい」静かに言った。

「くそっ」コールが首を振る。「別に怒ってない」ぼそりと言った。「おまえには」

「怒られて当然よ。わたしはばかだった」

「こんな吹雪になるとは、おれたちのだれも予想してなかった」コールが不機嫌そうに言う。「おれとエリも危うくつかまりかけた。前ぶれがないこともある」

わたしはほほえもうとした。「わたしをばか呼ばわりしなくていいの？　ふだんならまちがいなくそうしてるのに。こっちが死にかけたからってだけで、手加減しなくてもいいのよ」

冗談のつもりだったが、コールは手で口を拭い、また悪態をついた。「本当に具合はましになったのか？」

わたしはうなずいた。「ほぼいつもどおりよ」

「ほぼ？」

「ちょっと体が弱ってるとは思う。だけどそれ以外は問題ないわ」

コールがため息をついた。「なら起きろ」

そういうわけで起きあがると、コールが拘束服を脱がせてくれたが、肩を包むブランケットはそのままにした。わたしは自分を見おろした。「裸にしたのね」

「濡れた服でいると死ぬ」リュックをあさって板チョコを取りだし、黄色い包み紙をむいて、わたしの手に押しつけてきた。「食え」

「お腹は空いてないんだけど」

「体温を保つためにエネルギーが必要だ。食え」

そういうわけで、食べた。板チョコをぱきんと割って、口に押しこむ。「お水をもらえない？」もぐもぐと食べながら言った。

差しだされた金属製の容器からごくごくと飲みつつ、目を狭めてコールを観察した。テントの隅に縮こまって、背中を丸めている。ときどきその体がぶるっと震え、それが収まるまで歯を食いしばっている。隠そうとしているのだろうけれど、死ぬほど寒いに違いない。

「こっちに来たら？」ブランケットの端をめくって言った。「二人でも入れるわよ」

コールはかぶりを振った。「めくるな。また体温がさがる」

さんざんわたしにばかと言ってきたくせに、ずいぶんおばかさんなことを言う。「わたしも助かるんだけど」と誘ってみた。「体温をわけてもらえるから。この保温ブランケットは燃料ぎれみたいなのよね」

コールがため息をついた。「おれも服を脱ぐことになる」と忠告のように言う。「さもないと断熱効果がなくなる」

「脱いでくれるようにと願ってたわ」

コールがわたしをにらみつけ、すばやくコートを取りさると、重ねたセーターとその下のサーマルシャツも脱いでいった。むきだしになった上半身をわたしは目でむさぼり、固い腹筋や太くてたくましい腕に見とれた。「ズボンも脱いでいいのよ」うながして、視線をボクサーパンツにおろした。寒いときは、ペニスは小さくなるものと思っていた。ところがこの男性のそれは物理の法則に反していた。「わたしはちっとも気にしない」

コールはそんなあけすけな誘いなど無視して、ブランケットの下にもぐりこんでくると、両腕を広げてぶっきらぼうに言った。「来い」言われたままに腕のなかへ身を寄せたわたしを引きよせて、背中を胸板にあずけさせる。彼の安堵のため息が髪にかかり、ほんの少しリラックスするのがわかった。

「悪かった」しばらくしてコールが言った。「おまえにずっと意地悪だった」

「いきなりどうしたの？」

「今度のことで、またおまえをばか呼ばわりすると思うのか？　怯えて傷ついたことで？」暗い声で言う。「だとしたら、おれは本当にひどい態度をとってきたんだな」

「そうじゃない。ただ意外だっただけ」わたしは小声で言った。

コールがかぶりを振る。「最初に会ったときからずっと、おまえにはきつい態度ばかりとってきた。もっと信用するべきだった。すまなかった」

わたしは息を吸いこんだ。「それはヨハンナのせい？」

コールの体がこわばった。「なんだと？」

「彼女のことは二人から聞いたの」言葉を止める。「リカールのことも」

「あいつらはどうでもいい」吐きすてるように言った。「関係ない」

わたしは体をひねってコールに向きあった。胸のふくらみが胸板でつぶれる。ボクサーパンツのなかのふくらみがわたしの脚のあいだにこすれて、コールは目を閉じた。

「本心じゃないでしょう」わたしは静かに言った。「話してくれていいのよ」

「もうすべて知ってるんだろう」

「あなたからはなにも聞いてない。聞くならあなたから聞きたい」コールがなにも言わないので、わたしは片方の眉をあげ、先ほどの彼の言葉をそのまま返した。「ほかにすることがある？」

コールはうなった。胸板を通してその音を感じたわたしは、もっと彼にすりよった。するとコールは反射的にわたしを抱きしめ、ため息をついた。「話すことなんか……とくにない。おれたちがヨハンナと出会ったときは――彼女に魔法をかけられたようだった。彼女がリーヴェンと婚約したのはショックだったが、彼女と一緒になりたいと願ったリーヴェンに腹を立てることはできなかった。もし彼女があいつじゃなくおれに声をかけてたら、おれも承諾していた」つばを飲んで続ける。「だが子どものことを聞かされたときは。さすがに話が違った」

「その子を愛してたのね」

「おれは父親だった――短いあいだとはいえ。少なくともおれはそう思っていた」

ぎゅっとわたしの腕をつかむ。「そこがなによりつらかった。愛した女を失うことでも、赤ん坊を失うことでもなく。あのときおれが失ったのは――」言葉がとぎれる。

「家族」わたしはそっと言った。「少しのあいだ、あなたには家族がいたのね」赤ん坊の母親は親友と結婚しようとしていたのだから、とても風変わりな家族といえるだろう。それでも、家族だったのだ。

コールはなにも言わなかった。

「怒ったっていいのよ」わたしは言い、顔をあげて彼を見た。「そんなものを奪うなんて残酷だもの」

コールは広い肩をすくめた。「怒ってもなにも変わらない」

「哲学的ね」わたしは彼をこづいた。「それで？　わたしに意地悪だったのはそのせい？　わたしがあなたたちの仲を裂いて、またなにもかも壊してしまうと思った？」

「家と呼べる場所を築くまでに何年もかかった。おまえにそれを破壊されると思った。リーヴェンとエリを傷つけられると」わたしの頰を手で包み、青い目で目を見つめた。「悪かった」

わたしはしばし考えて、えらそうに鼻から息を吸いこんだ。「そうね。許さない」

コールがうつむいて手をおろした。「当然だ」

「埋めあわせをしてくれなくちゃ」わたしは言った。

「どうやって？」

「キスして」

コールの目が色を増した。「なんだと？」

「キスして」

「断る」コールの視線が一瞬、わたしの口におりてきた。「言っただろう。おれはキスはしない」

「どうしてよ」

「必要ないからだ。女と寝るのは発散のため。恋愛ごっこのためじゃない」

「でも、キスしたいんでしょう？　リーヴェンから聞いたわ。わたしとつきあうことについて話したんですってね。彼、あなたも同意したって言ってた」

コールが鼻で笑った。「だからといって、おまえにキスしたいことにはならない」

「まさにそういうことになるのよ」

コールが顔をしかめた。「凍死しかけたのを助けてやったのは、キスしたかったからだとでも思うのか？　雪に対処できない弱い生きものを救うのはおれの仕事だ」

その口調に傷ついたりしなかった。「またそれ？　わたしを押しのけようとするのは怖いからでしょう。もうだまされないわ。好きなだけ気むずかしくなればいい」さらにすりよって体に体を押しつけ、肩に顔をあずけた。「キスしないのはどうしてだと思ってるか、知りたい？」

「知りたくないと言ってもしゃべるんだろう」

「だれかを本気で好きになるのが怖いからだと思ってる。あなたは恋が怖いのよ。愛も」手をかかげて、指先で頬骨に触れた。「セックスだけしてるほうが楽だものね。感情を交えない、ただの行為のほうが。だけど女性の顔を正面から見つめてキスしてしまったら、心を開くことになってしまう。本当に大切だと思ってるように接しなくちゃならなくなる。それはつまり、相手の女性はあなたを傷つけることができるようになるということ」

「鋭いな」コールが絞りだすように言った。

わたしはたたみかけた。「でも、もう怖がらなくていいのよ。ヨハンナは先へ進んだ。

あなたもそろそろ同じことをするときだわ」

コールがかっとなった。「彼女の話はしたくない」

「残念ね」

「なんだと？」

わたしは肩をすくめた。「だってこっちは彼女の話をするつもりだから。そしてあなたは今後しばらくわたしから離れられないでしょう？　つらい過去に向きあうより猛吹雪のなかへ飛びだしていきたいっていうなら、話は別だけど」

「あの茂みに放置して死なせるべきだった」コールがつぶやく。

「あとの祭りね」わたしはにこやかに言った。

「いまから外に放りだすこともできる」

「いいえ、あなたにそんなことはできないわ」ほかの人を傷つけるくらいなら自分で自分を傷つけるような男性だ。お互い、それはわかっている。

コールの顔を両手で包んで、こちらを向かせた。「いいわ。彼女はあなたを傷つけた。あなたは家族だけじゃなく、愛する人全員を失った。だからって、二度とだれも愛さないことにはならないの。いま、あなたが家族を手に入れることを邪魔してるのは、コール、あなただけなのよ。ほかならぬあなたが、みんなを押しのけて、あなたを大切に思ってる人を必死に追いはらおうとして、だれもいない北極圏まで逃げてきた――それもこれも、二度と女性と見つめあわなくてすむように」

コールの目が燃えあがり、口が開いた。わたしは手でそれをふさいだ。「あなたは子どもをもうけられる。妻も家族も手に入れられる。たしかに、その人たちはあなたを傷つけるかもしれない。愛した人はいずれみんな失う運命よ。だからって、努力するのをやめる理由にはならない」

コールはゆっくりとかぶりを振った。「おまえはなにもわかってない」

「あなたをわかってるわ」わたしは食いさがった。「あなたは人を嫌ってなんかない。本当には。本当のあなたはやさしくて穏やかな人。だからどうか——」

「二度とごめんだ！」コールが鋭い声でさえぎった。「リーヴェンから聞かなかったか？　あの子がおれの子じゃないとわかったあと、おれをどこで見つけたか。おれはストックホルムの売春地区のアパートメントで寝起きしながら、毎晩ぼこぼこに殴られてたんだ」

わたしは目をしばたたいた。「なんですって？」

「非合法の格闘バトルに参加してた。それ以外ではなにも感じられなくなっていた。あのまま続けてたら死んでいただろう。おれは死にたかった」

怒りが痛みとからみあい、胸を貫いた。胸板を飾る傷痕に視線を落とした。「じゃあ、これは——」

「ああ」あごの筋肉が引きつる。「二度とあんな思いはごめんだ。無理だ」

わたしは鼻腔をふくらませ、彼の顔にずいと顔を突きつけた。「いいえ、無理じゃない」うなるように言い、実質、歯をむいた。「あなたはなりわいとして、ヘラジカやオオカミと格闘したり吹雪のなかを歩いたりしてるんでしょう？ それなのに、胸が張りさけそうな痛みを一度や二度、乗りこえられるほどには強くないっていうの？ ほかの人にできるなら、あなたにだってできるわ。あなたほど強い人には会ったことがないもの」近づきすぎて、もはや胸のなかで心臓が激しく脈うっているのも感じた。コールが冷たい目でまっすぐにわたしの目を見つめながら、手で腰まで撫でおろし、ぎゅっとつかむ。わたしはその手を払いのけた。「やめて。あなたとは寝ないわ。唇にキスできないような臆病者と寝たがると思う？」

コールの手に力がこもった。「おれは臆病者じゃない」その声は危険なほど低かった。

「じゃあ証明してみなさいよ！ しゃんとして、前に進みなさい！ 過去の亡霊との関係から抜けだすの！ この星にはあなたと家族になりたがる人が山ほどいるわ。コール、あなたを愛してくれる人が。あなたが心を開きさえすれば――」

その先は、唇でさえぎられた。

デイジー

三つのキスがこんなに違うなんて、不思議だ。エリのキスは心を明るくしてくれる。エネルギーと幸福感で満たして、うきうきとくすぐったいような気分にさせる。リーヴェンのキスは、ほかのすべてを静かにさせて、炎のごとくわたしを熱くする。そしてコールのキスは、わたしを雷雨のさなかの避雷針に変えた。唇と唇が激しく奪いあい、わたしはうめいた。全神経に火がついたような感覚だった。

舌が口をこじあけて、荒っぽく入りこんでくる。わたしはわななき、舌と舌がからみあう感覚にとろけた。コールはけんかのようにキスをした。わたしにつかみかかり、ねじふせようとするように。最高だ。危険な女になった気がする。自分のなかの荒々しい部分が目を覚まし、野生の生きものに変身したかのような。コールの手が髪にもぐってきてわしづかみにし、ぐいと後ろに引っぱる。わたしは彼の首に爪をうずめて、肩まで引っかきおろした。コールがわななき、さらに襲いかかってくる。そのキスは必死とも呼べた。長い長いあいだ、こうすることを求めていて、実行に移したいま、もはや止めることなどできないかのようだ。わたしたちは体をこすりつけあい、キスして、歯を立て、吸った。唇を強く噛むと、コールが胸の奥で低い声をもらし、膝の上にわたしを引きあげた。

突然、岩のように固いものをお尻に感じた。二人同時にあえぎながら視線を落とす。いまやわたしたちをさえぎっているのは、ボクサーパンツ一枚だけだ。コールがゆっくりと手を伸ばしてきてわたしのウエストに触れ、大きな両手で左右からつかんだ。わたしは目を閉じて、全身に鳥肌が立つのを感じた。コールの無骨でざらついた指先が腰まで滑りおりてきて、やわらかな肌をつかむと、こちらはそそりたったものに体を押しつけずにいられなかった。

コールの手の動きが止まった。「おれはいったいなにをしてる？」とつぶやく。

わたしはそっと目を開けた。「わたしに触れてるわ」と指摘した。「次は、胸に触ってみたらどう？　高評価しかもらってないのよ」

コールはぶるっと首を振り、めまいでもするように何度かまばたきをした。「こんなことはしたくないだろう。おまえはほかの二人が好きなんだから」

「そうなの？　どうしてそんな結論にいたったの？」

「あいつらのどっちかがいるときしか、おれとはヤラない」簡潔に言った。

わたしはまじまじと彼を見た。「ええと。違うわよ。二人のうちのどちらかがいるときしか、あなたがわたしとしないの。わたしはもうだいぶ前から、あなたと一対一でしてみたいなと思ってたのに、チャンスが訪れるたびにあなたは逃げてた」

コールのあごがこわばった。わたしの顔をつかんで、目を見つめさせる。「よく聞け。おまえにはエリとリーヴェンがふさわしい。おれはふさわしくない」

「自分になにがふさわしいかは自分で決めるわ。お世話さま」

「おれになにを期待してるにせよ、おれはそれを与えられない。おまえと〝つきあう〟ことを提案したのも、そうすればあいつらが喜ぶとわかってたからだ」

　これには傷ついた。「そうなの？　それで、どうするつもりだった？　恋愛パートは二人に任せて、あなたはわたしを大人のおもちゃとして利用するだけのつもりだった？」そう言って腰を揺すると、コールが唖然とした。「最低ね」

「そんなつもりは――」言葉を切り、のどの奥で低くうなった。「おれは恋愛ごっこはしない。やさしい《ソフト》男にはなれない。やり方がわからない」

「そのようね」屹立したものに手を滑らせて、苦しげに引きつる感覚を手のひらで味わった。「ここはちっともやわらかく《ソフト》ない」指先で撫でてあげてボクサーパンツのウエストゴムに到達し、引っぱって肌にぱちんと当てた。「脱ぎなさい」

　コールは低くうなりながら従い、たくましい腿から布を引きぬいた。それを蹴って脱いだとき、わたしの口には生つばがわいた。ものすごく大きい。身を乗りだし、手を伸ばしながら尋ねた。「いい？」

　コールがつっけんどんに許可した。そこでまずはやさしく撫でて、ベルベットのような感触を味わうと、コールが強く息を吸いこんで全身をこわばらせた。手をさらに下へ伸ばしてずっしりと重たい袋を包んだら、太いものの脈動がわかった。コールが身じろぎし、歯を食いしばった。

「わたしが欲しい?」尋ねながら、軽く握ってみた。

コールはわたしの目から目をそらさなかったが、その体には震えが走った。「ああ」

「じゃあ奪って」

コールが動かないので、広い肩を押してテントの床に仰むけにさせ、またがった。股間に腰をこすりつけて、うなり声をあげさせる。まぶたが震えて閉じた。ああ、この男性が欲しくてたまらない。体の奥深くで、わたしの芯が締めつけられてうずいて脈うっているのを感じる。腰を動かしてこすりつけていると、我慢のしずくが一滴、わたしの蜜とまじりあう。

コールがわたしの腰をつかんで向きを変えさせようとしたが、そうはさせなかった。

「うつ伏せになれ」コールが命じる。

「いやよ」ぴしゃりと返した。「するなら、向きあってがいいわ」

コールが顔をしかめた。「おれはこういうやり方はしない」

わたしは鼻で笑った。「ええ、でしょうね。わたしの顔を見ながらなんて、親密すぎるものね。見つめあって、わたしはさおを突っこむだけの熱くて湿った穴じゃなく、大切な女性だって思いだしてしまったら、ロマンティックすぎるものね」腰をくねらせ、脈うつひだのあいだに大きなものを滑らせる。「いっそ、感情だってめばえちゃうかもしれない」首筋に口を寄せて、のどぼとけに歯を立てると、コールが身をすくめた。「そしてもし、わたしがあなたになにか感じさせることができるなら、あなたを傷つけることもできるという意味だものね」

「黙れ」コールの指が腰に食いこんだ。その声は警告の響きを帯びていた。おれを怖がるべきだ、とでもいうように。怖がる。この男性を。命がけでわたしを助けてくれた人物を。たとえコールがチェーンソーを片手にわたしの寝室に入ってきたとしても、怖いだなんて思ったりしない。せいぜい、わたしのためにベッドサイドのキャビネットかなにかを作ってくれるのだと思うくらいだ。

「おれはこういうやり方はしない」

わたしはため息をついて、しぶしぶ体を離した。「いいわ。じゃあ自分でする」

コールが眉をひそめ、ごくりとつばを飲んだ。のどのくぼみで脈が打つのが見てわかった。「なんだと？」

「したくないことを強制したりしない」髪を耳にかけて、自分を手であおぐ。「ああ。これって天才的な低体温症の治療法じゃない？　あなた、研究論文を書くべきよ」わたしは床にお尻をついて、おもむろに太ももを広げた。コールの視線が脚のあいだに吸いよせられるのを見ながら、ゆっくりと自分に触れはじめる。意地悪は半分だけだった。実際、あのキスのせいで、イカずにはいられなくなっていた。

コールの舌がのぞいて下唇を舐めた。「本気でやるつもりか？　エリがバックで犯すのを見たぞ。おまえは悦んでた」

「そうね、エリはイクときにわたしの名前を叫ぶし、顔を合わせるといつもキスしてくれる」あふれる蜜に指を泳がせ、テントの床の上でわずかに身じろぎした。「も、もう、いやというほどたくさんの男性に〝名前のない穴〟として見られてるの。実際に寝る男性にまでそんなふうに見られるなんて、冗談じゃない。あなたも、ほら、自分の面倒は自分で見られるわよね」目を閉じて、指を一本、なかに滑りこませた。頭のなかでは、触れているのはわたしではない。コールの大きくて強くて頼もしい手が魔法をかけている。張りつめた熱い数秒が流れた。妄想が広がるとますますうるおってくる。息が乱れ、わずかに背をそらした。

「えいくそっ」コールがつぶやき、わたしをつかまえて引きよせた。「おまえの勝ちだ」うなるように言う。わたしはうなり声を返し、彼によじのぼってまたがった。

「わたしの顔を見なさい」命令してあごをつかみ、視線を交えた。冷たいブルーの目に射すくめられたまま、体勢を整えて、ゆっくりと大きなものに腰をおろしていった。

ずぶずぶとおれを咥えこんでいくデイジーの内側は、焼けるほど熱く、罪ぶかいほどやわらかかった。ああ、なんて締まりがいいんだ。おれのすべてを受けいれられるとは思えないが、デイジーは唇を引きむすんだまま腰を沈めていき、ついに根元まで咥えこんだ。唇が開いて、音のないあえぎをもらす。おれの目を見つめるチョコレートブラウンの目は、おれにはもったいないほどの、やわらかさと怒りと情熱に満ちていた。

なぜおれはまだ彼女の目を見ているんだ？

デイジーの腰をつかんで、できるかぎり奥まで、激しく突きあげた。デイジーが悲鳴をあげて、おれに爪を立てる。二人一緒に刻みはじめた速いリズムは、一秒ごとに熱狂していく。デイジーはたががはずれたようにおれを乗りまわし、腰をくねらせた。おれはやわらかなヒップに指を食いこませ、片方の丸みをぴしゃりとたたいた。デイジーが食いしばった歯のあいだから息を吸いこみ、おれは肌に手のひらを這わせて、ほてりを味わった。

おれにまたがったデイジーはこの世の存在に見えなかった。あらわな曲線は紅潮して汗で輝き、長く色濃い巻き毛は滝のように流れおちている。顔をうずめた胸のふくらみは、おれが突くたびにはずんで揺れる。淡いピンク色のいただきは、おれの目の前ですぼまって固くとがった。身を乗りだして片方を口に含み、こらしめるように歯を立てると、デイジーはうめき声をもらし、もっとしてとねだるように胸をこちらに押しつけてきた。

「コール」あえぎながら言う。「コール。ああ、ごめんなさい、もう……無理……」

「なにが無理だ」おれは絞りだすように言い、抱きしめる腕に力をこめた。

デイジーの動きがリズムを崩し、弱々しくなってきたと思うや、完全に止まった。ぐったりとおれにもたれかかってきて、息をはずませながら言う。「もう——脚が——」

興奮のあまり、問題点に気づくまでに数秒がかかった。デイジーのウエストをつかまえてもろともに向きを変え、今度はおれが上になる。ブランケットの上で転げまわったせいで、テントが揺れた。こぶしを彼女の頭の上の床につき、ふたたび腰をたたきつけはじめた。

「おまえは低体温症を起こした」突きのあいまにささやく。「おれを乗りこなすだけの体力があると思うか？　ろくに歩けもしないのに」

「次のときを見てなさい」デイジーがささやきかえした。「ふだんは上手なんだから」

「ああ、おまえは上手だとも」そう言って彼女の腰をかかげて角度をつけると、デイジーは悲鳴をあげた。おれのものの先端が、奥のほうの敏感な部分を探りあてたので、そこを狙って何度も何度もたたきつける。デイジーはそのたびに悲鳴をあげて、全身をわななかせた。「ああ、すごい。いい。いいわ。コール、ああ、あ、すっごく気持ちいい——」

デイジーが声を抑えないところが気にいった。外では風がうなっているので、どれだけ大声を出そうとかまわない。この世でこの声が聞けるのはおれだけだ。

「ああ……」デイジーを引きよせ、胸のいただきを口に含んで、やわらかなぬくもりを味わった。デイジーがおれの下であえぐ。「すごい。コール」絶頂が近づいてくるにつれて体力が弱まっていくのがわかった。太ももが震えだす。両手はおれの背中から滑りおちて、必死に肩につかまろうとする。「ああ。わたし、い、イク……」

「イケよ」しゃがれた声で言い、なお激しくねじこんだ。三十分間振りつづけられたシャンパンのボトルのごとく、おれのペニスはいまにも爆発しそうだった。苦痛なまでの圧。

デイジーがおれの下で身をくねらせる。熱く、なめらかに、切望して。「お願い」息を詰まらせながら彼女が訴えた。「お願いよ、コール」

「なんのお願いだ？」

デイジーがどうにか目を開いておれの顔をつかみ、自身の顔に引きよせた。おれが荒っぽく唇を奪った瞬間、デイジーが腕のなかで体をびくびくさせながら絶頂に達した。

秘めた部分が収縮し、リズミカルにおれを締めあげる。もはや我慢の限界だった。おれは首をそらして雄叫びをあげながら、彼女のなかに発射した。デイジーも一緒になって叫び、おれの背中に爪痕を残した。

数秒のあいだ、おれは頭が真っ白だった。自分がだれかを忘れた。過去も忘れた。このやさしくて愛らしくて傷ついている女の子と吹雪のさなかにセックスをするのは断じて正しくないということも忘れた。じつに久しぶりに、大切な女性を腕に抱いていて、それはまるで懐かしい我が家に帰ってきたような感じだった。

そんな感覚もすぐに薄れて、おれは現実に戻ってきた。テントのなかを見まわすと、衣類やコッヘルやその他の道具があちこちに転がっている。デイジーはおれに組みふせられたまま、呼吸を整えようとして胸を上下させていた。

くそっ。

慎重に引きぬいて、彼女の上からおりた。「こんなことはするべきじゃなかった」小声でぼやいた。

デイジーににらまれた。「死ね」吐きすてるように言う。

驚きに貫かれた。「なんだと？」

デイジーが片方の肘をついて力なく上体を起こした。その目がぎらりと光る。「わたしは楽しんだ。あなたも楽しんだ。だから〝これはまちがいだった〟みたいなたわごとはやめて。わたしが自分で選んでしたことよ」

「そういう意味じゃない」おれは絞りだすように言った。「おまえはまだ弱ってる。それなのにこうして体力を大量に消耗した。明日、歩ければ運がいいくらいだ」

「少なくとも温まったわ」デイジーがつぶやき、横むきになって目を閉じた。

おれはため息をついてリュックをあさり、ポケットティッシュを取りだした。何枚かつかみとって、すばやくあと処理をしてから、彼女の太ももに残る濡れた筋も拭った。

デイジーがむにゃむにゃとつぶやき、おれの手にしがみついてきた。

心臓が止まった。どうしたらいいのかさっぱりだった。デイジーは明らかにやさしさを求めているが、おれはそれを与えてやれる人間ではない。「セックスのあとにハグはしない」おれは唐突に言った。

デイジーが眠たげにこちらを見あげる。「じゃあなにするの？」

「立ちさる」

「あらそう。じゃあ」手を振って、テントの入り口を示した。「行けば？」おれが顔をしかめると、しかめっ面が返ってきた。「ほぼ一晩中、わたしをハグしてたんでしょう？　それなのに、いまさら線引きするの？」不機嫌そうに寝がえりをうち、ブランケットにくるまる。「気づいてないかもしれないけど、ハグしてなんて頼んでませんからね。このうすらとんかち」

「そうか」

「そうよ」

数分のあいだ、どちらも黙っていた。おれはテントのなかを片づけて、ぬくもりを保とうと、新しいジェル燃料に火をつけた。デイジーはじっとしたまま、安定した呼吸をくりかえしているが、起きているのはまちがいない。夜のあいだに乾いたシャツを、体を隠そうとでもするかのように、胸に押しあてている。見ていると、ますます小さく体を丸めて、震えだした。

胸がつぶれた。

デイジーの言うとおり、おれはうすらとんかちだ。彼女は寒くて裸で怯えていて、いまは猛吹雪のまっただなか。おそらくは死の恐怖さえ感じているだろうに、おれはすることだけしておいて、抱きしめてやりもしないとは。目を閉じた。

「デイジー」

無視された。新たな考えが浮かんだ。くそっ。もしかしたら、利用されたと思わせてしまったかもしれない。あれだけの目にあわされた彼女にそんなことを思わせてはおけない。覚悟を決めて、となりに横たわった。「来い」静かに言った。

デイジーは動かない。

「ハグしてやる」

鼻から息を吸いこむ音がした。「無理することないわ」くそったれ。「来い、スイートハート」できるだけやさしい声で言ってみた。デイジーは一瞬ためらってから、こちらに転がってくると、胸板に顔をうずめた。数秒後には眠りに落ちて、小さな息でおれの肌をくすぐっていた。おれはのどで心臓が脈うつのを感じながら、そんな彼女を見つめた。

この女性と寝たのは愚かだった。だが正直にいうと、最大の過ちはこの女性にキスしたことだ。

たった一度のキス。それだけで、彼女はおれを丸裸にした。

デイジー

次に目ざめたとき、コールはわたしを腕に包んだまま、ぐっすり眠っていた。ハグは大嫌いなくせに、寄りそうのは大好きらしい。わたしがテディベアであるかのごとく、首筋に顔をうずめて、しっかりしがみついている。むにゃむにゃとつぶやく彼の腕のなかから、そっと抜けだした。上体を起こして彼のほうを振りかえり、じっくりと眺める。いつも不機嫌そうで張りつめた印象のコールが、いまは驚くほど穏やかに見えた。顔はリラックスして、ふっくらした唇はわずかに開いている。全身の筋肉はゆったりとくつろぎ、胸板はわたしの手の下で静かに上下していた。

こういう彼は美しかった。

のどが渇いた。テントのなかを見まわして、昨夜、雪を溶かした水を飲むのに使った金属製の容器を捜した。一つ見つけたので手に取ったが、空だった。もっと雪がいる。慎重に立ちあがったとき、脚のあいだの痛みに顔をしかめた。いやな痛みではない。この痛みはむしろ歓迎だ。当のコールがぐっすり眠っていても、まだわたしのなかに彼を感じられるようで。

昨夜のことがぱっと頭に浮かんだ。胸のふくらみを覆う熱い手を思いだして、体がわななく。ああ。やっぱりまだ彼を肌に感じる。下腹部に熱が広がり、太もものあいだがほんの少しうるおってきた。

まったく。

こんなことをしている場合ではない。水が必要なのだ。食料も。それからあの小さな燃料みたいなものも、もう一つ、点火したほうがいいだろう。コールの防寒用のアンダーシャツが隅に転がっていたので、それを着て、自分の下着とブーツにも足を通した。それから静かにテントのファスナーをおろした。とたんに肌を襲った冷気は、何時間もテントに閉じこめられていたあとだと、驚くほど心地よかった。

もう震えだしながらも小屋の入り口に向かい、かがんで、床の上に吹きだまった雪を少しすくった。作業に集中していたので、変化に気づくのに少し時間がかかった。目を丸くして、小屋を出た。

雪がやんでいた。すべてが静かだった。空はごく淡いブルーに澄みわたり、目の前の景色は分厚い白で覆いつくされている。生け垣も茂みも真っ白で、あたかもだれかが消しゴムで山の半分を消してしまったみたいだ。どちらを向いてもすべてが陽光を浴びて穏やかにきらめいていた。

きれい。

「デイジー！」

振りかえると、巨大な全裸の山男が突進してきた。コールがわたしのウエストをつかんで言う。「大丈夫か?」とりみだした様子だ。

「見て! 雪がやんでる!」

コールの目はわたしから離れなかった。「大丈夫か?」動揺にかすれた声で、質問をくりかえす。両手をわたしの全身に滑らせて、怪我はないかと探った。「目が覚めたらおまえがいなくなっていた。また出ていったのかと思った」

「ごめんなさい。わたし、水を――」

「まったく」うなるように言ってがばっと抱きしめたので、わたしの足は地面から浮いた。「前回出ていったときは死にかけただろうが。おれの目の届くところにいられないのか?」

「ごめんなさい」反省して言った。「わたし、水を取ってこようと思ったの。でも見て! これってつまり、家に戻れるということ?」

コールがわたしを地面におろし、なにか計算するような顔で景色を眺めた。「ああ。先におれが戻って、二人を呼んでくる。おまえをそりにのせて、引っぱらせる」

わたしは顔をしかめた。「やめてよ。自分で歩けるわ」

コールは肩を落としてため息をついた。「そうか。じゃあ服を着ろ」

わたしは目をしばたたいた。「それだけ? うなったりもしないの?」

「意味がない。どうせおれについてくるだろう」

わたしは彼の頬を軽くたたいた。「テディったら。わたしのことがわかってきたみたいね」


早くキャビンに戻りたくてたまらなかった――心の一部は、また雪が降りだしてさらに足どめを食うのではと恐れていた――けれど、出発する前になにか温かいものを食べるべきだとコールが言いはった。缶詰のチリとフリーズドライのコーヒーをせっせとお腹に入れたあと、テントをたたんで道具をしまい、家へ戻る準備をした。コールは母鶏のごとくわたしの世話を焼き、じゅうぶんに重ね着をしているか、コートの前はちゃんとファスナーが閉まっているか、マフラーはしっかり首に巻かれているかとあれこれチェックした。ついにわたしは抵抗するのをやめて、されるがままになった。この男性に怖い思いをさせたのだ。これで気が楽になるのなら、させてあげよう。

四十分後、とうとう小屋をあとにした。太陽はすっかりのぼっていて、雪の照りかえしのまぶしさに、目をこらさずにはいられない。キャビンまではそう遠くなかった。百メートルかそこらだ。

「おれから離れるな」コールが言い、リュックの肩紐を握った。

わたしはうなずいた。コールが最後にもう一度、わたしのチェックをしてから、二人で雪のなかに踏みだした。ほとんど泳いでいるようなありさまだった。夜のあいだに降りつづいた雪は、わたしたちの腰まで積もっていた。

というか、わたしの腰まで。コールの場合は腿までだ。わたしがもがいているのを見て、コールの口角があがった。

「なぜそんなに小さい？」

「洗濯したら縮んだの」

「来い」コールがわたしを抱きあげようとしたので、わたしは慌てて身を引いた。

「だめよ！　肩が！」

「問題ない。おまえが凍えると困る」

「大丈夫だから」わたしは抵抗した。それでもコールが手を伸ばしてくるので、にらみつけた。「抱きあげたら股間を蹴りあげるわよ。後悔したくないならあきらめなさい」

コールはため息をついて向きなおり、ふたたび前進しはじめた。わたしは懸命についていき、大きな体が深い雪のなかに作った道を必死にたどった。一歩ごとに体からエネルギーが流れだすのを感じる。キャビンが近づいてくると、お腹がしくしくしてきた。わたしに向けてどなったリヴの顔がよみがえる。帰れるとうきうきするべきではなかった。温かい歓迎など期待してはいけない。

それでもよろめきながら最後の数歩を進んで玄関にたどりつき、ぐったりと外壁に寄りかかったときには、どうしようもなく安堵の波が押しよせてきた。重ね着の下の体は、全身震えて汗まみれだ。まだ弱っていると言ったコールは正しかったのだろう。

「鍵は？」わたしはぜえぜえとあえぎながらコールに尋ねた。

「あの二人は、おまえのためにかけてないはずだ」そう言ってリュックを肩にかつぎなおしたものの、ドアノブに手を伸ばそうとはしない。わたしが見あげると、ひとこと命じた。「開けろ」

心臓がのどで脈うつのを感じながら、ドアノブをつかんで押しあけた。

二人はリビングルームにいて、無言でダイニングテーブルにつき、それぞれの前に置かれたマグカップをにらんでいた。わたしたちがなかへ入ると同時に顔をあげる。エリの口が開き、リーヴェンはぶたれたように身をすくめた。

一瞬、全員が静まりかえった。

「見つけたぞ」コールがぶっきらぼうに言った。

わたしは二人に弱々しくほほえんだ。なにを言えばいいのかわからなかった。〝じゃじゃーん〟？　〝死にかけてごめんね〟？　〝ドラマチックに出ていこうとしたけど邪魔されちゃったから、またトライするまでもう何日か泊めてくれない〟？

「あなたは鳥の巣箱に見えますよ」前にぽかんと口を開けてしまったとき、エリに言われたのを思いだして、口を開けたままの彼に言った。エリがぱちんと口を閉じ、不意に椅子を立つなり、長い脚で部屋を横ぎってきた。ウエストをつかまれてわたしが悲鳴をあげるのもかまわず、床からもちあげて腕のなかに抱きしめた。

「こんなことするなよ」わたしの髪に顔をうずめて、エリが言う。「二度とこんなことするな」そしてわたしのひたいにそっと唇を押しあてた。その呼吸は速く乱れていて、うまく酸素を吸いこめないかのようだ。目は赤い。泣いていたのだろう。

わたしは目を閉じて、やさしい松の香りを吸いこんだ。「あの動画を見た？」小声で尋ねた。

エリはそれには答えず、ただ腕にますます力をこめた。「いったいなにがあった？」エリがかすれた声で問う。「きみは大丈夫なの？　どうしてここへ来た？　わけがわからないよ」

「わたしは大丈夫」静かに答えた。「エリ。あの動画」

エリが身を引いてわたしの顔を見つめ、髪を耳にかけてくれた。彼の頰は濡れていた。「ぼくは……うん」どうにか言う。「最初の数秒を見た。なんなのかわかってすぐに停止した。かわいそうに、ベイビー。まったく、大丈夫だなんて信じられないよ」

吐き気がした。「撮られてることを知らなかったの――わたし……わたし……」言葉が出てこなくて、深く息を吸いこんだ。

「彼女の元ボーイフレンドが盗撮して、よりを戻そうとしない彼女への報復としてネットにアップした」コールが簡潔に言った。「彼女は人に気づかれないよう、ミドルネームを使うことにした」

たいしたものだ。わたしの人生最悪のできごとを、たった二文に要約するなんて。

「ああ、ベイビー」エリがわたしの顔のあちこちに必死にキスしはじめた。「名前なんてどうだっていい。あの動画も、それ以外も、知ったことか」

椅子の脚が床をこする音が響いた。見ると、リーヴェンが出ていくところだった。

「リヴ」わたしは手を伸ばしたが、リーヴェンはただかぶりを振り、去っていった。その後ろ姿を見て、胸が沈んだ。コールがスウェーデン語でなにごとかつぶやき、わたしの頬にキスをして、同様に出ていった。あとにはわたしとエリだけが残された。リビングルームの真ん中で、抱きあったまま。

エリがなにも言わずにわたしを胸板に引きよせて、ぎゅっと抱きしめた。わたしも彼に寄りそい、温かな香りを吸いこんだ。涙がこみあげてくる。わたしは無事だ。わたしは無事で、エリはここにいて、まだわたしを大切に思ってくれている。

そうしてくっつきあったまま、どれくらいの時間が過ぎたのだろう。エリの呼吸が徐々に落ちついてきた。ついにエリが息を吸いこみながら体を離し、両手でわたしの顔を包んだ。緑色の目にじっと見つめられた。

「大丈夫？」ハスキーな声で問う。

わたしはうなずいた。「大丈夫よ」

いきなりキスされてわたしは驚いた。激しくて狂おしくて貪欲なキス。両手はわたしに触れられることがまだ信じられないといわんばかりに、いたるところを這いまわる。

「ベイビー」エリが耳元でささやいた。「二度とあんなことしないでくれ。きみを失うなんて耐えられない。本当に、心臓が止まったよ」そう言うと、わたしの手を取って胸板に押しあてたので、胸骨のなかで暴れている心臓を手のひらに感じた。「ああ、きみを愛してる」

「わたしもあなたを愛してる」わたしは言った。考える必要もなかった。それが真実だとわかっていた。

エリが顔をしかめ、わずかに身を引いた。「その——きみはそう言わなくてもいいんだよ、ティンク」

わたしはにらむふりをした。「嘘だと思ってるの？」

「まさかあ」エリが音を伸ばして言う。「でもさ。ぼくだよ？」

「そんなに信じられない？」

エリが自身の髪をかきあげ、巻き毛をくしゃくしゃにした。「たいてい女の子はほかの二人にいくんだ。ぼくは、なんていうか……〝真剣な関係〟より〝一時のお楽しみ〟向きみたいで」

わたしは爪先だちになって、ひげを剃っていない頬を手で包んだ。手のなかでエリが向きを変え、指先にそっとキスをする。「わたし、あなたたち全員を愛してると思う」わたしは静かにうちあけた。

けれど、〝思う〟ではなかった。実際にそうだとわかっていた。わからないのは、それについてどうしたらいいか、だ。

エリがのどの奥からやわらかな声をもらし、またわたしを引きよせてキスをした。今度のキスは穏やかなのんびりしたもので、堪えがたいほどやさしかった。唇がむつみあううちに、お腹のなかに温かな光がめばえ、コニャックのごとくわたしを温める。エリが身を引いたので情けない声をもらしたが、彼はやさしく腕を撫でてくれた。「わかってるよ、ベイビー」とささやく。「でも、凍えてるだろ？　シャワーを浴びよう」

反論する前にウエストに腕を回されて床からもちあげられ、花嫁のように抱きかかえられていた。そのままバスルームに連れていかれる。

わたしはエリの胸板を押した。「歩けるのに」

「はいはい」

「おろして」

エリがわたしを軽く揺すった。「きみは死んだと思わされたんだぞ。こうして抱いていなくちゃいられないよ」

わたしは口をつぐんだ。エリはわたしをシャワーに連れていくと、わたしだけでなく自身も服を取りさって、一緒に入ってきた。彼の手があちこちにさまようことを期待したが、エリはいっさいそういう触り方をしなかった。ただせっけんを手のひらで泡だてて、体を洗ってくれる。たぶん、わたしに触れていたかったのだろう。湯が背中を流れおち、たちのぼる湯気のなかで頭皮にやさしくシャンプーをもみこまれて、わたしはわなないた。

きれいになって湯を拭い、エリのパーカーにくるまると、エリが残りもののシチューを二人分温めて、リビングルームのソファの上でわたしを膝に引きよせた。ノートパソコンで映画を流しはじめたが、彼もわたしも本当には見ていなかった。ただ寄りそって、互いの香りを吸いこんでいた。暖炉でぱちぱちと燃える火にゆっくりと肌を温められながら、彼の手が太ももと背中に弧を描くのを感じた。

エリの褐色の巻き毛をそっとかきあげた。「愛してるわ」もう一度、言った。エリの目が閉じて、体に回されていた腕に力がこもった。

「きみは本当に特別だ」エリが絞りだすように言い、無精ひげの生えた頬をわたしの頬にこすりつけた。

「あなたこそ」

エリが深く息を吸いこんだ――わたしに胸を殴られて酸素が押しだされたかのように。

気持ちはわかる。わたしも息苦しいような気分だった。暖炉で火の粉があがり、わたしは猫のように丸くなって、包みこむエリの愛にひたった。

この先もここにいられるのかはわからない。いつなんどき、リーヴェンが戻ってきてわたしを追いだすか、わからない。けれどいまは幸せだった。それだけで満足するべきだ。

リーヴェン

どんなに目の前のカルテをにらんでも、文字がぼやけて判然としなかった。目を通すのは五度目だが、なにが書いてあるのかいまだにさっぱりわからない。集中できなかった。頭はよそにあった。

デイジーのことばかり想像していた。雪のなかでうずくまり、機能しなくなっていく自分の体に恐怖するさまを。寒さのなかで凍りつき、完全にひとりぼっち、打つ手もなく死んでいく様子を。

ノックもなく寝室のドアが開いて、コールがずかずかと入ってきた。暗いなかで机に向かっているおれを見て、片方の眉をあげる。「隠れん坊か?」

「二人だけにしてやっているんだ」おれはカルテから目をそらさずに言った。「いまはエリもシェアしたい気分ではないだろう」

コールが鼻で笑った。「嘘つきめ」

おれがなにも言わずにいると、コールが背後に来た。「なんなんだ?」つっけんどんに尋ねる。「彼女は生きてた。なにをうろたえることがある?」

おれは唇を舐めた。「どうやって彼女を見つけた?」

「おれならあと十分我慢して彼女の説明を聞こうとした」コールが問いに答えず言う。

おれは目を閉じた。「彼女はおれのせいで死にかけた」

コールは否定する代わりに、胸を張って言った。「その彼女がおまえを必要としてる」

見あげると、コールはあごをこわばらせていた。「なんだと？」

「彼女はおまえを必要としてる」きっぱりとくりかえす。「抱きしめて、いまも大事に思ってると言ってやれ」

おれはかぶりを振った。「彼女はそんなことを求めていない――」

コールの目は真剣そのものだった。「いや、求めてる。おまえだって、こうして怯えたうさぎみたいに隠れてなければ、とっくに気づいてるはずだ」

「しかし――」

「しっかりしろ。おまえらしくない。悪いことをしたなら謝れ。それだけの話だ」言うだけ言うと、コールはきびすを返して出ていった。重たい足音が廊下を去っていく。

自分の手を見おろせば、震えていた。こぶしに握りしめた。

これまでいくつも難しいことをしてきた。息たえようとする患者の手を最期まで握っていたことがある。あなたの愛する人が亡くなったと告げたこともある。一度など、飲食店の床の上で緊急の気管切開をして、窒息死しかけた女性ののどに穴を開けた。

それでもなお、いまほど怖いと思ったことはなかった。

リビングルームに入ってみると、デイジーはコールとエリのあいだに座っていた。エリは彼女の髪の先をいじっていて、コールは――

コールは膝の上で彼女と手をつないでいた。最後にコールが女性と手をつないでいるのを見たのはいつだったか。もしかしたらこれが初めてかもしれない。

おれはしばし立ちつくし、ただ彼女を見つめた。友のあいだにいる様子は平穏そのものだ。暖炉の火あかりが肌の上で躍り、やわらかな金色の光を投げかけている。これほど美しい女性は見たことがなかった。

その女性を、おれは殺しかけた。

考えただけで自然と身がすくんだとき、デイジーが顔をあげた。目を丸くして、ソファから滑りおりる。「リーヴェン」彼女が言う。「本当に悪かったわ――」

「やめろ」おれは部屋を横ぎって、腕のなかに彼女を引きよせた。胸板に顔をうずめたデイジーの体はかすかに震えていた。おれは自分を忌まわしく思いながら、長い髪に手をもぐらせた。「おれこそ悪かった」そう言って目を閉じ、甘いピーチとクリームの香りを吸いこむ。「あんなふうに一方的に爆発するかわりに、どういうことかときみに尋ねるべきだった。身勝手なまねをした。きちんときみの話を聞くべきだった」

デイジーがかぶりを振る。「あれがふつうの反応よ」おれのセーターに顔をうずめたまま、ささやく。「わたしだって、体の関係にある男性が正体を偽ってたとわかったら、腹が立つもの。激怒するだろうし、怖くもなる。そして裏切られたと思うはず。わたし、ひどいことをしたわ」身を引いた彼女の目には大粒の涙が浮かんでいた。「ほかにやり方があると思ってたら、あんなことはしなかった。だけどもし本名を教えたら、きっとネットで検索したでしょう？　わたしのフェイスブックをのぞいたり、描いた絵を見たりして、人殺しとかなんとかじゃないことを確認したくなったはず。わたしは地元のニュースで話題になったから、住んでる場所も働いてた学校の名前も教えられなかった。ネットで調べられたら、すぐにあの動画がヒットしてただろうから」

「それできみを見る目が変わったりしなかったのに」おれは穏やかに言った。

　デイジーは顔をしかめた。「あなたがどうこうじゃなくて、わたしなの。わからない？　会ったこともない何百万人っていう男性に裸を見られたの。おかずにされたの。大量にコメントがついて、エロ姉ちゃんとか淫乱ガールと呼ばれたの」身ぶるいをする。「だれかがあの動画を見るたびに、わたしは徹底的に汚された気がした。よく知らない大男三人と一つ屋根の下にいて、後ろから犯されてる動画をいずれその人たちに見られるとしたら、安全だと感じられると思う？」

「見ないでって言ってくれたらよかったのに」エリが静かな声で言った。「そう言われたら見なかったよ」

「でも、あなたたちがどういう人なのか知らなかったもの！　知らない人の言葉を信じられると思う？」デイジーが腕ぐみをした。「見ないって言われてもすんなりとは信じられないものよ。その人が好奇心に駆られないっていう保証はないでしょう？　あんなわたしを見せないためならなんだってするわ。本当になんでもする。あれのことを考えるたびに汚された気がするの」

胸が痛んだ。デイジーが手の側面で頬を拭う。「でも、手紙に書いたことは本心よ。あなたたちにはお礼を言わなくちゃ。わたしの命を救っただけじゃなく、人生をとりもどしてくれたんだから。この数カ月、最初にサムが脅してきたときからずっと、わたしはものすごく悲しくて不安で、いつもびくびくしてた。通りでは人を避けて、わたしだと気づいた男性に怯えて、罪悪感にまみれてた。それまでの自分とはまるで違う人間になりかけてたのに、そのことに気づきもしなかった。本来のわたしはシャイでも怖がりでもないの。セックスが好きだし、自分の体も好きだし、冒険するのは大好きなの。ここに――わたしを知る人がだれもいないこの場所に来てみて……ようやく自分をとりもどせた。そのことに感謝してるわ。あなたたちに感謝してる。出ていってほしいと思われてるとしても、本当の意味で助けてもらったという事実は絶対に変わらない」

エリが声を詰まらせ、コールは背筋を伸ばして視線を鋭くする。三人がこちらを見ていた。

くそっ。

おれは彼女の頬を手で包んだ。「ベイビー。出ていってほしいとは思っていない」

デイジーの唇が開いた。「そうなの？　でも——わたしは嘘をついてたのよ」

「その目的は、おれたちをあやつることでも陥れることでもなかった。おまえは自分を守ろうとしただけだ」コールが言って立ちあがり、両手をデイジーの肩にのせた。「おれを見ろ」コールが言うと、デイジーが首をそらして彼の目を見つめた。「おまえは常に自分を守るためのことをしろ」コールがぶっきらぼうに言う。「常にだ。例外はない。結果はおれたちがあとで対処する。ほかのだれかを喜ばせるために自分の身を危険にさらすようなまねは絶対にするな」

デイジーはただコールを見つめていた。

「おれたちに嘘をついたのは正解だった」コールが続ける。「おれたちは赤の他人だったし、おまえはそんな連中とここに閉じこめられていた。おまえの言うとおり——あの動画がネットに存在するかぎり、いやな思いをする可能性が消えることはない」

町で彼女にわめいた男を思いだし、おれは両手をこぶしに握った。

「いっそ、自分の身を危険にさらすより、嘘をついていてくれたほうがよかったくらいだ。おまえは正しいことをした」コールが強調する。「だからもう謝るな」

「ありがとう」デイジーがささやいた。コールはその肩をぎゅっと握ってから、さがった。デイジーが唇を引きむすんで、自身の手を見おろす。「だけど、この先の人生もこんなふうに生きていくのはいやなの。自分を守るために身元を偽って。本名をごまかして。わたしはなにも悪くないのに、わたしだけが努力しなくちゃならないなんて」

「そんなことはしなくていい」おれは言った。「許可なく他人の親密な画像をさらすのは違法行為だ。訴えれば、あの動画を削除させられるし、元ボーイフレンドを服役させることもできるはずだ」その可能性に胸を躍らせているのがばれないよう、落ちついた声を心がけた。

デイジーがかぶりを振る。「彼は裕福なの。対抗できるような弁護士なんて、わたしには雇えない。向こうはただ、あの動画を投稿したのは彼女自身ですと言えばいいだけ。それが嘘だと示す証拠は、わたしにはないから」

「おれの両親は、金で釣ってまでおれを夏に呼びよせようとしている。おれのために力を貸してくれるだろう。イングランド屈指の弁護士が知りあいにいるはずだ。ふさわしい弁護士を見つけて、きみの訴訟に資金提供してくれるさ」エリにあんなしうちをしたのだから、それくらいのことは当然だ。

ほっとするかと思っていたが、デイジーは気弱な顔になった。「訴訟なんて、わたしにできるかどうか」小声で言う。

おれは目をしばたたいた。「訴えたくないのか？」

「もちろん訴えたい。でも――そうなったら自分がなにをしなくちゃいけないかを思うと……。警察と一緒にあの動画を見なくちゃいけないんでしょう？　それから法廷に立って、サムと同じ空間にいて、わたしが嘘をついてるかどうか、大人の男性がわたしの頭ごしにやりあう。そんなの……あなたなら耐えられる？」

エリが彼女を引きよせて、こめかみにキスをした。「最悪の気分だろうな」エリはおれに言った。

おれは悪態をついた。なぜ彼女がいちばんの屈辱を味わわなくてはならないんだ？　悪いことはいっさいしていないのに、正しい裁きをくだすためには、多大な苦痛にさいなまれなくてはいけないとは。

「そうだな」しばし後、おれは言った。「もちろん、なにも強制したりしない。だがあの動画を削除するにはそうするしかないかもしれない」

デイジーが洟をすすり、手で顔を拭った。「そうよね。あなたの言うとおり。やるしかない。さもないと今後一生、安心して暮らせないもの」目は濡れて鼻は赤いのに、それでも凜として強そうに見えた。「わたし、やるわ。もしかしたらいっぱいハグしてもらわなくちゃいけないかもしれないけど、それでも、やる」

「ぼくらがずっとそばにいるよ」エリが誓った。「いっぱいハグもする」コールがうなずき、おれは手を伸ばして彼女の太ももをつかんだ。デイジーは弱々しくほほえんだ。

「ありがとう」彼女がささやいた。「ありがとう」

その日はそれからゆるゆると過ぎていった。リビングルームに全員が集まり、食事のときだけ席を立った。ひどい一日のあとだったから、みんな一緒にいたかったのだ。エリとコールとおれはソファにゆったりと腰かけ、毛布にくるまったデイジーを分かちあった。だれか一人が彼女を抱くか触れるかしていないときはなかった。デイジーはそれを楽しんでいるようで、おれたちの腕のなかでぬくぬくとしていた。明らかに慰めを求めていて、おれたちのほうもそれを必要としていた。

夜になると、それぞれがホットチョコレートの入ったマグカップを手に、寄りあった。エリがスキーのレッスンをしている生徒の一人について、くだらない話を聞かせていた。おれは半分だけ耳を貸しながら、コールとデイジーを眺めていた。

コールは膝に彼女をのせていて、ことあるごとにこめかみや頰にキスをする。リカールがいなくなって以来、これほどだれかにやさしくしているコールを見たのは初めてだ。あれから何年をも経て、コールのこういう面を目にするのは、じつに奇妙なものだった。まるで懐かしい友に出会ったような。

見ていると、コールの携帯電話が鳴った。コールが取りだして画面を見、立ちあがりながらつぶやいた。「用事ができた」おれが腕を広げると、デイジーがやってきて首筋に鼻をこすりつけた。コールが防寒服を着こんでシャベルをつかみ、外へ向かう。コールにしてはごく自然なことなので、だれも疑問には思わなかった。

数分後、頭上をなにかが引っかく音で会話がさえぎられた。

デイジーが怪訝な顔で天井を見る。「屋根の雪かき？　いま？」

エリとおれは肩をすくめた。「あいつの優先順位は変わってるんだよ」エリが言う。

「それより、訊きたいことがあるんだけど」

デイジーがおれの肘に身を寄せて、返した。「どうぞ」

「今後はおれたちにジェニーって呼んでほしい？」

彼女は小さく身ぶるいした。「とんでもない。あなたがその名前を口にするのもいやよ。できたら今後もデイジーでいたい。事実上、わたしの名前だし、そう名のるようになってから……」肩をすくめた。「なんていうか、人生がぐんとよくなったように思うの。教えるのをやめて絵を描くようになったし、ついにスウェーデンまで来られた。新しい関係も始められた。再出発できた気がするの。まるで生まれかわったみたいに」

「それならデイジーだ」おれは言い、彼女の耳の上端にキスをした。デイジーがほほえみ、おれの手を取って指をからめた。

頭上の音が静かになって、コールが戻ってきた。ブーツの雪を振りはらう。

「吹雪はやんだ」とデイジーに言う。

デイジーは目をしばたたいた。「ええと、そうね。知ってるわ。わたしの一日のなかでそこはすごく重要なことだったから」

「空は澄んでる」コールが強調するように言う。

デイジーがゆっくりとうなずく。「よかった、わね？」

コールが彼女に手を差しのべた。「来い」

おれはしぶしぶデイジーを放し、コールについていかせた。

エリがとなりで伸びをし、おれの肩に頭をあずけてきた。「彼女と一緒にいるときのあいつ、めちゃくちゃかわいいよな。まさかこんな……」

「そうだな」リカールを失ったことで、コールはああいうソフトな面を葬りさったのだと思っていた。だがもしかしたら、コールにはデイジーが必要なだけだったのかもしれない。おれたちというパズルを完成させる、最後のピース。

外から息を呑む音が聞こえて、思考をさえぎられた。「リーヴェン！　エリ！　あなたたちも見て！」

とまどいながらもおれたちはコートをつかみ、外に向かった。一歩家を出たとたん、なにが彼女をそんなに興奮させたのかがわかった。オーロラが現れていた。

ここで暮らすようになってずいぶん経つが、それでも感動させられる。頭のすぐ上で揺らめく緑色の光の帯は、波うつシルクのようだ。冷気に顔を刺されながら眺めるおれたちの上で、うねって、たゆたい、暗い空に広がっている。

デイジーがたてた小さな声に、おれは振りかえった。彼女は泣いていた。涙が頬を伝っている。その顔は色つきの光を浴びて緑や青に輝いていた。小さな背中に手を添えて、コートの上から弧を描くようにさすってやると、彼女が胸板に頭をあずけてきた。

「なんてきれいなの」ささやくように言う。

光の舞に見とれたまま、五分、十分、経っただろうか。デイジーは静かに泣きつづけ、おれたちは寒くないように彼女を囲んでいた。それでもついに無視できないほどデイジーの震えが激しくなってきた。唇も青い。

「そろそろなかへ入ったほうがいい」

「でも――」

コールが彼女の肩に手をのせて、家のほうを向かせた。「リーヴェンの寝室の天窓も雪かきをしておいた。そこから眺められる」

「やった！」デイジーが顔を拭い、家のなかへ駆けもどっていった。

顔を見あわせたおれたちは、だれも笑みを抑えられなかった。

デイジー

リーヴェンのベッドの真ん中で丸くなったわたしは、首を伸ばし、天窓の断熱ガラスごしにうつろう光を眺めていた。三人がぶらりと入ってきたので、両腕を広げる。「来て」全員がベッドに倒れこんできて、一度に全員に触れられるほど近くに集まってくれた。

「どれくらい続くの？」ささやくように尋ねた。

「はっきりしたことは言えない」リーヴェンが肩をすくめる。「十五分のときもあれば、一晩中のときもある。だが今夜はしっかりしているな」

「そろそろ吹雪の季節が終わるから、ここではしょっちゅう見られるようになるよ」エリがつけたした。「少なくとも四月までは」意味深に言葉を切って、続けた。「まあ、もしきみがここにいつづけるならの話だけど」

「なぜなら、わたしはここにいられるから」ゆっくりと言った。

「いてくれないなら泣いちゃうぞ」エリが言う。

「みんな、本当にわたしを許してくれるの？」たしかめたくて尋ねた。「三人とも？」

蒸しかえすようなことは言いたくなかったが、とても現実とは思えなかった。

「もう訊くな」コールが言い、わたしを膝に引きよせた。「許しが必要なことなんかどこにもない」

わたしはうなずいて目を伏せた。

「いまの気分は？」リーヴェンが問う。「おれたちに話してみて、どう感じている？」

あらためて考えると、コールの膝の上で少し身じろぎしてしまった。そのせいでお尻をこすりつけられるかっこうになったコールがうなりそうになったので、肩ごしに笑みを投げかけた。「いい気分よ。心が軽くなった感じ。これでもう、あなたたちに隠しごとはなくなって、なんでも好きなことができるような」つばを飲んで、コールの大きな手の片方を取り、指に指をからめた。「心の底ではわかってた――わたしは安い女じゃないし、汚れてもいないし、いろいろ言われてるような人間ではないんだって」

「ああ」リーヴェンがきっぱりと言った。エリがやさしく足首を撫ではじめる。コールは空いているほうの手で、ジーンズの上からわたしのヒップをぎゅっとつかんだ。わたしは身をくねらせ、お尻の下で彼のものが固くなるのを感じた。「それでも――周りのみんなはそう言ってた。わたしが大事に思ってた人みんな。そうなると、自分がなにを信じてるかなんて関係ないんじゃないかと思えてくるものよ。全世界が〝こうだ〟と信じてるなら、事実なんてどうでもいいんじゃないかと」

エリが顔をしかめた。「そんなことはないよ」

「ええ、そうね」わたしは息を吸いこんで、三人を順ぐりに見た。「その、じつは試してみたいことがあるの。もし……あなたたちがいやじゃないなら」

こちらがなにを言おうとしているか、わかっているかのごとく、コールが手をヒップの割れ目に這わせた。わたしが悲鳴をあげると、彼は耳たぶにキスをしながら親指でわたしの穴をじっくりとこすった。ヒップの全筋肉が締まる気がした。

「これが好きなんだよな?」耳元で、コールが低い声で言う。

「ええ」わたしはかすれた声で答えた。「大好きよ。でも――」

「動画だ」コールがひとことで言った。見あげると、しかめっ面になっている。「実際には見てない。おまえの車の修理で町へ行ったとき、広場でおまえにつきまとった男の言葉を、リーヴェンから聞いただけだ」

リーヴェンが顔をしかめた。「つまり、きみは好きだと――その……」

「お尻に挿れられるのが?」エリが口を添えた。

リーヴェンはうなずいた。

わたしはため息をついた。「そうよ。わたしはあの動画のなかでアナルセックスをしてたの。正直、撮られてるのを知らなかったと言ってもだれも信じてくれなかったのは、そのせいもあるんじゃないかと思ってる。〝慣習にとらわれないやり方〟でセックスをしてたんだから、不道徳なポルノ女優に違いないって、きっとみんな思ったのよ」コールが親指をぐいと穴に押しあてたので、わたしは飛びあがった。

「たしかに不道徳な女だ」耳元でささやかれて、まつげが震えた。さすがにこれでは否定できない。お尻で押しかえすと、コールが歯のあいだから息を吸いこんだ。

「気の毒な人たちだね」エリが悲しげにため息をつく。「きっとみんな、ものたりない正常位のセックスを年に一度だけして、あとはお尻に挿れられることを夢見ながら、眠れない夜を過ごしてるんだよ。ぼくが思うに――」

「潤滑剤」コールがさえぎった。

一瞬、静寂が広がった。

「おまえがちょっとした原始人だってことは知ってるよ、ナッレ」エリが言う。「だけどいまのは、そんなおまえが発した〝ひとこと文章〟のなかでもずばぬけて奇妙だぞ」

コールが耳元でうなった。「だれか持ってないか」

エリがばかにしたように笑った。「ぼくの秘蔵の、超刺激的で、温熱式で、チェリー味で、女性を悦ばせることうけあいの、超絶ぬるぬる潤滑剤を、おまえにシェアすると思ってるなら、どうかしてるね」

「女性はシェアしても、潤滑剤はだめだと?」リーヴェンが辛辣に言う。

エリはただ肩をすくめた。「潤滑剤は、もの。女性は違う」

リーヴェンが立ちあがった。「医療用の潤滑剤なら仕事用具のなかに山ほどある」

「信じられないくらいセクシーな響きだけど」わたしは口を挟み、エリのパーカーを脱いだ。「わたしも少し持ってるの。取ってきてくれない？　化粧ポーチに入ってるから」

三人全員がこちらを向いてじっと見つめた。

わたしは赤くなった。「なに？」

「それはセクシーだな」リーヴェンが言って去っていく。

「それってチェリー味？」エリが問う。

「いいえ」

エリはほっとした顔でどさりと仰むけになり、Tシャツを脱ぐわたしを眺めた。「よかった。この関係でぼくから差しだせるものが、まだあった」

「さっさと始めるぞ」コールがうなるように言った。わたしはジョギングパンツを脱いで彼の角ばったあごを手で包み、荒々しくキスしはじめた。コールがわたしを引きよせて口のなかに舌をねじこみ、やさしいとはほどとおい手つきで髪をつかむ。大きな指に根元を引っぱられてわたしはのけぞり、頭皮に走る小さな痛みを味わった。

あえぎながら唇を離したときにはリーヴェンが戻ってきていて、わたしの小さな旅行用の潤滑剤をキルトに置いた。わたしは唇がじんじんするのを感じながら口を拭った。

「もしぼくに黙ってほしくなったら」エリが言いながらシャツを脱ぐ。「いまコールにしたのと同じのが効くかもしれないよ。どうだろ。たぶん効く。答えを知るには、方法は一つだけ」

　わたしは笑い、コールの膝の上にお尻をのせたまま、エリに這いよってキスしはじめた。背後でぽんとボトルの蓋が開く音がして、急に緊張をおぼえ、エリの腕のなかで身をこわばらせた。口のなかが乾く。

「ほ、本当に久しぶりなの」

「ゆっくりいこう」リーヴェンが言い、ベルトを引きぬいた。手を止めて言う。「いずれにせよ、最初のうちは」

「そのあとは激しくいくよ」エリが言ってにっこりし、わたしの下唇を舐める。コールにパンティをおろされて、割れ目をやさしく押しひろげられると、小さく飛びあがってしまった。冷たいものが敏感な肌に触れる。ぬるぬるした指が筋肉のリングをなぞり、滑りやすくするジェルを穴にまぶしていく。コールが指で弧を描くたびにだんだん力をこめていくので、わたしはすすりなきながら身をくねらせて、つい逃げようとしてしまった。

「力を抜け」コールが後ろから言う。「きつすぎる」

「ご――ごめんなさい。わたし……」自分がここまで緊張していることに驚いていた。胸のなかで鼓動がますます速くなる。「無理だわ」

　無理だ。なんてことだろう。わたしはどうしてしまったの？　こんなに安全で信頼できる状況下でも、あの屈辱感を完全には捨てきれないかのようだった。セックスをすることを恥ずかしく思いたくない。そんなのは人生の一部であってほしくない。

「おい」コールが腰をつかんだ。「謝るな。おまえは大人のおもちゃじゃない。したくないことはしなくていい」

「でも、したいのよ」ほとんどむせびなきながら、お尻を彼に突きだしていた。「それなのに……きっと、サムから動画のことを聞かされて以来、まったくこれをしてなかったからだと思う」

「寄ってくれ」リーヴェンが言うとエリが場所をずらし、二人でわたしの前に膝をつくかっこうになった。どちらもボクサーパンツしか身に着けていない。リーヴェンがわたしの顔を手で包み、親指で頬骨をこすった。「大丈夫だ」そっと語りかける。「言っただろう。最初のうちはゆっくりだ」ちらりとエリを見た。「彼女の緊張を少しといてやったらどうだ？」

エリがにっこりして手を伸ばし、わたしの唇に触れた。わたしはとっさに口を開いて彼の指に吸いつき、緑の目が色を増すのを見ながら指に舌をからませた。エリがゆっくりと指を引きぬいて、その指でわたしの体を伝いおりる。胸の谷間を通って、お腹の曲線をなぞり、脚のあいだに到達した。そこで指がやさしく遊びはじめると、わたしはなかば目を閉じた。指先が秘めた部分を行ったり来たりして、やわらかなひだを分かち、丘をなぞる。エリの表情は暗く真剣で、頬骨のあたりはかすかに紅潮している。それを見ていると、全身が熱くなってきた。背後ではコールが太い指でわたしのアヌスをなぞりつづけ、体に震えを走らせる。リヴが首筋にかがみこんできて、ゆっくりと甘やかにキスしては、しゃぶりはじめる。そのとなりにいるエリがわたしの入り口を指でなぞり、じらすように指先だけ挿れては抜くので、その部分がひくひくと引きつりはじめ、脚のあいだには蜜がたまってきた。

「エリ、じらさないで」食いしばった歯のあいだから絞りだすように言った。エリがにやりとして、指二本をなかに滑りこませた。ほっとしてため息をつきかけたとき、コールがさらに力を加えた。わたしは飛びあがって身をくねらせ、太い指の腹が入ってくるのを感じた。

ああ、すごい。

秘部にはエリの指が二本。お尻にはコールの指が一本。体の内側があますところなく、ぬるぬると滑りやすくなって、かわいがられている気がする。突然体に火がついて、どうしたらいいのかわからなくなった。苦しい。解きはなたれたくて死にそうだ。二人の指がなかでうごめいて、わたしのすべてにさざなみを立てる。エリの手に腰をぶつけてはコールの手にお尻を突きだし、二人のあいだで切実に快楽を求めた。

「落ちつけ」リーヴェンがささやき、わたしの顔を両手で包んだ。「おれにキスしろ」

命令に従ってがむしゃらにキスをしたが、状況は悪化しただけだった。リヴの舌が滑りこんできてわたしの舌をむさぼり、エリの指がなかでうごめいてGスポットを刺激するのだから、体はいっそう熱くなる。

背後のコールが指をもう一本、なかに滑りこませてわたしを押しひろげたとき、全身に火花が散った。リヴがわたしを引きよせて下唇に吸いつくと、うずきは十倍にも悪化して、下腹部を締めつけた。のけぞってうめかずにはいられない。頭がくらくらする。息さえできない。何度も体重を移しかえたものの、体のなかでつのっていく苦しさを癒やせない。秘部はふくらんでぬめり、ずきずきして、したたるほどにうるおっている。繊細な肌が引きつってうずくのがわかる。これ以上は無理だ。下腹部でめばえた興奮はどんどんのぼせていって、わたしのなかで広がり、燃えて、荒れくるっている。これほどまでにじらされて苦しいのは初めてだ。

背後でコールが三本目の指を滑りこませた。押しひろげられる感覚にわななないたとき、リヴが胸のふくらみをやさしくもてあそびはじめたので、息を詰まらせた。熱が渦を巻きながら脚のあいだにおりていく。絶頂のきざしを体の奥に感じ、目を閉じて両手でシーツをつかむと、波がぶつかってくるのに身がまえた——

と思うや、波はすっと引いた。コールとエリが同時に指を引きぬいたのだ。わたしはすすりなき、体は反射的に締まって、二人をなかに引きとめようとした。

エリが笑う。「心配ないよ、ティンク。これで終わりじゃない」

それはわかっているけれど、だからといって、前も後ろもぽっかり空いてうずいているという事実は変わらない。わたしはあえいで身をくねらせた。体が燃えて、震えが止まらない。コールのほうにお尻を突きだし、あえぎまじりに訴えた。「お願い」

「準備はいいのか？」疑わしそうな声だ。

「どうかなあ」エリがゆっくりと言った。「もう少しかわいがったほうがいいような気がする」

「あせって後悔するより、時間がかかっても慎重にしたほうがいい」リヴも言う。

「五秒以内にだれか挿れてくれないなら、全員のをちょんぎるわよ！」

三人の低く笑う声が響いた。

「冗談じゃないから」わたしは怒った声で言った。「ねえ、どうかお願いよ――」

「しーっ」コールが耳元でささやき、大きな手でヒップをまさぐる。と思うや、いきなりぴしゃりとたたいたので、わたしは息を呑んだ。「尻に挿れてほしいか？」

「ほ、ほしい」あえぎまじりに答えた。またかちりと潤滑剤の蓋が開く音がした直後、太くてぬるぬるした先端が後ろの入り口に押しあてられ、わたしは息を呑んだ。「ああ……」

リヴとエリがスウェーデン語でささやきかわすのが、おぼろげにわかった。リヴがエリをマットレスから押しのけて、ベッドの中央に仰むけで横たわり、わたしのほうに手を伸ばす。わたしは導かれるまま、コールから離れてリヴの上に重なり、腰にまたがった。褐色の強い腕がウエストに回されて、そそりたったものにそろそろとおろされていくと、奥まで満たされる感覚に吐息がもれた。嘘ではなく、いままでだれにも触れられたことのない場所に触れられている。リヴもその感覚を楽しんでいるのだろう、歯を食いしばった。わたしは目を閉じて腰をくねらせ、ゆっくりと彼を乗りこなしはじめた。一定のリズムを築いたとき、後ろからコールに荒っぽく肩をつかまれて、前かがみにさせられた。かがみこんだわたしのヒップをリヴが下から手でつかみ、コールにアヌスをさらけだす。コールの太いものの先端が後ろの入り口をつついた——と思うや、ゆっくりとなかに侵入してきた。しっかりと固い筋肉のリングをぶちぶちと破られて、わたしは口を開いたが、声は出てこなかった。引っぱられる感覚はこの世のものと思えない——痛いくらいだけれど、全身を燃えあがらせるような痛みだ。コールはしばしじっとしていたが、やがてわたしの耳元で低くうなりながら、きつい穴に自身をねじこみはじめた。下ではリヴが片方の胸のふくらみを口に含んで、いきなり歯を立てた。わたしがびくんとして悲鳴をあげると、コールがこのときとばかりに根元まで突きたてた。

わたしはかっと目を見開いた。しゃべろうとしても、言葉が出てこない。マットレスに両手両膝をついたまま、下と後ろから貫かれて、身動きもできずにあえいだ。

満たされていた。このうえなく満たされていた。自分の体がこんなふうに感じられるなんて知らなかった――引きのばされて、ぎゅうぎゅうに詰められたような。肺さえはちきれそうな気がする。三人が三十分かけてわたしのなかにかきたてたうずきは、一定のリズムを刻む脈動に落ちついていた。うめき声が聞こえて、コールの腰がびくんと跳ねるのを感じた。動くまいとこらえているのだ。

ああ、これが恋しかった。

だれかが顔を撫でた。「これ以上は無理か?」

「もっと」わたしはかすれた声で懇願した。「もっと、ちょうだい、わたし――ああっ、動いて――」

コールが引きぬいてもう一度たたきこむと、わたしは白目をむいた。後ろからずんずん突かれると、お腹の奥底に脈うつ甘い痛みが生じる。見おろせば、リーヴェンは鋭く張りつめた顔をしていて、わたしはまずはゆっくりと腰を前に振り、そこから徐々にスピードをあげはじめた。めくるめくような感覚のせいでちゃんと乗りこなすことなどできなかったが、そこはリヴが引きうけ、わたしの腰をつかまえて下から突きあげてくれた。二人がみごとにテンポを整えて、リヴが引きぬくとコールがたたきこむ。わたしは目を閉じたまま、あえいでは身をくねらせた。一度に襲いくる数えきれない感覚を、体が理解しようとする。心臓は胸のなかで怯えた鳥のごとく震え、手は指の関節が白くなるほど強くリーヴェンの肩をつかんでいた。

「息をしろ、デイジー」リーヴェンに言われて、どうにか数回、深く息をした。体を駆けぬけるあまたの感覚に圧倒されずにいるのは難しかった。

不意に、なめらかでやわらかいものを唇に感じて、顔をあげた。エリがベッドのそばに立ち、股間のものを手にしている。彼がなにか言うより先に、わたしは口を開けて、長いものを含んだ。ねっとりと舐めまわすと、舌の上で脈うつ。わたし史上いちばん上手なフェラとはまちがってもいえないだろうけど、それでもエリは身ぶるいして目を閉じた。さおの根元をつかんで唇をスライドさせるわたしに、コールとリーヴェンが後ろから、下から、抜きさしする。貫くたびに速度があがっていく。わたしは腰を振りつづけ、エリを口で愛しつづけた。体のいたるところが刺激されている。ほどなくわたしはがくがく震えて痙攣し、あえぎはじめていた。いまにも皮膚を突きやぶって飛びだしそうだ。解きはなたれたい。そのとき、下から突きあげたリヴが手を伸ばし、指二本をひだのあいだに走らせた。抑えきれずにその手に腰を押しつけると、リヴはうめいた。

「彼女、ぐしょ濡れだ」かすれた声で言う。

エリが苦しげな声をもらしたので、わたしはあごをあげて、彼のさおの先端をしゃぶった。「くそっ、ベイビー」

わたしはすすりなきをもらした。すごすぎる。これ以上は無理。全身がわなないて、息ができない。体に火がついている。イきたい。イかせて。

「目を開けろ」コールに命じられて従い、顔をあげて頭上の天窓を見ると、オーロラはまだ輝いていた。ほんの少し色が変わって、緑が青になり、片方の端はピンク色を帯びている。揺らめく光の帯の向こうに星が見えた。涙が出そうなほどに美しい。

呼吸が乱れて、目に涙が浮かんだ。全身が悲鳴をあげている。狂おしいばかりにエリのものに舌をまとわりつかせ、かかげた手でさおを絞り、睾丸を包んだ。

「くそっ」エリがわたしの口から引きぬいて、髪をかきあげた。「ベイビー、ぼくにキスしろ」言いながらマットレスの横に膝をつき、わたしの口に吸いつく。応じようとしたが、集中できない。リヴは胸の谷間に鼻をこすりつけ、コールはヒップをこねまわし、そうしながら二人とも腰を振るのをやめない。体のなかで快楽が波うち、つのっていく。唇がうまく動かせない。全身の筋肉が張りつめて、のけぞって必死に解放を求めた。

そのとき、わたしの下でリヴが腰をもたげ、わたしにこすりつけてきた。わたしはがくんと前かがみになりながら、絶頂に達して悲鳴をあげた。いたるところに手が触れて、あえいでもだえるわたしを撫でては癒やす。けれど波は収まらなかった。体の芯が渦を巻きながら締めつけられて、快感の波は何度も押しよせ、肺から酸素を押しだした。

ついに波が収まったとき、わたしはぐったりとリヴの上に倒れこんだ。震える息を吸いこもうとするが、心を癒やすウッディなコロンの香りを感じるばかりで、まともに呼吸ができない。脳みそが吹きとばされるような数秒のあと、ようやく気づいた――リーヴェンもコールもやめていない。リヴはいまもわたしに睾丸を押しつけていて、コールはいまも後ろから突きつづけている。わたしは刺激過多でわななないたが、二人からは離れようがない。下と後ろからひたすら抜いては挿れられて、ぞくぞくするような感覚が体のなかで渦を巻き、新たな絶頂のきざしを感じた。

エリが立ちあがってわたしの頰を撫でる。「もう一度、ぼくを受けいれる準備ができたかな、ベイビー？」

エリがまだ自身を慰めていたことに気づいてわたしは顔を突きだし、長いものを口で受けとめた。エリが笑うと同時に息を吞み、彼のものを咥えこむわたしの頭を両手でつかんだ。背後ではコールがヒップをつねりながら、ずんずんとくりかえしたたきこむ。リヴは下から突きあげてわたしのGスポットを何度も刺激しつつ、指一本でやさしくいたぶりはじめる。わたしはエリのものを口に含んだままうめいた。体の内側のいたるところがちくちく、ひりひり、ずきずきして、もっともっとと求めているようだった。わたしは身をよじり、あと少しを欲して三人全員にこすりつけようとしたが、あらゆる方向から押さえつけられていて、ほとんど動けなかった。どうしようもない。また体のなかで熱が高まり、煮えくりかえってぶくぶくと泡だった。

三人に警告しようとした。「ん、んーーあ、ああ、ん、あっ……」呼吸はつかえてあえぐばかりだし、エリのものを口に含んでいるから、まともにしゃべれない。

エリがしゃべらせてやろうと数センチ引きぬいた。「ベイビー？」

「わたし、イ、イッちゃ――」

下からリヴがいきなり胸のいただきの片方を引っぱった。強く。わたしは叫んで腰をびくびくと震わせ、ますます彼のものを奥に呑みこんだ――それがリヴの背中を押した。わたしのウエストをつかんでいた手に突然力をこめて、肌に短い爪を食いこませ、全身を震わせる。体を痙攣させながら、熱い精をわたしのなかにほとばしらせて、ひたひたと満たした。えもいわれぬその感覚に、わたしは吐息をもらした。それが連鎖反応を引きおこしたかのごとく、エリがうめいてわたしの口のなかに発射した。わたしは息を呑んで、のどを満たすしょっぱい精をごくごくと飲みほした。次なる絶頂が近づいてくるにつれて、全身の筋肉がこわばる。わたしがアヌスで締めあげると、コールが息を詰まらせて腰の動きを崩し、深いうなり声をもらした。コールのものがさらに固くなり、さらにわたしを満たしたと思ったとき、彼がわたしの髪をわしづかみにして、自身を解きはなった。つややかで温かい液体が噴出されて、わたしは溺れた。

とうとうわたしの番だった。まだエリのものを口に含んだまま、熱波が体のなかで高まっていくのを感じる。爪先で生じたその熱は上へ上へとのぼっていき、太ももを、お腹を、胸を、刺激しながら燃やして、ついに爆発した。冗談ではなく、失神しかけた。

こんなオーガズムは生まれて初めてだった。永遠に終わらないかと思うほど続くなか、わななきながらあえいで、その感覚の強さに少し恐怖をおぼえるほどだった。いくつもの手が体のあちこちを撫で、胸のいただきをつねって、クリトリスをこすり、アヌスに弧を描く。わたしは痙攣して、震えて、わないて、ついに、とうとう、完全に疲れはてて倒れこんだ。三人に囲まれて横たわり、髪も肌も汗まみれ。ゆっくりと寝がえりをうつと、体が液体だらけなので、ぴちゃぴちゃと音を立ててしまう気がした。だれかがやわらかな声をもらしてわたしの顔を撫でたとき、自分が泣いていることに気づいた。けれど悲しいのではない。目を開けて、天窓を見あげた。愛する男性三人に囲まれて、頭上ではオーロラが輝いている――こんな幸せを感じたことがあっただろうか。

それだけではない。こんなにいいセックスがまたできるようになるとは思ってもいなかった。ここまで信頼できる人に出会えるとも思わなかった。自分を信頼できるようになると。すべて思いちがいだったし、とうとう自分の体をとりもどせた気がした。これはわたしのものであり、それをどうしようと、決めるのはわたしだ。

まばたきで涙をこらえ、いちばん近くの顔をつかまえると、引きよせてキスをした。

デイジー

三カ月後

わたしはひどく震えながら法廷をあとにした。コールがウエストにしっかり腕を回して、吹きぬけの中央広間へ連れもどしてくれる。頭がくらくらしていた。夢のなかにいるみたいだった。

扉を出て三歩と進まないうちに、エリがつかつかととなりに歩みよってきて、コールの腕からわたしを引っぱりだすと、抱きしめてキスをした。わたしは驚きの小さな悲鳴をあげたものの、すぐにとろけた。大理石の床をたたく足音が周囲で聞こえ、役所づとめらしきスーツ姿の人たちが通りすぎていったけれど、おそらく投げかけられているだろう批判がましい視線もどうでもよかった。幸せすぎて、それどころではなかった。

それでも、ついに息が苦しくなった。エリがわたしのひたいにひたいを当てる。「きみが誇らしくてたまらないよ、ティンク」ささやいて、わたしのまとめ髪からほつれた一筋を整えてくれる。「本当に立派だった」

わたしはエリの胸板に顔をうずめて、ほっと息をついた。「すごく怖かった」

本当に怖かった。この二日間、サムとの訴訟が心配で一睡もできなかった。昨夜はブライトンにとったホテルの一室で、過呼吸を起こして過ごした。三人のボーイフレンドが交代で世話をしてくれ、代わる代わるに抱きしめては、あやしたり励ましたりしてくれた――けれど、三人もわたしと同じくらい不安なのはわかっていた。

エリが髪にキスをした。「だよね」かすれた声で言う。「わかってるよ、ベイビー。きみは本当によくやった」

三人のうちでもっともストレスを感じていたのがエリだ。今朝、法廷に入ったときなど吐いてしまうのではと案じたくらいだ。無理もない。最後に法廷に足を踏みいれたときは、人生のうちの一年間をとりあげられる判決がくだったのだから。判事が採用したのは真実ではなくだれかの作り話だったのだから。

けれど今日は違った。

今日は、緊迫して白熱した長い長い議論のあと、ついにサミュエル・ワーナーは私的な性的動画公開の罪で有罪とされ、二年間の実刑判決を受けた。さらに、性犯罪者として記録されることにもなったので、刑務所から出たあとも人生はおしまいだ。わたしには、例の動画をウェブサイト上および検索エンジンの検索結果から削除することを求める権利が与えられた。リーヴェンの手配で、すぐにでも停止要求を出せるように男性が一人用意されていたので、いまこの瞬間にも実現しているだろう。こうして話しているあいだにも、あの動画はインターネット上から消しさられているのだ。

それを実際に感じる気がした。まるで、胸を締めつけていた鋼鉄製のベルトがほどけていくような感覚。ようやくまた息ができるようになった。

もう一度、エリにちゅっとキスをしたが、両親がリーヴェンと話しながら法廷から出てくるのを見て、体を離した。きりりとした紺色のスーツを着たリヴのすばらしさに、しばし見とれる。今日は三人ともスーツ姿だった。エリはシルバーグレーの三つぞろいでモデルのようだし、コールは洗練された黒の上下にあの広い肩と太い腿をどうにか押しこめている。ネクタイの着用だけは頑固に拒んだので、いま、シャツの襟元は開いており、信じがたいほどセクシーに見えた。信じがたいほど窮屈そうに。

ボーイフレンドたちに見とれるのをやめにして、両親の会話に耳を澄ました。「娘を支えてくれてありがとう」父が言っている。「こんな友達がいて、娘は本当に運がいい」

「とんでもない」リヴが返す。「運がいいのはわたしのほうです。デイジーのためならなんでもしますよ」エリの腕のなかにいるわたしをちらりと見て、その顔に切望をたたえたことに母が気づき、同情の色を浮かべた。母はきっと、リヴが報われない恋をしていると思ったのだろう。

とんだ誤解。リヴは大いに報われている。母が近づいてきて、わたしの手を取った。

「ベイビー……」と切りだす。「本当にごめんなさい。お父さんもわたしも、あなたの話に耳を貸すべきだった。ひどい親だったわ」

　どうにか顔に笑みを貼りつけた。正直に言うと、両親のことはまだ許せていない。いつか許せる日は来るだろうけれど、いまは無理だ。傷がまだ癒えていないから。わたしはずっと本当のことしか言っていなかったのに、裁判官と陪審員の存在なしには信じてもらえなかったなんて、とても傷つく。

「そのとおりだ」コールがとなりでつぶやいた。

　母が顔をあげた。「なんですって？」

「彼女を信じるべきだった」コールが言う。「信じなかったとはお笑いぐさだ」

　父がむっとして眉をひそめた。「失礼、きみはだれだ？　なぜここにいる？」

　三人がためらって、わたしを見た。両親にはまだこの関係のことを話していない。母と父の知るかぎり、三人とも、わたしが旅の途中で知りあった友達だ。

　そろそろ本当のところを教えるべきだろう。

「彼がここにいるのは、わたしのボーイフレンドだからよ」はっきりとした声で言うと、コールの顔がひげの下で真っ赤になった。なんてかわいいの。

　母がわたしとコールを見くらべた。「あなたのボーイフレンド？　この人が？」

「そうよ」簡潔に答えた。「つきあいはじめて数カ月になるわ」

「しかし……」父がエリを指さす。「ついさっき、こちらの彼と……」

「キスしてた？　ええ」わたしは背筋を伸ばした。「エリともつきあってる」

エリが満面の笑みを浮かべて言う。「びっくりさせました？」

父が目を丸くした。「なんだと？」

「それから――」わたしがリーヴェンに手を差しのべると、リヴが近づいてきて指に指をからめた。「リヴもね。わたし、三人ともとつきあってるの」

両親が心底驚愕した顔になった。

まあ、一度に背負わせるには重すぎる事実だろう。本当はもっと早くに知らせたかったのだが、リーヴェンの父親が雇ってくれた弁護士から、審理が終わるまでは黙っておいたほうがいいと助言されたのだ。わたしが同時に三人の男性と交際していることがもれたら、性的に逸脱していると陪審員に思われる、とかいうくだらない理由で。

そんなの、ばかげていると思う。だれがだれを愛そうと自由なはずだ。そんなに難しいことではないはず。

「三人、ともと？」母がかすれた声で言い、わたしたちを順ぐりに見た。「ど、どうしてそんなことが可能なの？」

わたしは肩をすくめた。「それぞれが一週間のうち二日ずつ、わたしと過ごして、日曜はみんなでわたしをシェアするの」

母は唖然とし、背後ではエリが静かに笑った。わたしは肩を落とし、ため息をついた。

「どう言えばいいのかわからないわ、ママ。わたしは三人全員を愛してるの。三人もわたしを愛してる。それだけのことなのよ。だれを愛したからって謝る気はないわ」

父の顔が不穏な紫色に変わっていく。「それで、これからどうなる？　このまま山奥でその男たちと暮らすつもりか？　一人で？　そいつらになにをされるかわからないんだぞ！」くるりとコールのほうを向く。「いいか、わたしの娘にどんなふざけたまねをしているのか知らないが――」

コールの目が燃えあがった。「おれたちが、あんたの娘に、ふざけたまねをしてるだと？」一歩前に出て、父をにらみおろす。「彼女を傷つけたのはおれたちじゃない」

父がいきりたった。「だれに向かって口をきいている？　わたしだって娘を傷つけてはいない。あの動画を撮ったのはわたしじゃない」

「あんたは彼女を傷つけた」コールは譲らない。「自分の娘を信じなかった。娘に対して許しがたい態度をとった。彼女は性犯罪の被害者なのに、うちあけられたとき、あんたはその彼女を責めた」かぶりを振って続ける。「そのうえ今度は、彼女が自分で選んだ関係を裁こうとするのか？　あんたの意見が彼女にとって重要だと思うのか？　おれたちにとって？　あんたなんか、彼女の家族にふさわしくない。親としてもふさわしくない。彼女はあんたよりはるかに立派な人間だ」

コールは胸を上下させながら一歩さがった。ひどく長くて気づまりな間が空いた。

父が唇を舐めて、ゆっくりとわたしのほうを向いた。「スイートハート――」

「いいのよ」わたしはさえぎった。「本当に。それから、パパの意見はわたしにとって重要よ。ボーイフレンドたちのことで考えが変わるほどじゃないけれど、わたしの幸せをパパにも喜んでほしいと思ってる」

「それで……これからどうするの？　スウェーデンに引っこすの？」母が心配そうに眉根を寄せて尋ねる。

わたしはうなずいた。「ええ。じつはもう移民のためのスウェーデン語学校に入ってスウェーデン語を勉強してる――」

「彼女、ひどいんですよ」エリが口を挟んだ。「こんなに訛りがきつい人には会ったことがありません」

「小石でうがいをしているような」リーヴェンが小声でつけたす。

「そのうち上手になるわ」わたしは手を振って片づけた。「三人のキャビンに引っこすつもりよ」

母が目を丸くした。「だけど、そんな山奥でなにをするの？　教師の口は見つかるの？」

「じつは、本気で教師になりたいと思ったことはなかったのよ、ママ」穏やかにうちあけた。「本当の夢は画家だったの。いまは油絵のおかげで安定した収入が保ててる」これまたおかしないきさつだった。リーヴェンの両親に弁護士の件で相談していたとき、油絵を描くことをリーヴェンの母親に話したら、彼女は大喜びして、夫の誕生祝いにリヴの肖像画を描いてちょうだいと依頼してきた。そうしたら、一家の邸宅を訪ねた裕福な敏腕弁護士たちが、こぞって〝新進気鋭の話題の画家〟に作品を依頼するようになったのだ。「キルナの町をテーマにしたコレクションを作ろうと思ってるの」わたしは続けた。「絵筆を取りたくなるような美しいものがたくさんあるから。オーロラでしょう、真夜中の太陽でしょう、サーミの村でしょう。トナカイにハスキー犬に山なみ……」高揚感に包まれて、言葉がとぎれた。「あそこにいると、インスピレーションを受けっぱなしよ」

「ぼくもいるしね」エリが口を挟んだ。「ぼくはいいモデルだろ」

頰が熱くなった。最後にエリがモデルをしてくれたときは、ほとんど作業が進まなかった。ヌードを描くべきだとエリが言いはったのだ。そんなの、作業に集中できるわけがない。

両親がまだ心配そうなので、説得しようと明るい笑みを浮かべた。「わたしなら大丈夫よ、本当に。こんなに幸せなのは久しぶりなの。もしかしたら初めてかもしれない」

父が首を振った。「この件については家に帰ってから話そう」きっぱりと言う。「行くぞ。いまなら急行に間にあう」

わたしは一歩さがった。「一緒に帰ることはできないわ、パパ」

父がますます険しい顔になる。「ばかを言うな。はるばる飛行機で帰ってきたんだろう。せめて家に泊まりなさい。話せばおまえも正気をとりもどすかもしれない」

わたしは首を横に振った。「ごめんなさい。だけどやっぱりできないわ。スウェーデンに戻る前にブライトンを案内するって三人に約束したの。もうホテルの部屋も一室とってある」

「だろうな」父がつぶやき、ひたいを拭った。「四人のために、一室か」

「ハネムーンスイートをとらなくちゃいけなかったんですよ」エリがご丁寧に教える。「じゅうぶんな大きさのベッドがあるのはその部屋だけだったので」

わたしはエリのすねを蹴った。「家には近いうちに帰るわ」と父に約束する。「だけど泊まるだけ。自分の家はもう見つけたから」

母がまばたきで涙をこらえた。「なにを言っても気は変わらないのね?」

わたしはしっかりとうなずいた。「言いあらそうのは終わりにして、受けいれる段階に進んでくれるなら、時間が大幅にはぶけるわ」希望をこめて言った。

母が涙ながらに笑った。「昔から強情なんだから」そしてわたしの後ろにいる三人の男性に真顔を向けた。「この子をお願いしますね」

「イエス、マム」リーヴェンが言い、コールとエリはうなずいた。

「じゃあいいでしょう」母が頬の涙を拭う。「急行に乗るならもう行かないと、ハリー」

「しかし――」

「あの子の好きにさせてやりましょう。もう大人なんだもの。自分のことは自分で決められるわ。ここ数カ月のことを考えたら、わたしたちはもっとあの子を信頼するべきよ」前に出て、わたしをぎゅっと抱きしめた。「パパもいずれわかってくれるわ」とささやく。「いまは驚いているだけ。昔からあなたが家に男の子を連れてくると、いつもご機嫌をそこねていたの。それが三人となると、少し手にあまるんじゃないかしらね」

わたしはうなずいた。父には時間が必要だ。母がさがると、今度は父が前に来た。しばし見つめあう。わたしはあごをこわばらせ、またお説教が始まることに身がまえた。

ところが父は身を乗りだすと、少し荒っぽくわたしを抱きしめた。「本当に、一緒に家へ帰らないのか？」耳元で静かに尋ねる。

「ええ。ごめんなさい。予定があるから」

父はため息をついた。「そうか」腕の長さだけ体を離す。「今夜、電話をくれ。無事にホテルの部屋に着いたら」

うなずいたわたしのひたいに、父がキスをした。「おまえを心から誇りに思う、ジェニファー。よくがんばったな」

母に袖を引っぱられ、父は向きを変えて去っていった。裁判所の大きなガラス扉を押しあけて出ていく二人を見ていると、胸がいっぱいになった。両親は過ちを犯した——とても大きな過ちを——けれど、それでもわたしを愛している。わたしはそう信じているし、それでじゅうぶんだ。二人の背後で扉が閉じると、わたしは広間の中央に三人の山男と残された。

「よし」エリが両手をたたきあわせる。「じゃあ、そろそろここを出ようか。弁護士に囲まれてると落ちつかないんだ。それに、裁判用の服を着たティンクはめちゃくちゃセクシーだからね」

その日の残りはブライトンで過ごし、わたしの故郷の町をぶらついた。子どものころに行った場所を案内する。懐かしい学校、アーケード、趣のある海辺の小さな商店。夕食では、みんなにフィッシュアンドチップスを紹介した。コールは驚くほどのスピードで驚くほどの量を食べた。食事のあとは桟橋に赴いて浜辺におり、アイスクリーム販売のトラックで99フレーク（薄いチョコレートを何層にも重ねた〈フレーク〉という菓子をトッピングしたソフトクリームのこと）を買った。太陽は海に傾き、穏やかな波を金色とオレンジ色に輝かせている。空気は暖かで、そよ風が心地いい。三人はスーツのジャケットを脱いでシャツの袖をまくっており、わたしはヒールを脱いで、足の指に砂を感じていた。リーヴェンとコールに手を取られ、タオルの上に寝ころがった人のあいだをのんびりと歩いた。

「アイスクリームなんて何年ぶりだろ」エリがうめき声をもらす。「スウェーデンは寒すぎるからさ」わたしは爪先だちになり、コーンを伝うソースを舐めとった。それからエリの下唇についていたクリームも舐めとると、エリがほほえみ、わたしに鼻をこすりつけた。「裁判のせいでエッチな気持ちになった、ベイビー？　ぼくらにちょっかいを出さずにはいられないみたいじゃないか。ぼくにっていうのはわかるけど、ほかの二人には、どうかなあ」

わたしはリーヴェンの胸板を撫であげ、上質なシャツの下の筋肉を味わった。「スーツ姿のあなたたち、ものすごくセクシーなんだもの。抑えられないわ」そう言ってリヴの襟をつまむと、リヴがわたしの手をつかまえ、関節にキスをした。

「見られてるぞ」コールの忠告で、リーヴェンが凍りついた。

顔をあげてコールの視線を追うと、一組の男女がひそひそささやきかわしながらこちらを見ていた。女性のほうがわたしを指さし、ボーイフレンドだろう男性をこづいた。すぐさま三人の山男がわたしの前に立ちはだかった。人前に出ると、いまだにこういうことが起きる。わたしがあの動画の女性だと気づかれるのだ。いやでたまらない。人にじろじろ見られるのも、勝手に批判されるのも、頭のなかで服を脱がされるのも。

けれどこの男女がこちらを見ているのはそういう理由ではなさそうだ。むしろ、わたしが三人の男性に囲まれていることにあるらしい。緊張と羞恥心がこみあげてくると思って身がまえたものの、どちらもやってこなかった。ただ、胸のなかに温かな幸福感が、口のなかにバニラアイスクリームの甘さが広がっただけだった。

「ちょっとひとこと言ってくる」リーヴェンが小声で言い、わたしの手を放した。

「待って」リヴの腕をつかんだ。「いいの。わたしは気にしない」

コールが眉をひそめる。「人前でじろじろ見られるのは嫌いだろう。怖いんだろう」

眉間のしわが深まった。「おまえはなにも怖がらなくていい」

「そうね、でも本当に、もう気にならないの。いまの気分は、むしろ……誇らしい」三組の眉がつりあがり、わたしは肩をすくめた。「あの動画を公開する道を選んだのはわたしじゃないわ。だけどあなたたちは、わたしが選んだ。別ものよ」ちらりと男女を振りかえると、二人はまだ魚のように口を開けていた。ある考えが浮かんで、わたしはにんまりした。「あの二人に、じろじろ見る価値があるものを見せてあげましょうよ」

だれが反応するより先に、爪先だちになってコールのうなじに両手をかけ、できるだけ深くキスをした。コールの両腕がウエストに巻きついてきて、口のなかに荒っぽく舌がねじこまれると、体に火がつく。息をはずませながら離れたときには、体はすっかりほてって震えていた。続いてリヴに手を伸ばし、シャツの襟をつかんで顔を引っぱりおろした。リヴはわたしの髪に手をもぐらせて唇のあいだから舌を滑りこませ、わたしの舌にからませた。たくましい腕に包まれていると、どこまでも安心できていつくしまれていると感じるあまり、胸が苦しくなってくる。

最後に、肩で息をしながらエリのほうを向いた。エリは頰をピンク色に染め、ひたいにかかった巻き毛を海風に躍らせながら、こちらを見ていた。

「お気にいりは最後にとっておいた？」両手で胸板を撫でおろすと、エリが冗談めかして尋ねた。

「言ったでしょう。キスのテクニックに優劣はつけないって」

「はいはい。そう言うのは、あの二人のエゴを傷つけないためだろ？」声を落とす。「ぼくらは真実を知ってる」

「もう、いいからわたしにキスしなさい」

するとエリは従った。食べかけのアイスクリームをコールに押しつけて、わたしを引きよせ、唇に唇を重ねる。舌先にバニラと砂糖の味がする――と思ったとたん、世界が引っくりかえった。エリがわたしを砂浜から抱きあげ、のけぞらせたのだ。頭上で空が傾き、心が高揚する。海を背景に、ロマンス映画のキスそのものだ。唇を重ねたまま笑っていると、ようやく起きあがらせてもらえた。

「ああ、三人ともすごかった」ほてった頰に手を当てて、スカートを整える。「さっきの二人、まだ見てる？」

「ああ。しかし」リヴが周囲を見まわした。「二人といわず、大勢が見ている」

「きっとぼくのキスのテクニックに感動したんだよ」エリが楽しげに言った。

わたしは肩をすくめた。四人で砂浜にたたずみ、海に沈む太陽を眺めた。周囲ではいたるところでカップルが抱きあってキスをしている。どうしてわたしだけが愛する男性たちにキスをしてはいけないの？「よかった。これでみんなわかったわね。わたしがあなたたち三人全員をどれだけ愛してるか」

三人がわたしの頭ごしにやさしい表情を交わした。

「なに？」

「なんでもない」リヴが言う。「もうすっかりリラックスした様子だなと思っただけだ」

砂に打ちよせる波を見つめた。風が少し強くなってきて、顔の周りで髪を乱す。「長いあいだ、羞恥心ばかり感じてた。だけどもう違う。いま感じてるのは……」言葉を切り、正しい言葉を見つけようとした。

「安心か？」コールが当てようとして言う。

「幸福かな？」リーヴェンも加わった。

「欲情だろ？」エリがおばかなことを言う。

「自由よ」わたしは答えを見つけた。「こんなに自由だと感じたことはないわ。したいことはなんでもできるような。どんなことでも」

エリが肩に腕を回してきた。「すばらしい。で、なにから始める？」

わたしはしばし考えて、ほほえんだ。

「波うちぎわまで競争！」言うなり駆けだして、砂浜を海のほうに走った。三人とも、雪のなかを歩くのはわたしより上手かもしれないけれど、砂はわたしのホームグラウンドだ。波の手前にたどりついたとき、エリが追いついた。わたしを腕に抱きあげるなり波間にじゃぶじゃぶ入っていき、激しくキスをする。コールとリヴもズボンの裾をめくりあげ、わたしたちのそばにやってきた。三人に囲まれて、冷たい水のなかにおろされる。波が足を洗い、わたしはだれかの腕のなかに背中をあずけた。だれかが首にキスをして、別のだれかが熱い唇で頰を伝う。手が腰を、腕を、ウエストを撫でて、まっすぐに立たせてくれる。あたりでは海がオレンジ色に燃えたち、沈む太陽を照りかえす。わたしは目を閉じて、ただ感じた。

「おれたちもだ」リーヴェンの低くざらついた声が耳元でささやいた。

「んん？」たくましい胸板にうっとりと寄りかかったまま、わたしは問いかけた。

「おれたちも自由をとりもどした気分だ」

わたしはほほえみ、三種類のキスを求めてあごをあげた。

エピローグ

二年後

「失礼します。ホットタオルはいかがですか？」

コールがいらだった顔でフライトアテンダントを見あげた。「おれにホットタオルでどうしろと？」

女性が口紅を引いた唇でにっこりとほほえみかけた。「さっぱりなさいますよ」

「はあ？」

わたしはこちら側から身を乗りだした。「けっこうです。ありがとう」礼儀正しく言うと、フライトアテンダントはわたしのほうを見もせずに、ほほえんだ。その青い目はコールの顔から一瞬も離れなかった。

彼女がわたしたちの座席にひらひらとやってきてなにかを勧めてくるのはこれで六度目だ。毛布、枕、シャンパン、ティッシュ、雑誌。そのたびに、これ幸いとコールの肩に触れたり、身を乗りだして彼の顔におっぱいを押しつけたりする。機内のトイレでのすばやい手あわせに誘っているのは明らかだった。

嫉妬はしない。正直、すごくおもしろい。だってわたしが彼女だったとしても、きっとコールに猛アタックしている。

けれどコールのほうは明らかにいらだっているし、それでなくてもいまは彼にとってストレスのたまる状況なので、割って入ることにした。

「申しわけないけど、放っておいてくださる?」なるべく穏やかに言う。「夫は飛行機が少し苦手で、できたら眠りたがってるの」

わたしが〝夫〟という単語を口にしたとき、コールがぶつくさ言った。喜んでいるのだ。わたしがそう呼ぶと、毎回うれしそうにする。

「お、夫?」フライトアテンダントがうろたえた。

「そう!」わたしが左手をかかげると、薬指で輝く三つの金の結婚指輪を、彼女がまじまじと見た。

三人からもらったのは二カ月ほど前。一人ずつ、順番にくれた。エリは、四方を山に囲まれたスキー場のてっぺんで。コールは、森のなかを散歩しているときに。リーヴェンは、夜にわたしがベッドに入ろうとしたとき、床に膝をついて。どの指輪も、贈ってくれた男性の名前が内側に刻まれている。

当然ながら、わたしたちの結婚を証明する書類はない。けれどわたしたちには愛がある。誓いと、約束も。大事なのはそれだけに思えた。

フライトアテンダントが急にプロの顔になって、気をとりなおした。「もちろんです、マム」なめらかに言う。「四十五分後にはストックホルム・アーランダ国際空港に着陸いたします。この先のフライトもお楽しみください」

「ありがとう！」

フライトアテンダントが腰を振りながら通路を歩いていくと、わたしはコールに向きなおった。巨体を座席に押しこんでいるさまは、かわいくさえ映る。けれど気づまりな思いをしているとわかっているので、肩にちょこんと頭をあずけた。「大丈夫？」

「飛行機は大嫌いだ」窓の外のふわふわの白い雲を見て、顔をしかめる。「なぜみんなこんなものに乗る？」

「もうすぐおりられるわ」と約束する。「すぐにまた木を切りたおしたりヘラジカを助けたりできる」

コールが鼻で笑った。「ヘラジカは心配ない。おまえが車を運転してないからな」

この一週間、ロンドンで過ごした。ロンドンのギャラリーで個展を開いたのだ。すばらしいひとときだった――たくさんの芸術愛好家や批評家が、最新コレクションを見にきてくれて。何枚もの絵が売れたばかりか、ほかの画家と知りあう得がたい機会にも恵まれた。これが自分の日常になったとは信じられないくらいだ。この一年間、ダブリンやエジンバラ、ヨーテボリやストックホルムでも個展を開いた。たいていエリかリーヴェンが同行してくれるのだが、今回はコールが手を挙げた。ロンドンのなにもかもが大嫌いだっただろうに、それでもずっとそばにいて、わたしを支えてくれた。

コールの目がまたちらりと窓の外を見た。個人的な恨みでもあるように、雲をにらむ。

「それまでは」わたしは彼の腿に手をのせた。「わたしが時間つぶしをしてあげる」

コールがわたしのうなじに手をかけて、荒っぽくむさぼるようなキスをした。二年になるというのに、いまだこの男性の唇には火をつけられる。むしろその感覚は強まっているくらいだ。

次にわたしたちの座席に近づいてきたとき、件のフライトアテンダントはそのまま通りすぎていった。

ストックホルムからキルナまでは、さらに飛行機で二時間。フライトが遅れて乗りかえ便を待つあいだ、わたしは空港ターミナルの待ちあいエリアで腰かけ、コールはぶつくさ文句を言いながら、照明の明るい店やカフェのあいだを行ったり来たりして過ごした。しょっちゅう店をのぞいてはなにかを買って、わたしのそばの小さなプラスチックテーブルにぽいと置いていく。これまでの獲物は、ロマンス小説のペーパーバック二冊と、コーヒー一杯、サラダ、シナモンロール、お菓子一袋。どうやらわたしを喜ばせつづけることだけが、いまのコールを正気に保っているらしい。

プラスチック製の椅子の背にもたれ、コーヒーを飲みながら彼を見た。

今回の旅には自分が同行したいとコールに言われたときは、驚いた。それまで、誘ったこともなかった——まずまちがいなく、本人が行きたがっていないと思って。エリなら、スキー場を恋しがるかもしれないけれど、都会でも難なくやっていける。リーヴェンだって問題なし。けれどコールは——がやがやした人ごみも行列も、チェーン展開している飲食店も、純粋に、彼向きではない。

そのコールが一軒の店を出て、こちらに戻ってきた。

「ほら」そう言って、ミネラルウォーターの入ったプラスチック製のボトルをわたしの手に押しつける。「水を飲んだほうがいい」

「ありがとう」コールがうなずいてまたどこかへ行こうとしたので、その手をつかみ、となりの椅子に引きおろした。「すごく意味があることよ」心をこめて言った。「わたしのそばにいてくれたことは」

「おまえの仕事を見てみたかった」つぶやくように言う。「おまえはすごい」

「一緒に来てくれてありがとう。あなたこそすばらしかった」

コールはアイスブルーの目でしばしわたしをじっと見つめた。それからウエストに腕を回し、わたしをもちあげた。空港のど真ん中で膝の上にのせられて、わたしは悲鳴をあげた。数人が振りかえってじろじろ見たものの、かまわない。他人に批判されようと、もうどうでもいい。だれにどう思われようと、関係ない。

キルナに到着すると、コールの緊張は目に見えてとけた。二人無言のまま、家まで車を走らせる。わたしは窓の外に目を向けて、高度があがるにつれて深くなっていく雪やまばらになっていく木々を眺めた。小さな村を通りすぎたり、夜に向けてトナカイを家へ導く牧羊犬を見つけたりするたびに、のどが狭まる。

家へ帰ってきたのだ。

わたしたちのキャビンの前で車を停めたときには、外は暗くなっていた。コールが車を納屋まで移動させ、わたしは雪のなか、えっちらおっちらと玄関を目指した。興奮で胃がよじれる。鍵を鍵穴に挿す前に、玄関ドアがぱっと開いた。エリが飛びついてきて両腕でわたしを包み、家のなかへ、胸のなかへ、引きずりこむ。わたしはほほえんで、さわやかで温かい松の香りを吸いこんだ。

「会いたかったよ、ティンク」エリが首筋で言い、ぎゅっと抱きしめた。「ああ。次は絶対ぼくが同行するぞ。順番なんて知ったことか。ぼくだ。ぼくの番。ぼくが行く」

「さあ、どうかしら。コールは飛行機に乗るのがすっかり上手になったのよ。コールと争わなくちゃいけないかもね」エリを抱きしめかえして言った。「わたしも会いたかった。ものすごく」

エリが幸せそうにため息をつき、わたしの頰を両手で包んで、深いキスを捧げた。わたしはほっとして、唇のあいだから滑りこんでくる舌の感覚に酔いしれた。

「エリ」澄んだ声がした。「ひとりじめするな」

エリがぶつくさ言いながらさがると、今度はリーヴェンが出むかえてくれた。しばし腕を伸ばしたままわたしを見つめ、全身に視線を走らせる。その視線が、わずかに大きくなった胸のふくらみで止まったので、今回の旅のあいだ隠していた秘密に、このお医者さまは気づいてしまっただろうかとわたしは思った。口元に浮かんだ小さな笑みからすると、そうらしい。リヴが温かく抱きしめて、唇にしっかりとキスをした。「きみがいてこそのおれたちだ」頰のそばでささやいた。

エリがわたしの手を取り、指に指をからめた。コールが背後に来て、背中に胸板を押しあてる。体のなかに残っていたどんな緊張感も、わたしの山男たちに囲まれた瞬間、遠のいていった。わたしの夫たちに囲まれて。

ときどき、これが自分の人生だと信じられなくなる。これほどの幸運に恵まれたことが信じられない。いまはいつも愛に包まれている。それは繭のごとくわたしをくるんで、常に温かく、守ってくれる。わたしたちの関係は慣習を破るようなものかもしれないけれど、わたしに想像できる最高の関係だ。

これ以上の幸せはない。

訳者あとがき

ロンドン発の、とびきり刺激的で甘いロマンス小説"*Three Swedish Mountain Men*"全訳をお届けします。

原題がほのめかすとおり、舞台は北欧、スウェーデン。その最北の都市キルナからさらに北の雪深い山中で、物語はくりひろげられます。いったいどんなお話なのか、簡単にあらすじをご紹介しましょう。

イングランド南東部の海辺の町、ブライトンで美術教師をしていたデイジー・アダムズは、ある日突然、卑劣な元ボーイフレンドに人生をめちゃくちゃにされてしまいます。教職を解かれ、両親や友達に背を向けられ、町の人からは後ろ指をさされ、報道陣にまで追いまわされる日々。もうここでは暮らしていけない……せっぱつまったそのとき、頭に浮かんだのは、かねてから描いてみたいと思っていたオーロラの見える北の大地でした。

十代のころから乗っている古びた愛車に大切な画材一式を積みこんで、逃げるように故郷をあとにしたデイジーでしたが、雪の舞う異国の路上でなんとヘラジカとご対面、慌ててハンドルを切ったものの、事故を起こして愛車はおしゃかになってしまいます。

命ばかりは助かったけれど、いったいこれからどうしたらいいの……？　すっかり途方に暮れて、完全に行きづまったところへ現れたのが、目をみはるほど魅力的な三人のスウェーデン人男性でした。

赤い巻き毛に緑の瞳、明るい性格でだれからも（女性からはとくに）好かれる、スキーインストラクターのエリ。

知的で冷静沈着、問題解決能力にすぐれ、僻地医療に心血をそそぐ医師のリーヴェン。

ぶっきらぼうで口数が少なく、たやすく人を信用しない、野生動物の保護活動だけが生きがいのようなコール。

それぞれに個性的なこの三人が暮らす雪深い山中のキャビンで、壊れた車の修理が終わるまでという期間限定の共同生活を送ることになったデイジーですが、彼らのことを知れば知るほど、三人全員にどうしようもなく惹かれていくのです。

一度はすべてを失ったと思っていたデイジーが、銀世界のなかでの思いがけない体験に身も心も癒やされ、また三人の男性との心のつながりを通して人生をとりもどしていくさまを、どうぞご堪能ください。

著者のリリー・ゴールドについても簡単にご紹介しておきましょう。

本書が初の邦訳作品となるゴールドですが、本国ではすでに四作を発表しており、そのすべてが一人の女性と三人の男性の物語となっています。著者サイトをのぞくとトップ画面に〝Why Choose?（どうして選ばなくちゃいけないの？）〟の文字が躍っており、説明として〝ヒロインが複数の相手に関心をもち、そのなかのだれか一人を選ばなくていいロマンス小説のこと〟とあります。もちろん本書も、そんな現実にはありえない設定を、とろけるような官能とくすりとさせるユーモアをまじえて描かれた一作。楽しんでいただけたなら、著者にとって大きな喜びとなるでしょう。

最後になりましたが、今回も拙い訳者を支えてくださった竹書房のみなさまに心からお礼を申しあげます。常に刺激と励ましである翻訳仲間と、いつもそばにいてくれる家族にも、ありがとう。

二〇二五年三月　石原未奈子

雪が溶けるまで抱いていて
2025年3月17日　初版第一刷発行

著 ································ リリー・ゴールド
訳 ································ 石原未奈子
カバーデザイン ······················ 小関加奈子
編集協力 ·························· アトリエ・ロマンス

発行 ····························· 株式会社竹書房
〒102-0075 東京都千代田区三番町8-1
三番町東急ビル6F
email：info@takeshobo.co.jp
https://www.takeshobo.co.jp
印刷・製本 ··················· 中央精版印刷株式会社
